彼女の血が溶けてゆく

浦 賀 和 宏

幻冬舎文庫

彼女の血が溶けてゆく

『不必要な脾臓摘出手術で患者死亡』

新宿区の小山田総合病院で脾臓摘出手術を受け一ヶ月後に死亡した患者の遺族が、手術は本来必要なかったとして、病院を相手に損害賠償を求め、四日、東京地裁に提訴した。提訴したのは先月死亡した綿貫愛さん（当時30歳）の夫の洋さん（32）。訴状によると、愛さんは貧血などの治療のため小山田総合病院を受診したが、内科的治療では改善しなかったため今年二月、同病院で脾臓摘出手術を受けた。症状はいったんは改善したが、その後、脾臓摘出の副作用の血栓症（エコノミークラス症候群）で亡くなった。洋さんは記者会見し「診療報酬を得るために過剰な手術に踏み込む病院の体質を明らかにしたい」と訴えた。会見では代理人の村沢太郎弁護士が「内科と外科の連携不足による医療ミスではないか」と話した。小山田総合病院は「訴状を見ていないので、コメントは不可能」としている。

――4月5日付け「東都新聞」記事より抜粋

1

　目黒川沿いに延々と立ち並ぶ桜の木々からは、ピンクの花弁がヒラヒラと舞い落ちている。普段はそこにあって当たり前とばかりに誰にも見向きもされない都会の中心を流れる川にも、春のこの時期だけは多くの人々が足を止める。清流とは言い難い水に浮かんだ花弁が、ゆっくりと流れてゆく。その花弁を追いかけるように、目の前を小さな女の子が走ってゆく。俺は無意識の内に女の子を目で追う。まるでスキップしているようなその足下は危なげで、今にも転びそうだ。

　だから目の前で俺の予想通り女の子が転んだ時は、ほとんど迷わずにそちらに近づいた。転ぶと分かっているのに声をかけなかった自分に、ささやかな自責の念を抱いたのだ。大丈夫か？　と声をかけながら火がついたように泣いている女の子の手を取って立ち上がらせようとした。だが、慌てたように後ろから走り寄って来た女性に制止させられた。

「すいません。結構ですから」

　女の子の母親だろう。俺の方を見ようともしないで、女の子に駆け寄り、ほら泣くんじゃないよ！　と大声で叱りながら、泣いている我が娘の手を引っ張って無理矢理に立ち上がらせた。まるで逃げるように立ち去っていく親子の背中を数秒ほど見つめた後、俺は再び歩き出した。

それほど広くない川沿いの道は、車などの往来はほとんどなく、だからこそ思う存分、桜を楽しむことができる。中目黒は隠れ家的な洒落《しゃれ》た飲食店が多いから仕事の取材や付き合いで良く利用するが、プライベートで訪れるのは思えば初めてかもしれない。

――いや、プライベートではないのだ。これも仕事の一環である。ただ、これから会いに行く人物のことを思い出すと、とても仕事だとドライに割り切ることはできそうになかった。

時折肩に落ちて来る桜の花弁を手で払いながら目黒川沿いを歩き続けていると、聡美《さとみ》が現在暮らしているマンションが見えて来た。まだ建てられて数年の新築マンション。余計な装飾をできる限り排したモダンな外壁が、成功者の証《あかし》のように日光に反射してキラキラと輝いている。こんなマンションに住んでいる聡美が、今現在の俺の住まいを見たらどんな感想を抱くのだろうか、と一瞬思ったがそんなことを考えても詮ないことだ。聡美の方から俺のもとを訪れることなど、恐らく二度とないのだから。

聡美にオートロックを解除してもらって、マンションのエントランスに足を踏み入れた。まるでホテルのように広いロビーにはコンシェルジュまで常駐している。豪勢なのは外見だけではなさそうだ。だが現在休職中の聡美がいつまでこんなマンションに暮らせるのかは分からない。

何故《なぜ》、自分のマンションの部屋を聡美は指定したのだろう。確かにセンシティブな問題だから、人の多い喫茶店などで話すことはできない。だが編集部の談話室でも、どこでも、プライバシーが保たれた場所で取材を受けることはできるのだ。もちろんライターから取材先に出向くことは当然と言えなくもない。しかし俺は今日、たった一人で聡美を訪ねに来た。聡美もそれを了承している。

もしかしたら聡美は前夫にすがるほど困り果てているのかもしれない、そうあって欲しい、と考えるのは、俺が未だに聡美に未練があるという証拠なのだろうか。

エレベーターに乗って、聡美の部屋があるフロアで降りた。今までそれなりの、いわゆる社会的に成功したと見なされる人物と対面する機会があったが、これは初めての感覚だった。もちろん仕事だから相手が大物だろうと小物だろうと関係ない。だがその対象が前妻となると、どうしても私情が挟まれる。

聡美の部屋のインターホンを押して暫《しばら》く待った。すぐに出てくれれば良いのに、もったいをつけているのだと思った。

そして現れた聡美は最後に別れた時の彼女とは、あまりにも印象が違っていた。仕事の邪魔にならないように短くカットしたヘアスタイルは同じだったが、幾分やつれた印象を受ける。ジーンズにスウェットという服装、化粧っ気がないせいもあるのだろうが（別れた夫に会うのに粧《めか》し込む必要はないと判断したのだろう）それだけではないはずだ。

患者の家族から、世間から、そして何より仲間のはずだった病院のスタッフから攻撃されて心底疲れているのだ。今回の事件で聡美は病院の激務から解放されたのだが、それと引き換えに提訴されてしまっては身体を休めるどころではない。

「――ひさしぶりだな」

まるっきりの赤の他人にする挨拶ではないが、それでもできるだけ感情を押し殺し、俺は言った。聡美は、上がって、と小さな声で呟《つぶや》いた。俺は言われるままに聡美の部屋に上がり込んだ。

案内されたリビングは、広く、そして生活感が薄かった。ソファーやテーブル、テレビやオーディオなどの家具がモデルルーム然と配置されている。この広さから考えるに、３ＬＤＫ以上の物件であるのは間違いないだろう。

「一人で暮らしているのか？」

コーヒーを持って来た聡美に、俺は尋ねた。

「そうよ」

と素っ気なく聡美は答えた。次の結婚は、自分と同等、もしくはそれ以上の収入の男とするのだろう。だが結婚を考えてこの部屋に住み始めた矢先に、一連の騒動ですべてご破算になってしまったのかもしれない。どうであれ、別れた妻の男の有無をあれこれ問い質《ただ》すつもりは俺にはなかった。

「さっき、目黒川沿いで子供を見かけたよ」

「子供？」

「ああ。転んで泣いていたから手を貸そうと思ったけど、母親に拒まれた。変質者だと思われたのかな」

「子供を助けるなんて、あなたらしくないことするのね」

「俺のこと、そんなふうに思っていたのか？」

その俺の質問に、聡美は答えなかった。

俺と聡美はもう赤の他人だ。しかし同時にお互いを深く知っている。そういう立場の相手と、いったい何を話せばいいのか分からなかった。聡美が訴えられなかったら、恐らく二度と再会しない二人だっただろう。

俺はＩＣレコーダーをバッグから取り出し、スイッチを入れてテーブルの上に置いた。

「今から話を聞くけど、世間話のつもりでリラックスして話してくれればいいから」

と俺はお決まりの台詞《せりふ》をおざなりに言った。

「最初っから全部話すの？」

「ああ、頼む」

「私が提訴されている内容は、あなたも知っているんでしょう？」

「概ねは。だが俺には医学的な知識はないし、他誌の記事は多かれ少なかれ歪曲《わいきょく》されている可能性もある。取りあえず、今は訴えられている君の純粋な話を聞きたい」

「その話を、あなたが歪曲して記事にしないって保証は？」

「そんなものはない。でも信じてもらうしかない」

俺のその言葉に納得したかどうかは定かではないが、聡美はコーヒーを口に含んで、飲み込み、それが決意の儀式だったかのように、おもむろに話し始めた。彼女も俺とはビジネスライクに付き合うと決めているらしかった。

「発端は三ヶ月前に問題の患者さん——綿貫愛《わたぬきあい》さんが私の外来を訪れたことだった」

「その綿貫愛という患者は、誰かに紹介されて君の所に来たのか？」

「会社の健康診断に引っかかったからよ」

「じゃあ、君が彼女を受け持った理由は？」

「理由はないわ。たまたまその月の初診外来の担当医が私だったから」

貧乏クジを引いたようなものだな——そう言いかけたが、俺はその言葉を飲み込んだ。俺は聡美の顔見知りだから、どうしても聡美を庇《かば》いがちだが、その綿貫愛という患者の方こそ貧乏クジを引いた可能性もないとは言えないのだ。本当に聡美が医療ミスを起こしたのであれば。

「君は血液内科だったな？　その患者は、一体何に引っかかって要精密検査になったんだ？」

「採血による血液検査よ。ビリルビンの値が基準値を上回っていたの」

と聡美はまるで日常会話のようにそう言った。

ちょっと待ってくれ、と聡美の話を中断させてから、俺はバッグからボールペンと手帳を取り出した。一応ネットブックも持ち歩いているが、取材の最中に使うことはほとんどない。紙とペンの方が手っ取り早いからだ。ＩＣレコーダーで録音はしているが、万全は期しておきたい。

「その、ビリルビンっていうのは何だ？」

「あなたはヘモグロビンって知ってる？」

「赤血球の中にあるやつだろう、確か」

「それだけ？」

聡美は知識のない人間を嘲《あざけ》るような目で俺を見た。ヘモグロビンと言われても、それ以外に表現のしようがない。学生の頃、理科の時間で習ったはずだが、細かいところはほとんど覚えていなかった。

「君は医者だから、そういう専門知識があるんだろう。でも俺は専門家じゃない。記事を読む読者もそうだ」

「だからってヘモグロビンも知らないの？　一般常識じゃない」

「雑誌はいろんな人たちが読むんだよ。君みたいに優秀な人間ばかりじゃない」

聡美は大きくため息をついた。

「そうやって何もかも医者任せにされて、何かあったら全部責任を取らなきゃいけない。因果な仕事ね」

そう聡美は言った。今回、訴えられた件を言っているのは明らかだった。

「仕方がない。だからこその高給取りだ。それに君だって、診察を受けに来た患者に対して、ヘモグロビンについて詳しく知っていないからって馬鹿にしたりはしないだろう？　その綿貫愛って患者に病気の説明をしたような口調で、俺にも分かりやすく話してくれよ」

聡美は不機嫌そうに唇を嚙《か》んでいたが、やがて観念したかのようにゆっくりと話し出した。

「赤血球は血液を構成する物質の一つで、ヘモグロビンは赤血球の中に含まれ、体中に酸素を運ぶ大事な役割を担っている。ここまでは良い？」

「ああ」

「赤血球は大体四ヶ月、つまり百二十日が寿命と言われてるんだけど、古くなった赤血球は脾臓《ひぞう》で分解されて、ヘモグロビンがビリルビンという物質に変わる。そして肝臓を経由した後、便や尿と一緒に体外に排出される」

「肝臓？」

「ビリルビンはそのままだと水に溶けないから、肝臓でいったん水に溶ける物質に変化させる必要があるわけよ」

「なるほど。つまり、ビリルビンというのは古くなった血の残骸、老廃物ってことか」

「そうよ。正常な人間のビリルビンの値は大体0.2mg/dlから1.0mg/dlってところね。でも綿貫さんのビリルビンの値は2.8mg/dlでこれはかなり高いわ。至急要精密検査のレベルよ」

「つまり綿貫愛の身体《からだ》の中では、寿命が来た赤血球だけではなく、正常な赤血球もどんどん溶けてビリルビンに変わっていったってことか」

　聡美は俺を見つめ、

「それは正に的を射た表現ね」

　と言った。

「白状するけど、その時、私はまさかこんなことになるとは思っていなかったわ。綿貫さんの症状は、少なくとも死に直結するようなものじゃなかったから」

死に直結、という部分を、明らかに聡美は強調した。

「でも赤血球が独りでに溶けていくんだろう？　異常だ」

聡美は苦笑した。

「あなたは貧血になったことはない？」

「学生時代、医者にそんなことを言われたような気もするけど、良く覚えてないな。自覚症状もなかったと思う」

「ヘモグロビンが破壊されたら、どうなると思う？　身体中に十分に酸素が運ばれなくなるから、だるくなったり、疲れやすくなったりする。つまり貧血よ」

赤血球が溶けると表現すると恐ろしいが、要するにその結果身体に現れる症状はせいぜい貧血程度のものらしい。ずいぶんと卑小な問題に掏《す》り替わったような気がする。しかし——貧血になるのは赤血球が溶けたその結果であり、赤血球が溶ける原因はまた別にあるはずだ。第一、貧血の治療で医療裁判に発展したなんて聞いたこともない。

「でも貧血は鉄分を沢山摂れば改善されるんじゃないのか？」

「それは鉄欠乏性貧血の場合ね。綿貫さんの場合は、あまり関係ないわ」

「ああ、そう」

「会社の健康診断でビリルビンの値が高いことが判明してからも、綿貫さんはすぐに再検査のために病院を訪れようとはしなかった。結局、私の所に来たのは、健康診断から二ヶ月後のことよ」

「貧血の自覚症状って本人には分かり難《にく》いこともあるから、なかなか病院まで行こうなんて気分にはならなかったんだろうな」

学生時代の俺がそうだった。普段疲れやすいかと問われればそんな気もするし、現代人はこの程度の疲労とは常に付き合って生きなければならない、と言われれば、またそんな気もする。

会社は社員に定期健康診断を受けさせ、問題があった社員には再検査を受けるよう指導する義務がある。だが前者はともかく、後者にまで手取り足取り指導する会社は少数なのではないか。もちろん再検査は受けなければならないし、その結果を会社に報告しなければならないのだ。だが社員は子供ではない。再検査をできるだけ先延ばしにしようとする社員もいるし、再検査そのものをすっぽかす社員もいるだろう。たとえ二ヶ月後とはいえ、再検査のために受診したのだから、綿貫愛はちゃんと義務を果たしている。仕事が忙しく、なかなか病院に行けなかっただけなのかもしれない。

俺はその考えを聡美に告げたが、彼女は、それだけじゃないわ、と答えた。

「仕事が忙しかったというのは事実なんでしょう。でも彼女は、ここまで深刻な事態にならなかったら、そのまま再受診をすっぽかすつもりだったのかもしれない」

「ここまで深刻な事態？　さっき君は死に直結するような事態ではないと言っていたけど――」

「死に直結しなくても、女性にとっては深刻だわ」

そう言って聡美は立ち上がり、向こうの部屋に消えて行った。そして暫くして一冊のファイルを持って戻って来た。

「こういう患者の個人情報をあなたのような部外者に公表したのが分かったら、後で問題になるでしょうね」

「取材元は秘匿する。これは約束する」

「それが、あなたの記者としての信用？」

そうだ、と俺は頷《うなず》いた。聡美はファイルから一枚の写真を取り出した。

「これが、綿貫さんの顔写真よ」

仕事をするのに邪魔にならないようにだろう。少しブリーチした茶色く長い髪を後ろで縛っている。鼻梁《びりょう》が外国人のように、すっと長い。この角度からでは良くわからないが、鼻も高いのだろう。少し切れ長の目が性格がきつそうだと思わせたが、もちろんそれは俺の印象に過ぎず、顔形と性格に関連性があるわけもない。いずれにせよ、美形だ。すらりと伸びた長い腕や足までも、俺は容易に想像することができた。

しかし――。

妙だ。

何が妙なのかは分からない。でも違和感がある。普通の写真ではない。暫く見つめ、漸《ようや》く俺はその違和感が何なのかに気付いた。

「これ、色校正が間違っていないか？」

患者の顔写真に色校正も何もないだろうが、出版業界に身を置いている俺は、そう表現せざるを得なかった。

黄色い。

とにかく全体が黄色っぽいのだ。どう考えてもパソコンのレタッチソフト等で黄色を強調した写真のように思えてならない。だがよくよく見ると背景の壁は真っ白なのだ。白などは色調を調節した際、もっとも最初に影響を受けてしかるべき色である。

「合成写真か？」

「違うわ。写真の素人《しろうと》の私がデジカメで撮ったのよ。一応他の医師にも相談したかったから」

「じゃあ――」

「そう。健康診断から二ヶ月後に顕著なビリルビン増加の症状が出たから、綿貫さんは慌てて血液内科を受診する気になったのよ。取引先と商談するのに、顔が黄色かったら問題があるでしょう。ましてや女性よ」

「赤血球が破壊されると、こんなことになるのか？」

白目まで、レモンのような色になっている。

「ビリルビンは黄色いのよ。ほら、便は茶色くて尿は黄色いでしょう。あれはビリルビンの色に由来しているの。だからビリルビンが基準値を大きく上回ると皮膚や白目が黄色くなる。これは黄疸《おうだん》という症状なの」

「黄疸？　聞いたことがあるな。確か肝臓が悪いとそうなるって話だが――」

「さっき、ビリルビンは肝臓で水に溶ける物質に変化するって言ったと思うけど、肝臓が悪くなるとビリルビンを上手《うま》く排泄《はいせつ》できなくて、血管に逆流してしまう。だからお酒の飲み過ぎで肝臓を壊してしまった患者さんは、往々にして黄疸を起こしていたりする」

「じゃあ、綿貫愛も――」

俺が言葉を言い終わる前に、聡美は言った。

「確かに肝臓を経由した後のビリルビンの量が上がっていたら、肝臓に何らかの異常があると推測される。でも綿貫さんは、肝臓を経由する前のビリルビンの数値が高かったわ。念のため行ったエコー検査でも血液検査でも肝臓に異常は見られなかった」

「つまり、綿貫愛のビリルビン増加の原因は、肝臓ではない」

俺は聡美の言葉を引き継いだ。報道などでは綿貫愛が黄疸を起こしていることは報じられていなかったと思う。恐らく、綿貫愛の家族や、彼女自身の人権に配慮したのだろう。病気が原因で容貌に異常を来している患者の写真を報道と称して世に出すのは、悪趣味と責められても仕方のない行為である。

「確かにこれは治療しなくちゃいけないな。それで黄疸の原因、つまりビリルビンの数値が上がった理由は分かったのか？」

「溶血よ。結果的に貧血になっているから、溶血性貧血ね。綿貫さんが私の所に来た時点で、それははっきりしていた。肝臓を経由する前のビリルビンが上昇傾向にある場合、真っ先に考えなければならない原因は溶血よ」

「溶血？　どういうことだ？」

「血が溶けると書いて、溶血。赤血球の膜が何らかの理由で破れて、中のヘモグロビンが血漿《けっしょう》に流出する現象。つまり赤血球が溶けて死ぬってこと」

的を射た表現どころか、ほとんど正解だったわけだ。

「じゃあ、その溶血の原因は？」

聡美は一時黙って、それから小さくため息をつきながら言った。

「それが問題なのよ。さっきも言ったけど、私の所に来た時点で綿貫さんが溶血を起こしていることは明白だったわ。二ヶ月前に行った会社の健康診断のデータを見てもそれは明らか。もちろん、受診した当日にも血液検査を実施したけど、数値は二ヶ月前より酷《ひど》くなっていたわ」

「まあ、こんなに顔が黄色くなっているぐらいだものな」

「私は医師としての役割を果たそうとした。綿貫さんが溶血を起こしている原因を見つけ出し、それを取り除けば、溶血は改善し、肌の色も正常に戻る」

「でも君は——失敗した」

「そうよ」

と聡美は言った。開き直りを通り越した。それはとても冷たい声だった。

「結論から話す？　それとも溶血についてもう少し話す？」

「溶血の話を聞きたいな。そんな症状があるなんて読者は皆、知らないと思うし、俺も興味がある」

確かにそれは理由の一つだ。だが、それだけではなかった。話を引き延ばせば、それだけ長く聡美と一緒にいられると思った。分かっている。聡美のことは忘れたつもりだった。でも、心の何処《どこ》かでは聡美を求めていた。まだ新しいパートナーを見つけられないのはそのせいだ。

聡美と復縁しようなどというつもりはさらさらない。でも聡美と同じ場所にいて、同じ空気を吸えば、ただそれだけで、昔、付き合い始めた当時のことを思い出せるような気がした。

「溶血には大きく分けて、二つの可能性が考えられる。先天性か後天性かよ」

「生まれつき溶血になりやすかった体質か、それとも後になって何らかの原因で溶血になったか——ということか？」

「そうね。赤血球と聞いて、すぐに形をイメージできる？」

「丸くて、平べったくて、真ん中が窪《くぼ》んでいる、あれだろう？」

まるで穴を開けるのを忘れた、出来損ないのドーナッツみたいな形だ。

「そうね。でもそうでない赤血球もあって、たとえば鎌状赤血球症という症状があるんだけど、それは名前の通り赤血球が鎌のように細長い形をしている。この種の赤血球は脆《もろ》くて壊れやすい。アフリカの黒人に多く見られる症状よ。これは溶血を引き起こすマラリアに対抗するためにそうなったと言われているわ。最初っから溶血になりやすい体質なら、マラリアに感染しても症状は最小限で済む。また遺伝性球状赤血球症というのもあって、これは赤血球膜を構成しているスペクトリンというタンパク質の異常で、赤血球が丸いボールのような形になってしまうの。丸いから物理的に脾臓を通れず、骨髄で作られたばかりの新しい赤血球もどんどん破壊されてしまう。でも綿貫愛さんの赤血球にはそういった異常は見られなかった。ごくごく普通の、一般的な赤血球だったわ」

「綿貫愛は正常な赤血球が何らかの原因によって溶けていた。そしてその原因は肝臓以外にある——そう理解して間違いないか？」

聡美はゆっくりと頷いた。

「私は、綿貫さんの症状がそれほど重篤なものであるとは考えなかった。そうでしょう？先天性の溶血を根本から治療するのは難しいわ。遺伝的な理由で赤血球の形が違うんだから手の打ち様がない。でも後天性ならば、きっと何らかの原因があるはず。その原因を取り除けば彼女の溶血は改善する」

俺も頷いた。

「実に明快な理論だ」

「後天的な理由で溶血になる原因は大きく分けて四つあるわ。一つ目は血管に何らかの圧力が加わって、物理的に赤血球が潰れたって可能性ね」

「物理的？」

「身体が何かにぶつかって、その弾みで血管が押し潰されたら、当然中を流れている赤血球も押し潰されて、溶血になる」

「そんなことが起こりえるのか？　だったら満員電車に乗ってるサラリーマンはみんな溶血しないとおかしくないか。あんなにぎゅうぎゅう詰めになって身体が押し潰されているんだから、赤血球だって潰れる」

聡美は俺を睨《にら》んで、

「ちゃかさないで」

と冷たく言った。別にちゃかしたつもりはないのだが。

「例えばアスリートよ。長時間ランニングなどをすると、結果的に足の裏の血管を踏み潰すことになって、足を地面に踏み降ろすたびに赤血球が潰れる」

「そんなことがあるのか？」

「稀《まれ》にね。でも綿貫さんには当てはまらない。運動で溶血になることは絶対にないとは言えないけど、それにしても綿貫さんのビリルビンの数値は高過ぎる。ちょっと考えられないわね。それに綿貫さんにはスポーツや運動の趣味はないそうよ」

「それは綿貫愛の自己申告ってことか？」

「そうよ」

綿貫愛の言っていることを素直に信じることはできない。何しろ彼女は健康診断で異常が認められたのに、黄疸が出るまで二ヶ月も放っていたのだ。いい加減な患者ではないか。もちろん、仮にスポーツに励んでいたとしても黄疸が出るまで溶血になるなど普通は考えられない、という聡美の意見は視野に入れる必要はある。

「二番目の可能性は、採血の失敗よ」

「採血の失敗？」

「採血の際、強く注射器を引き過ぎると注射器内部の圧力が小さくなって赤血球が破壊されてしまう。これは技師が採血に不慣れな場合、たまに起こりえる現象よ」

「なるほど。血液検査の方法そのものにミスがあるという可能性か。それはそれで盲点だが、しかし今回の場合――」

「そうね。最初に行われた健康診断で採血が失敗したというのは可能性としてはありうる。でも二ヶ月後に小山田《おやまだ》総合病院に来た時点では、確実に溶血の症状が認められた」

「黄疸が出ているぐらいだものな」

「第三の可能性は、人工弁の異常よ。心臓に人工弁を埋め込んだ患者さんが稀に溶血を起こすことがあるの。何かの弾みで人工弁と心臓を縫い付けた部分に隙間が生じると、そこから血が漏れ出してしまう。細かい隙間を勢い良く血液が通るから、赤血球が押し潰されて溶血が発生する。心臓外科医にとって溶血は、人工弁が正常に機能しているかどうかを指し示す一つの指針になっているぐらいよ」

「でももちろん綿貫愛は――」

「そうよ。彼女は心臓に人工弁を埋め込んでいない」

仮に綿貫愛が自分の病歴を正確に伝えていなかったとしても、流石《さすが》に心臓手術の有無が医師の聡美に分からないはずがない。

「つまり残るのは一つしかないわ。自己免疫性溶血性貧血よ。綿貫さんは残念な結果になってしまったけど、私は今でも彼女の溶血の原因は免疫系の異常だったと信じている」

「免疫って、身体に侵入した病原体を攻撃する、あの免疫か？」

「そうよ。細菌やウイルスなどの病原体を抗原と言うんだけれど、抗原が身体に侵入した時、免疫システムはその抗原に対応した抗体というタンパク質を作り出す。もちろん病原体のウイルスは星の数ほど種類があるんだけど、その都度ヘルパーT細胞が、これはリンパ球の一種なんだけど、抗原に対応した抗体を作るよう、同じくリンパ球のB細胞に命令する。B細胞が作り出した抗体は抗原と結合して、毒素を中和させたり溶解させたりして、人体を守る。これを抗原抗体反応と言うのよ」

「ちょっと待ってくれ――つまりその抗原抗体反応で綿貫愛の赤血球は溶血したっていうことか？」

「十中八九間違いないわ。免疫システムが赤血球を抗原と見なし、赤血球を攻撃する抗体を作り出してしまうの」

「そんな病気があるのか？」

臓器移植する際の拒否反応の問題は良く知られているが、他人の臓器は異物と見なされ免疫システムに攻撃されてしまうという理屈は俺にも理解できる。だが何かの弾みで免疫システムが紛うかたなき自分の身体を攻撃してしまったとしたら、まったく打つ手がないではないか。逃げ場なしとは正にこのことだ。

「もちろん珍しい症状だけど、日本でもおよそ千五百人以上の患者さんがいるから、そう慌てたりしなかったわ。治療法も確立している。仮に一生この病気と向き合わなければならないとしても、症状を軽くすることはできるし、もちろん命にかかわる病気ではない――その時、私はそう綿貫さんに説明した」

「でも、いったい、どんな原因でそうなるんだ？」

「免疫系は現代の医学でもまだ分かっていない部分が多いわ。たとえば全身の臓器に炎症が起こる膠原病《こうげんびょう》という病気があるんだけど、それも免疫系の異常でそうなるとされている。その際、自己免疫性溶血性貧血の症状が見られるケースが多い」

「つまり何かの病気の症状として溶血になるってことか」

「そういうケースだったら、治療の方針も立てやすいわ。でも綿貫さんはもちろん可能な限りの検査を行ったけど、溶血以外の主だった症状は特に見受けられなかった」

「溶血の原因が免疫の異常であるってことは、ほぼ特定されたのか？」

綿貫愛の場合は、自己免疫性溶血性貧血という結果だけ存在し、原因が分からないのだという。ならばその結果自体も疑わしいのではないか？　もしかしたら、もっと別の思わぬ原因が存在するのかもしれない。

だが、俺のその素人考えはすぐに打ち消された。

「直接クームス試験っていう、患者の赤血球膜に自己抗体が付着しているかどうかを調べるテストで陽性だったから間違いないわ」

「そうか――でも、どうして綿貫愛の抗体が赤血球を攻撃するようになったんだ？」

「さっきから言っている抗体って言葉は、あくまでも抗原に反応する物質って意味で、具体的には免疫グロブリンっていう名前なの。抗体、つまり免疫グロブリンは体中のあらゆる場所に存在して、細菌や病原菌などの外敵から人体を守っている。血液検査で判明したんだけど、綿貫さんは元々免疫グロブリンが増加傾向にあったの。数値で言うと通常は800mg/dl

から多くてもせいぜい1600mg/dlぐらいなんだけど、綿貫さんの場合は検査のたびに基準値を多く超えた数値を出した。3000mg/dlを超えたこともあったぐらい。通常の二倍から四倍もの数値よ。これが何を意味するかと言うと――」

「そうか。単純に抗体が多いから、免疫の働きが効きすぎた。だから病原体でも何でもない、自分の赤血球を攻撃するようになった――そういうことか」

聡美は小さく息を吐きながら、大きく頷いた。

「はっきりとは断定はできない。でも、その可能性は非常に高いと思う」

「でも何故、綿貫愛の免疫グロブリンは上昇傾向にあったんだ？」

聡美は一瞬黙った。そして俺と目を合わせずに、コーヒーカップを見つめたまま、おもむろに言った。

「その原因は結局分からなかったわ」

聡美の話を聞きながら、俺は思っていた。患者の病気を特定するとは、まるで刑事が靴をすり減らしながらあちこち聞き込みに回るようなものだと。

綿貫愛に黄疸が出る。聡美はその原因を探る。

黄疸の原因はビリルビンの量が増えているからと判明、さらにその原因を探る。

ビリルビンの量が増えたのは溶血のせいだと判明。

その溶血は、抗体が赤血球を攻撃したせい。

なぜそんな状況に陥ったかと言うと、綿貫愛の体内に存在する抗体、つまり免疫グロブリンが上昇傾向にあったから——今、ここだ。

もちろん、更に探索を続ければ、何故、免疫グロブリンの値が上がったのか、その謎が解けたかもしれない。そこで本当に綿貫愛を襲った病気の原因が特定できたかもしれない。でも残念なことに探索はそこでストップした。もう溶血の原因を特定することはできない。

「綿貫さんは、そういう体質だった——そうとしか言えないわ。例えば免疫グロブリンだけじゃなく、血小板の数値も高めだった。普通の人間の血小板数はせいぜい40万／μl ほどなんだけど、綿貫さんの場合は60万／μl まで増加していた。ただこれは個人差の範囲内で、そういう人は珍しくないから、特に治療が必要だとは判断しなかった。１００万／μl を越えない限り大騒ぎする必要はないから。とにかく問題は免疫グロブリンの増加よ」

「でも、もし血小板が極端に増加したら危険なんだろう？　それは考えなかったのか？」

聡美は一時黙って、

「血小板のことはまた後で話すわ。免疫グロブリンが上昇傾向にあったら、普通は何かの病気を考える。病気を治すために、身体が通常より多く免疫グロブリンを生み出してしまう現象は良く知られているから。具体的にはさっき言った膠原病、あるいは感染症や、悪性腫瘍《しゅよう》、骨髄腫などが疑われる。でも言った通り、それらの症状は一切認められなかった」

「つまり、どういうことだ？　打つ手はないってことか？」

「だから、さっき私は、原因は結局分からなかった、と言ったわ」

聡美は、そう言ってコーヒーカップに口を付けた。もう語るべきことはすべて語ったと言わんばかりの雰囲気だった。

「でも分からないと言ったたって、病気は原因があるから起こるもんだ。綿貫愛の身体のどこかに、彼女が溶血になった原因が絶対にあるはずだ。そうだろう？」

「あなた、私の話を聞いてなかったの？　溶血の原因は、免疫グロブリンの増加よ」

「だが、免疫グロブリンの増加の原因が分からない以上、同じことじゃないか」

俺がそう言うと聡美は間髪を容れずに口を開いた。素人のくせに医者に意見するな、と言わんばかりの口調だった。

「私はもちろん主治医としてやるべきことはやったわ。最初に綿貫さんにはプレドニゾロンを処方した。これはステロイド剤の一種で、白血球のリンパ球を攻撃する性質がある。もちろんリンパ球を攻撃すると免疫力が低下するから投与は慎重に行わなければならないけど、免疫グロブリンはリンパ球のＢ細胞とヘルパーＴ細胞によって作られるから、免疫力を抑えることは免疫グロブリンの増加を食い止める意味でも非常に有効よ」

「でも、プレドニゾロンを投与しても、綿貫愛の溶血は一向に改善しなかった」

「そうよ。正直お手上げだったわ。もうどうしようもない。だから私は最終手段に打って出た」

「外科手術だな」

　聡美はどこか遠い方を見て言った。

「もちろん手術自体は外科医が行ったけど、指示を出したのは主治医の私。だから今、私一人が責任を負わされている」

　医療ミスで提訴されたのなら、執刀医もその槍玉に挙げられても不思議ではない。だが現状そんな話は聞かない。恐らく手術自体は成功したのだ。にもかかわらず綿貫愛はあんなことになった。外科手術という手段を選択した聡美が告発されるのは仕方がないのかもしれない。

　しかし小山田総合病院が、まるでトカゲの尻尾《しっぽ》を切るように、聡美一人に責任を押し付けた、というのはあまりに穿《うが》った見方だろうか。

「だが外科手術で血液の病気は治るものなのか？　完全に内科医の領域という印象だけど」

「症状が軽ければね。でも綿貫さんのような患者さんには手術も視野に入れなければならない。さっき私、古くなった赤血球はどこで破壊されるって言った？」

「脾臓か？」

「そうよ。自己免疫性溶血性貧血の場合も、具体的に身体のどこで赤血球が壊れるかと言うと、それはやはり脾臓なのよ。赤血球を抗体が攻撃すると、赤血球が脆くなり、脾臓で壊れてゆく。だから外科手術で脾臓を摘出すれば赤血球は破壊されなくなり、溶血も改善する」

免疫グロブリンの増加を食い止めることができないのであれば、身体の赤血球を壊す役割の臓器を切除してしまえば良い。実に目から鱗《うろこ》の発想だった。

しかし――。

「素人の俺が君に意見するのもおこがましいが、それは確かなのか？　本当に脾臓を摘出すれば綿貫愛の容態が良くなるという確証があったのか？」

プレドニゾロンを投与しても溶血は改善しなかった。ならば脾臓を摘出しても同じ結果になるだけかもしれないという発想は聡美にはなかったのだろうか。外科手術で脾臓を摘出しても、やはり溶血が改善しないとなったらもう取り返しがつかない。薬を投与するのとは訳が違うのだ。

だが聡美は言った。

「確証は、あったわ。溶血の原因が、先天性のものであろうが、後天性のものであろうが、原因がなんであれ、脾臓を摘出すれば溶血は収まる。これは医学の常識よ。何しろ赤血球を破壊する臓器を取り除くんだから。単純な理屈でしょう？　ただやはり外科手術にリスクはつきものだし、脾臓を永久に失うことに抵抗がある人もいるでしょう。だから脾臓を摘出しないで溶血が治れば、それに越したことはない。でも、綿貫さんについては、もう万策が尽きた。だから最終手段に打って出るしかなかった」

「でも脾臓を摘出してしまったら、古い赤血球が壊れないでいつまでも身体を巡り続けるってことにはならないのか？」

聡美は苦笑した。どうやら、医者にとってはあまりにも馬鹿げた質問だったようだ。

「大丈夫よ。そもそも、どうして脾臓で赤血球が壊れるかと言うと、もともと赤血球は柔らかくて自在にその形を変えられるような作りになっているの。だから脾臓の毛細血管の中もするりと通り抜けることができる。でも寿命が来た赤血球は可変性が失われ、毛細血管を通り抜けられない。そこで止まった赤血球を、マクロファージという白血球の一種が攻撃し、破壊するの」

「じゃあ、その脾臓を取っ払ってしまったら、やっぱり――」

「毛細血管は脾臓だけじゃなくて、全身の至るところに存在している。端的に言うと、脾臓で赤血球が壊れなくても、いずれどこかで壊れるのよ。たとえば肝臓にも元々古い赤血球を破壊する役割があるから、脾臓の代わりをしてくれる。心配はないわ」

「その程度のものなのか？　じゃあ脾臓っていうのはいったい何なんだ」

「脾臓は赤脾髄と白脾髄に分けられていて、赤脾髄は造血や、今まで散々話題にしていた赤血球の破壊を担っている。でもね、たとえば造血作用と言っても、それは骨髄で血が作られるようになるまでの幼児期にしか働かないの。白脾髄ではBリンパ球が作られて免疫機能に役立っているけど、そもそも全身のリンパ節が同じ役割を果たしているから、脾臓を摘出しても問題は少ない。盲腸と同じで、人間の進化の名残《なごり》といった表現が適切かしら」

「でも結局、脾臓を摘出したせいで綿貫愛は――」

「それは違う。手術は成功したわ。現にビリルビンの値も正常に戻り、黄疸も見られなくなった。脾臓を摘出して、綿貫さんの溶血は明らかに改善したのよ」

「だが綿貫愛は死亡し、君は彼女の夫の洋《ひろし》から提訴されている。それは厳然たる事実だ」

聡美は沈黙し、俯《うつむ》いて、両手で持ったコーヒーカップを見つめながら、何も語らなかった。それは俺というすでに一度終わった男を完膚なきまでに拒絶するサインのように思えてならなかった。

だが、俺は聡美に問い質した。

「綿貫愛の死因は何だ？」

聡美はすぐには答えなかった。一瞬、もう語ることを拒否されると思ったが、そもそも俺は今日、聡美が訴えられた医療訴訟の裁判の取材のためにここにいるのだ。彼女も子供ではない。不愉快なことも話すと覚悟して俺をこの部屋に招き入れたはずだ。

果たして聡美はゆるゆると気怠《けだる》そうな素振りを見せながら、おもむろに語り出した。

「手術から一ヶ月後、自宅で亡くなっていた綿貫さんの死体を、洋さんが発見した――。外傷は見られなかったから警察は突然死という判断を下したんだけど、一ヶ月前に脾臓摘出の手術をしたという事実があるから、行政解剖に回したそうよ。死因は、肺血栓塞栓症だった。血管の中で血が固まって血栓になり、それが肺に回り、肺の血管を壊死《えし》させてゆく。急性の場合、死亡率は十パーセントだと言うわ。綿貫さんは運が悪かったのよ」

「これはマスコミでも報道されていたが、要するにエコノミークラス症候群のことか？」

「そうね。それが一番有名な呼び名かも。飛行機の狭い座席で、長時間同じ姿勢でいるから、血管の圧迫、それに水分不足によって血栓ができやすくなる。できた血栓は血管内に付着するんだけど、席を立った瞬間、血栓がはがれて体中を移動する。脳に回れば脳梗塞。心臓に回れば心筋梗塞になる」

「それがどうして、君が提訴されることになるんだ？　綿貫愛の溶血といったい何の関係がある？　普通の人間でも血栓が詰まって死ぬことがある。それなのに何故主治医だからって――」

その俺の言葉を遮るように聡美は言った。

「脾臓を摘出すると、赤血球の破壊が緩やかになるから、赤血球が増加し、その結果、溶血が改善される。この理屈は分かったわね？」

「――ああ」

「脾臓は赤血球だけではなく、血小板を破壊する役割もあるの。つまり脾臓を摘出すると、赤血球だけでなく血小板も増加してしまう。そして血小板は血液の凝固作用に大きくかかわっている」

「つまり――血小板が増加すると血栓ができやすくなるのか？」

「その通りよ」

そう聡美はため息混じりに言った。

「溶血を改善させるために脾臓を摘出し、その副作用で血小板が増え、血栓症になったというのは、それなりに理に適《かな》った筋書きだわ」

マスコミ等では、不必要な脾臓摘出手術で患者が死亡、と報道されていたが、何故脾臓を摘出したら患者が死ぬのかを詳細に説明しているマスコミは皆無だった。それに先ほど聡美は、元から綿貫愛の血小板の数値は高かったと言っていた。それに加えて脾臓まで摘出し、彼女の血小板の数値は１００万／μl を超えてしまったのだろう。だから死んだのだ。

「でも、そんなのは状況証拠みたいなものだろう。血小板が増えたからって、必ず血栓ができるとは限らない。因果関係はあってないようなもんだ」

「その程度で十分なのよ、訴訟を起こす理由としては。もちろん裁判所の判断で洋さんの訴えは棄却されるかもしれないし、仮に裁判まで持ち込まれても、彼の敗訴という結果になるかもしれない。でも私が訴えられたという事実は変わらないし、世間もそんなふうに私を見続ける。小山田総合病院で以前のように働くことはもう不可能かもしれない」

　仮に聡美の無罪が確定しても、完全に潔白であるから無罪になるのと、有罪が立証できないから無罪になるのとは似て非なるものだ。医療訴訟は犯人が確実にどこかにいる刑事事件とは違う分、余計にそういう傾向が強いのではないか。訴えられた時点で、聡美のキャリアに傷がつくのは免れないのかもしれない。

「その脾臓を摘出する手術っていうのは、そんなに特殊なものなのか？」

「そりゃ滅多なことじゃ脾臓摘出なんかしないから、特殊といえば特殊でしょうけど、さっきも言ったけど脾臓は取ってもそれほど問題がない臓器だし、手術自体も難しくない。リスクに関しては盲腸の手術と同じようなものよ」

「つまり、世の中には手術で脾臓を摘出した人間が一定数いるってことだ。もし洋の訴えが正しかったら、そういう人々も次々に血栓症で倒れなければおかしい。でも別段そんなことにはなってないじゃないか。そうなんだろう？」

「でも——現実に綿貫さんは血栓症で亡くなったのよ」

と聡美は嚙み締めるように言った。

「もう一度、整理させてくれ。洋が君を訴えている一番大きな理由は、元々、妻の血小板が増加傾向にあったにもかかわらず、君が更に血小板数を上げる脾臓摘出手術に踏み切ったからだな？」

「そんなことはどうでもいいのよ。妻の死の責任を誰かに取らせたい。その相手として、私に白羽の矢が立った。綿貫さんは患者で、私は主治医。それだけで十分。血小板の増加とか、そういう細かい理由はみんな後からついてくる」

「しかし、仮に八つ当たりのためだけに君を提訴したとしても、一般人にとって裁判は大事だ。費用だって馬鹿にならない。勝訴するという見込みがなければ、君を訴えたりはしないんじゃないか？」

「甘いわ。今、日本では年間千件以上の医療訴訟が起きているのよ。勝つ見込みがあるとかないとか、そういう損得勘定を越えた所で医師を訴える患者も、相当数いるってことなのよ」

俺はその聡美の言葉に簡単に頷くことはできなかった。聡美は確かに俺の前妻だが、裁判の当事者でもある。いくら前夫にでも、自分に不利になる話はしないかもしれない。もちろん俺だって聡美を信じてやりたい。でも現実に聡美は訴えられているのだ。裁判はそう簡単には起こせない。弁護士の助けもいる。明らかに負けると分かっている訴訟を引き受ける弁護士は、そうはいないのではないか。

「君は綿貫愛が血栓症で死亡することを予想していたか？」

「もちろん脾臓を摘出した結果、血小板の数値が上がることは予想していたわ。だからこそ私は綿貫さんに、抗血小板剤を処方した。血小板の働きを弱める薬よ。でもその薬は効かなかった。何らかの原因で処方した抗血小板剤の効果が弱まった、あるいは効果を抑制するほど血小板が増加したとしか考えられない」

「そんなことがあるのか？」

聡美はゆっくりと首を横に振った。

「もちろん、ありえない、と断定することはできない。でも元々、血小板の数値が高い体質だったんでしょうけど、あまりに急すぎるわ。前触れもなく、血栓ができるほど血小板が増えるなんて――」

「血栓症の原因が、綿貫愛の血小板が増加したせいだと、はっきりと断定できるのか？　エコノミークラス症候群は、特に病歴のない健康な人間でも発病するんだろう？」

「そうね。でも大抵は中高年で、若い人の発病は稀だって言うわ。もちろん絶対にないとは言えないけれど」

「綿貫愛の年齢は？」

「ちょうど三十歳だったそうよ」

　話を聞けば聞くほど、状況証拠は聡美に不利なものばかりだ。確かに綿貫愛の死に聡美は関与している。脾臓摘出の結果、血小板が増加するのは分かっていたのだから。だが問題は血小板が増加したからといって、絶対に血栓症になるとは限らないという点だ。そこに聡美の救いの道があるはずだ。

「綿貫愛が死んだ状況を詳しく知りたいな。長時間同じ姿勢を取っていたり、とにかく血栓ができやすいような状況を彼女自ら招いていたとしたら――彼女の死は、一概に君の責任とは言えなくなる」

「――どうだろう。私は綿貫さんが自宅で亡くなっていた、ということしか知らないわ。報道でもそんなに詳しく説明していないし、それでなくても私は訴えられているのよ。事件の詳細を知る術《すべ》はないわ」

　俺は何を望んでいるのだろう、と自問した。綿貫愛の死が聡美のせいであるのか否か、専門家ではない俺にはとても分からない。ただ信じてやりたいというのが本音だ。しかし一方では、これで聡美の医師生命が絶たれることを望んでいる自分も確かにいるのだ。

俺は現在、しがないフリーランスの記者だ。勤めていた証券会社を不祥事で退職し、ようやくこの仕事にありついたに過ぎない。そもそも聡美と別れたのもそのせいなのだ。もちろん聡美は内科医として十分な給料を得ているから、俺が会社をクビになったとしても即生活に困るという事態にはならない。だから、ただリストラにあったというだけなら、当面は聡美に食わせてもらって、まだ夫婦関係を続けて行くことは可能だっただろうが、俺の場合は違った。夫婦の関係は冷たく乾き、ひび割れ、そして粉々になった。だからこそ、聡美が仕事で患者を殺し俺の立場にまで堕《お》ちれば、聡美と縒《よ》りを戻せるかもしれないというみっともない欲望を俺は禁じ得なかった。

「綿貫愛がちゃんと抗血小板剤を飲んでいなかったという可能性はないのか？　もしそうだとしたら、君を訴えるのはお門違いだ。綿貫愛は健康診断で異常な数値が出たにもかかわらず、黄疸が出るまで医者にかからなかったんだぞ？　いい加減な患者じゃないか。自分の病気を真剣に治療しようとしたかどうかは疑わしい」

しかし聡美は、

「その可能性は薄いと思う」

と諦めたような口調で言った。

「何故？」

「裁判となった場合、検死の結果は法廷で明かされるでしょう。恐らく化学検査で、綿貫さんの血液からは塩酸チクロピジンが検出されたに違いないわ。抗血小板剤の成分よ。綿貫さんが私の処方通りに抗血小板剤を飲んでいたという証拠になる」

「検出されたからこそ、君は訴えられたということか」

「多分、そうだと思う。抗血小板剤を飲まなければ血小板が増えて、最悪血栓ができる可能性もあるって、私はきちんと綿貫さんに説明した。にもかかわらず抗血小板剤の服用を怠って血栓症になっても、それは私の責任じゃないもの」

「――裁判になったら、そういうことは大っぴらに言わない方が良いな。向こうは綿貫愛が君の指示通りに抗血小板剤を服用していたという確証があるんだろう。脾臓摘出は、抗血小板剤を飲まなければ血栓ができる可能性がある危険な手術だと、君が暗に認めていると捉えられかねない」

聡美は暫く黙り込み、そして言った。

「何故、この仕事を引き受けてくれたの？　あなたは断ることもできたはずなのに」

中田《なかた》編集長が聡美に取材の依頼をした際、元夫になら話してもいいと聡美が俺を指定したのだ。彼女も俺がどんな仕事をしているのか概ね把握していたのだろう。中田にせよ、元夫なら他誌よりも突っ込んだ記事が書けるだろうとの判断で、俺に白羽の矢を立てたのだ。

「仕事だからさ。つまり食うためだ」

と俺は嘯《うそぶ》いた。

「じゃあ、あなたが食うためには、私がどうなったら一番良いの？　有罪になればいい？　それとも責任を取って首でも吊る？」

「――冗談でもそういうことは言うなよ」

「私は、良いのよ。自殺まではしないにせよ、綿貫さんが亡くなった責任を取って、社会的に抹殺されても。医者は沢山の患者さんの死を事務的に看取るけど、だからと言ってまったく感情を揺り動かされない訳じゃないのよ。私が罰せられて、それで洋さんが満足するなら――」

「だから殉教者気取りで、やってもいない罪を被《かぶ》るのか？」

聡美は俺から目をそらし、窓の方を見やった。中目黒の曇り空に向かって、聡美は今まで一番感情を押し殺したような声で言った。

「正直言って、自分でも分からないの――果たして本当に私がミスをしたのか、それとも何か他の原因があったのか――」

「君がミスをしたんじゃなかったら、やはり問題は綿貫愛側にあるんだろう」

「でも、恐らくだけど、綿貫さんは抗血小板剤をちゃんと飲んでいたと思うわ」

「いや、抗血小板剤だけの問題じゃない。もし綿貫愛が違法な薬物を摂取していたとしたら？　そのせいで溶血したとしたら？　健康診断に引っかかったぐらいでは医者にかからないだろうな。黄疸が出たから仕方なく君の病院を受診したんだ」

「確かに薬物で溶血したっていうのは可能性としては考えられなくもない。今となっては遅いけれど、もっと別のアプローチで血液検査していたら薬物も検出できていたのかもしれない。でも、基本的に医者は患者さんのことを信用して診察するものだから」

「もし薬物にせよ、他の原因にせよ、溶血や血小板の増加の原因が綿貫愛自身にあったとしたら、君は罪を免れる」

その俺の言葉に、聡美は俯き、やはりしばらく沈黙した。今度は俺の方から口を開くことはなかった。ただ聡美の意思が知りたかった。

沈黙に背中を押されるようにして、聡美はゆっくりと口を開いた。

「仮にそうだとしても、今更調べようがないわ。それに責任逃れのために、患者さんに責任を押し付けるのは、医師の倫理としてどうかと思う」

「良く考えろ。綿貫愛は何の理由もなく溶血した」

「だから何度も言っているけど、溶血の原因は免疫グロブリンの増加よ」

「しかしそうなった原因が分からないのは事実だ。いいか？　今更調べようがないと言っても始まらない。綿貫愛の死の原因が、彼女自身にあったと証明しない限り、君の助かる道はない」

「証明？　でっち上げとどう違うの？」

「何でも良いさ。洋も妻の死の原因を君に押し付けているのかもしれない」

「ただの推測ね。もしそうだとしたら、いったい何故そんなことを？」

「賠償金をふんだくるつもりなのか。それとも――」

綿貫洋は妻を何らかの方法で殺害し、聡美をスケープゴートに仕立てた――そんな可能性が脳裏に浮かんだが、恐らく聡美はこんな推測を好まないだろう。訴えられた今でも尚《なお》、愚直に綿貫愛を信じているのだから。俺は脳裏に浮かんだその考えを、ぐっと飲み込んだ。

「とにかく俺は今、君に聞いた話を記事にする。それは君を救うものにはならないだろう。君が脾臓摘出を指示したせいで、綿貫愛が血栓症になったという説明は、それなりに筋が通っている。でも本当にそれでいいのか？　何か言い分はないのか？」

「ないわ」

聡美は即答した。

「恐らく、裁判にまでは行かずに和解で終わるでしょうね。お金で済むんだったら、それでいいわ」

「だが君のキャリアには傷がつくぞ」

「今、あなたも言ったじゃない。それなりに筋が通っているって。もちろん私だって、どこがいけなかったんだろう、と毎日自問自答している。でもそれは私のせいで綿貫さんが亡くなったという事実を覆すものではない。あなたの言う通り、綿貫さんにも至らない所があったという事実を暴いて、私の罪を軽くするという選択肢もあるかもしれない。でもそんなことをしたら、間違いなく裁判になるし、お互いの傷を広げるだけよ」

「君一人傷を負ってすべて丸く収まるなら、そちらを選択すると？」

「私一人じゃないわ。綿貫さんは、亡くなったのよ。それがすべて」

俺は聡美がすべての罪を被るつもりであることを知った。しかし納得できなかった。確かに聡美の話を聞く限りでは、聡美の治療の結果、綿貫愛は死んだと考えることもできる。だが同時に、聡美がそこまで異常な治療をしたとも思えないのだ。内科医が十人いれば、十人とも聡美と同じ診断を下し、そして同じ治療をしたに違いない。問題はやはり綿貫愛の側にある。何しろ専門家の聡美があれだけの検査をして、溶血のきっかけを作った免疫グロブリン増加の原因は分からないままなのだ。綿貫愛が違法に薬物を摂取していたというのは穿った見方であっても、これは現代の奇病というべき症状ではないのか。そんな奇病に立ち向かった聡美一人に責任を負わせるのは、あまりにも酷だ。

「診察中の、綿貫愛の態度はどうだったんだ？」

「態度って？」

「黄疸が出るまで病院に来なかったことに対する、後ろめたさのようなものは感じたのか？」

「特に何も感じなかったわ。私も別にそのことについては何も訊《き》かなかったし。確かにもっと早く病院には来て欲しかったけれど、溶血に限らず症状が重くなってから慌てて病院に駆け込む患者さんは少なくないもの」

もし綿貫愛が違法薬物等を摂取していたとしたら、診察の際に何かそれらしい素振りを見せていたのかもしれない、と考えたのだ。聡美には今まで様々な患者を診て来た経験があるのだろうが、それは患者を疑う方面では発揮されていないようだ。

「綿貫愛が薬物を摂取していた可能性を、君はまったく考えなかったのか？」

「考えない訳がないわ。今回のように原因が分からない時は特にね。何度か綿貫さんに違法合法問わず、薬物の摂取の有無を尋ねたけど、彼女は最後まで否定していた。もちろんそれが違法薬物だったら正直に答える方が稀だけど、本人が何もしていないと言っているんだから信じるしかない。病院は警察と違うんだから」

確かにポリグラフにでもかければ一目瞭然だろうが、病院はそんな機関ではない。

「しかし、酷い溶血のせいで、彼女は脾臓まで摘出するはめになった。俺には医学のことは分からないが、もっと早い段階で治療していれば、もしかしたら手術は免れたんじゃないか？」

「――そうとは言い切れないわ。手を尽くしたけど、私は脾臓摘出以外の方法では彼女の溶血を止められなかった。早い段階で病院にかかっていたとしても、結果は同じだったかもしれない。それに言っておくけど――私は綿貫さんが薬物に手を染めていた可能性は低いと思う」

「どうして？」

「何かの薬物の摂取の結果、綿貫さんが溶血になったとしましょう。それは違法な薬物で、たとえ治療のためでも摂取の事実を口にすることはできない。だとしたらその時点で薬物を絶つのが普通じゃないかしら？　そもそも私の所に来ることもなかったと思う。黄疸が出た時点で、ううん、会社の健康診断でレッドカードが出た時点で、薬を止めれば良いだけだから」

「綿貫愛は薬物と溶血の因果関係に気付かなかったのかもしれない」

「そういうこともないとは言えない。でも私は散々、彼女の前で悩んだのよ。溶血の原因が分からないから。にもかかわらず脾臓を摘出する事態に至って尚、自分が違法に摂取している薬物のことに頭が回らないとは、到底信じられないわ」

　俺は小さくため息をついた。

「どっちの味方だ？　俺は君が助かる道を探してるんだぞ」

「ありがとうね。でも地雷だらけの道を歩く訳にはいかないもの」

　しかし聡美の言うことも正しかった。仮に薬物依存で薬が手放せない身体だったとしても、主治医が脾臓摘出という取り返しのつかない外科的治療を示唆した時点で、何らかのアクションを起こしてしかるべきだ。それとも脾臓を摘出すれば心置きなくドラッグにふけれると考えたのか――。

　だがそれは綿貫愛が薬物を使用している、という前提の上での推理だ。何故そんな前提を打ち出したのかと言えば、そうでなければ聡美は救えないからだ。つまりこちらの都合だ。

「綿貫愛は脾臓摘出に素直に応じたのか？」

「応じたわ。診察のたびに最終手段の話はしていたから、綿貫さんも前々から覚悟はしていたはず」

「じゃあ、彼女は君の診断に特に逆らったりすることもない、真面目な患者だったって訳か」

「――そういうことになるわね。もちろん、私の見ていない所で何をしていたのかは分からないけど」

話を聞けば聞くほど、綿貫愛が死んだ咎《とが》は、少なくとも綿貫愛本人にはないとしか思えない。だとしたら責任を負うべき人間は、消去法で考えても聡美以外にはありえない。俺は意気消沈した。

「しかし外科手術か。そこまでして溶血というものは治さなきゃいけない病気なのか？　命にかかわるならともかく――」

「赤血球がすべて溶けたら、人間は死ぬわ。全身に酸素を送れなくなってしまうから」

「綿貫愛もそうなる可能性があったと？」

「もちろん確実に、こうだ、と言うことはできない。でも黄疸が出るほどの酷い溶血を放っておくことは医師の私にはできない。もっと酷い状態に陥る可能性だってあったのよ。何しろ原因が分からないんだから。それに、いい？　私が無理矢理、綿貫さんに手術を受けさせたんじゃないわよ。最終的に決断したのは彼女なんだから」

聡美はそう言うが、大抵の患者は詳しい医学の知識など持ってはいないだろう。医者に勧められるがままに手術を受け入れてしまうのではないか。

「それにしたって正常な臓器を取るっていうのは、どうもぞっとしないな。彼女は平気だったんだろうか」

「平気な訳はないわ。だって身体にメスを入れるんだもの。でも、そんなことを言っていたら、いつまで経っても病気は治らない——」

その時、聡美が突然、思い出したかのように言った。

「そう言えば、綿貫さんが手術をどう思っていたのかは分からないけど、脾臓摘出の際に少しだけ不可解なことがあったわ」

「不可解？」

「脾臓摘出は、今は内視鏡でできるのよ。知っていると思うけど、内視鏡手術なら身体の傷は最小限で済むし、術後の回復も早い」

「ああ、聞いたことがある。身体に細い器具を差し込むだけで手術ができる、あれだろう？」

「そうよ。当然私は、綿貫さんの脾臓摘出は内視鏡手術で行われると思っていた。メリットは開腹手術よりも大きいもの。でも、結局綿貫さんは開腹手術を選択した。これは驚くべきことよ」

「驚くべきこと？」

「だって身体を切り開かなくても手術ができるのよ？　こういう場合、ほとんどの患者さんが内視鏡手術を選択する。ましてや綿貫さんは女性よ。そりゃ身体にまったく傷が残らないということはないけれど、その傷は開腹手術に比べて遥《はる》かに目立たない」

「さっきから女性女性と言うけれど、男だって身体に傷が残ったり、顔が黄色くなるのはゴメンだぜ」

その俺の意見を聡美は無視して話を続けた。

「確かに内視鏡手術にデメリットはなくはないわ。一番大きな問題は、やはり難しい手術だから、失敗する可能性が開腹手術に比べて高いということね」

「医療に絶対はない、か」

「そうよ。でもそれを言ったら、開腹手術だって絶対安全とは言えない。開腹手術にせよ内視鏡手術にせよ、身体を傷つけるのには違いないから、多かれ少なかれリスクがある。だからこういう場合、医師の勧めという理由もあるけれど、大抵の患者さんが内視鏡手術を選択しているの。傷が残らないし、早く退院できるし、患者さんが体感する苦痛も少ない。良いこと尽くめよ。綿貫さんも最初の説明では内視鏡手術に魅力を感じたようだけど、最終的に開腹手術を選択した。もちろんそちらの方が簡単な手術だし、患者さん本人がそうしてくれって言ってるんだから、特に内視鏡手術の方が良いと説得することはなかったけど——」

「本人は、どういう理由で開腹手術をしてくれと？」

「昔ながらの手術の方が安全だとか、そういうことを言っていたと思うけど、何だか釈然としなかったわ。綿貫さんは会社員よ。入院が長引くのは仕事にも影響するはず。どうして短期間で退院できる内視鏡手術を選択しなかったのか——そんなに外科医が信用できないのかしら。確かに内視鏡手術は高度な技術が必要だけど、小山田総合病院は一流のスタッフと設備を取り揃えていると自負しているわ」

自分が患者だったら、と考えてみた。話を聞く限り、内視鏡手術は開腹手術と比べて遥かにメリットが多い。もし俺だったら迷わず内視鏡手術を選択するだろう。苦痛が少ないというのが一番の魅力だが、何よりも医師が太鼓判を押している。そもそも外科手術が大事に感じてしまうのは、身体にメスを入れるからだろう。単純に身体に残る傷跡が少なければ少ないほど、手術に対して抵抗心が薄らぐのではないか。にもかかわらず綿貫愛は開腹手術を選択した。いったい何故？

「頑《かたくな》に、綿貫愛は開腹手術を望んだんだな？」

「——どうだろう。私もそこまで熱心に内視鏡手術を勧めた訳じゃないから。でも確かに、私が内視鏡手術を選択するように説得しても、綿貫愛さんは多分受け入れなかったかも。そうね。頑、と言っていいかもしれない」

「内視鏡手術を選択しなかった理由は何だと思う？　患者側が医療従事者ならともかく、綿貫愛は商社に勤めている。当然君以上の医療の知識は彼女はないだろう。普通は医師の勧めに素直に従うと思うが」

「そうね――確かにおかしいかもしれない」

考え込む聡美に、俺は畳みかけるように言った。

「やはり綿貫愛には後ろ暗いことがあったに違いない。それと内視鏡手術との因果関係は分からないが、とにかく何かあるんだ」

「どういうこと？　綿貫さんは、内視鏡手術を受けたら自分が違法薬物を摂取していたことがばれるかもしれないと思ったの？　いったい、どういう理由で？」

聡美の問いかけに答えられず、俺は黙り込んだ。

もしかしたら考え過ぎなのかもしれない。確かに内視鏡手術は傷が小さく、苦痛も少なく、治りも早いが、医師側には熟練の技術が要求される。綿貫愛はただリスクの少ない開腹手術を選択しただけなのかもしれない、たとえ女性であってもだ。

「治療費を安く済ませたいとか、そういう考えだったのかな」

「確かに内視鏡の手術の場合、開腹手術よりも高額になる場合が多いわ。でも仮に民間保険に入っていなくても、健康保険に高額医療費を請求すれば、治療費の大部分は負担してくれるはず。外科手術という人生の一大事に、僅かなお金をケチるとは思えないけど」

綿貫愛は健康保険料を支払っていなかったから、高額医療費を請求できなかったのかもしれない、などと馬鹿げた考えが一瞬頭に浮かんだが、それは俺が自営業者だからだろう。彼女は会社員だ。健康保険料は給料から天引きされているはず。証券会社に勤めていた頃の俺もそうだった。


「君は、いいのか？」

おかわりした二杯目のコーヒーを飲み干した後、俺は言った。もう部屋には夕暮れの日差しが差し込んでいる。

「いいって、何が？」

「俺はこれを記事にする。そのために今日、ここに来たんだからな。訴えられた医師本人から話を聞き出すことができたのは、恐らく俺が初めてだろう」

今回の事件に関しては、他社の新聞や雑誌、それにニュース番組などで少なからず取り上げられているが、死んだ綿貫愛側から報じているものがほとんどだった。つまり、世間は彼女を純然たる被害者として認識しているのだ。医療訴訟という性質上、それは致し方ないことかもしれない。聡美の実名報道が成されていないことが唯一の救いだ。

「今まで何度か話を聞かせてくれと言って来た人たちはいるけど、どうせねじ曲げられて報道されるだけだから、みんな断って来たわ。でもあなたがこういう仕事をしてることを思い出して――」

「君が綿貫愛を必死に治療しようとしたのは良く分かった。だが今の君の話をそのまま記事にしても、君の助けにはならないだろう。世間の口汚い連中は、君の言い分をすべて言い訳だと捉えるに違いない」

「私は失敗したかもしれない。でも綿貫さんを救おうとして常に全力を尽くしていた。そのことだけは知ってもらいたいと思って」

このレコーダーの内容をそのまま原稿に起こすことは容易《たやす》い。締め切りは一週間後。記事を推敲《すいこう》する時間も十分にある。しかし――。

躊躇《ためら》いは隠せなかった。久しぶりに再会したのだ。この記事が完成してしまったら、また聡美と縁が切れてしまうような気がした。それで良いではないか、と自分の中の誰かが言った。もう俺たちは終わった二人なのだ。仮に俺の記事で聡美を救えたとしても関係が元通りになるはずもない。

「一通り話を聞いたけど、やはり釈然としない」

知らず知らずのうちに、そんな言葉が口をついて出た。

「溶血の原因もそうだし、血栓症になった原因もそうだ。医師の君が徹底的に調べても原因は分からなかった。おかしいじゃないか」

　しかし聡美は、

「どんなに調べても原因が分からないなんて珍しくもなんともないわ。医療は万能じゃない。確かにすべての病気は原因があって生じる。でも私たちの文明は、そのメカニズムをすべて把握するまでには至っていないもの」

　と半ば諦めたように言った。

「そういうことを言っているんじゃないんだ。ただの俺の個人的な問題さ。このままじゃ、まるで解決編がない推理小説を読んでいるみたいに居心地が悪い。モヤモヤするんだ。きっと編集長にも駄目出しを食らう」

　でまかせだ。医学に関しては素人の俺に、医師の聡美ですら匙《さじ》を投げた溶血の原因を解き明かせるはずがない。編集長の中田も決してそんなことは望んではいないだろう。解決編がないという問題も、今聡美が言った医療は万能でない云々《うんぬん》を尤《もっと》もらしく引用すれば良い。多くの読者はそれで納得する。現実の事件は、決してフィクションのようにはっきりとした起承転結が存在するものではないのだ。

　だが個人的に居心地が悪いというのは事実だった。聡美の将来は、俺の書く記事によって、多かれ少なかれ左右されるはずだ。聡美とはこの一件が終わったら、もう二度と会わないかもしれない。にもかかわらず答えのない記事をでっち上げてお茶を濁すのは、前妻に対して不誠実な態度のように思えてならない。期限は一週間あるのだ。ならば、その間にできる限りのことはやっておきたい。それでも結局、今の聡美の話を裏付ける結果しか出なかったら、その時は潔く諦めよう。

だが俺はその決意を聡美に告げることはしなかった。聡美はまるで殉教者のように、すべての罪を背負うつもりのように思える。もし反論があるのなら、自分の無実を真っ向から主張するだろう。内心では自分が綿貫愛を殺したと思っているに違いない。聡美の治療が失敗したのは事実なのだから。そんな状態の聡美に、医学の素人の俺が、無実を証明すると啖呵《たんか》を切った所で相手にされるとは思えない。

取材が終わると、俺は早々に聡美の部屋を後にした。長居をして未練があると思われたくなかった。聡美も俺と一緒にマンションを出た。どうやら駅まで見送ってくれるらしい。

「久しぶりに会ったんだものね」

そう言って聡美はにっこりと笑った。今日見せた中でも一番の笑顔だった。心が離れていても、少なくとも見てくれだけは、俺が愛した聡美がそこにいた。

「まるで世間の人たちが皆私を糾弾しているような気がして、最近はあまり外を出歩いたりしないけど、でも自意識過剰よね。ニュースで写真や名前が出れば別だけど」

夜桜を見上げながら、聡美は言った。まだ七時前だが辺りは暗く、人気は少ない。走り出して転ぶような子供もいない。俺たちに子供がいれば、もしかしたらまた違う未来が待っていたのかもしれない、と考えた。聡美とは友人の紹介で知り合った。当時、彼女はまだ医学生だった。お互い付き合っているといった感覚も薄かったように思う。友達以上、恋人未満という陳腐な表現が一番適切なのかもしれない。そこから先に進むのには、あと数年の時間を要した。

聡美が中目黒のマンションに住んでいることにも、奇妙な因縁を感じた。もちろん彼女は気にも留めていないかもしれない。ただ俺と聡美は結婚前、何度か目黒でデートしたのだ。駅前の名画座で二本立ての映画を観てから、当て所《ど》なく聡美と一緒に目黒川沿いを歩いた。あのまま二人でどこまでも歩いて行けると思っていた。だからこそ俺は聡美と結婚したのだ。しかし俺たちは今、別々の道を歩いている。

食事でもしないか、という言葉を俺は無理に飲み込んだ。抱きしめることも口づけすることもなく、俺と聡美は中目黒の駅前で別れた。聡美の姿はすぐに雑踏に紛れて見えなくなった。孤独感だけを道連れに、俺は帰宅の途に就いた。

中野のアパートに帰り着いてすぐに、俺は週刊標榜《ひょうぼう》の編集部に電話を入れた。編集長の中田は大学の先輩で、何かと俺に目をかけてくれ、細々とした仕事を回してくれる。俺の証券マンからフリーライターに転職などという、異色の経歴の理由は全面的に彼にあった。

俺は証券会社でトップの成績にあった。恐らく、人をたらし込む才覚に優れていたのだと思う。市場のことなど分からない年寄りに株を売りつける手段にかけては、俺の右に出る者はいなかった。顧客の中には俺に勧められるがままに、気前よく株を購入する老人も多かった。恐らく、俺のことを自分の息子か、孫のように思っていたのだろう。孤独な老人の寂しさにつけ込むのに一抹の罪悪感がなかったと言ったら嘘になるが、しかしそんな甘さは仕事の上では邪魔になる。俺はがむしゃらに働いた。すべては聡美と幸せな家庭を築くため。だが、やり過ぎた。俺が株を売りつけた老人の中に、認知症を患っている顧客がいたことが問題となったのだ。当然、家族は黙っていない。そして俺は、顧客が認知症であることを知った上で株を売りつけたとされた。酷い言いがかりだ。顧客の病状など、相手が言わない限り知る術はない。ましてや会話が成立する相手を認知症だなんて夢にも思わない。

だが、俺の言い訳に耳を貸す者はいなかった。皆、俺を助けてくれなかった。成績トップだった俺のことを普段から疎《うと》ましく思っていた同僚は、口では運が悪かったな、同情するよ、などと言いつつも俺からあからさまに距離を置いた。上司も俺をクビにしさえすれば自分の責任が最小限で済むとなったら、喜んで俺を仕事から切り離した。苛烈なノルマを社員に課す会社の責任はほとんど問われずに、俺は仕事を辞めざるを得なくなった。病人に無理矢理株を売りつけた俺に親戚の目も厳しく、結局聡美とも離婚してしまった。

あの頃は絶望の日々だった。もし中田が手を差し伸べてくれなかったら、俺はどうなっていたか分からない。

『よう、銀ちゃん。どうした？』

中田はそう愛想良く言った。桑原銀次郎《くわばらぎんじろう》。それが俺の名前だ。この時代劇スターのような名前はコンプレックス以外の何物でもないのだが、中田が俺を気に入ってくれている理由の一つには該当するのかもしれない。

仕事を始めた当時、何故、俺にライターなんて勧めるんです？　と中田に尋ねたことがある。すると彼は、銀ちゃんは人たらしの才能があるからいろんな人間から話を聞き出すのはお手の物だろう、との答えを返して来た。皮肉で言っているのか、と憤ったが、確かに営業の経験があるので、あちこち歩き回って人に話を聞くのは苦痛ではなかった。将来の保証がないことが唯一の不安要素だったが、あのまま証券マンとして働いたところで、いつまで続けられたのかは分からない。いくら成績がトップと言っても、近年の株の売買はインターネットが主流で、いずれ対面販売という手法に限界が来るのは目に見えている。聡美と離婚してしまったのは残念だったが、ライターとして第二の人生を始めることも運命だったのかもしれない。俺はそう割り切っている。

「今日、前妻に会ってきました」

『ほう、そうか。で、何か書く取っ掛かりでも見つかったかい？』

「ええ、それは、まあ。かなり詳しく話を聞けました」

俺はお茶を濁した。元妻の無実の罪を晴らすという私情を中田に晒《さら》す訳にはいかない。もちろん中田は俺と聡美の関係性を知っているのだから概ね察しているのかもしれないが、ライターの書く記事には個性は必要ないのが鉄則だ。

主義主張をはっきりと表す標榜という言葉を掲げた週刊標榜は、政治や事件の記事が大半を占め、芸能ゴシップなど皆無と言っていい。だがそのストイックさが仇《あだ》となり、近年、徐々に売り上げを落としているようだ。てこ入れとして、読者層の中年男性が喜びそうな女優のグラビアを冒頭に配して売り上げ増加を狙っている。何でも屋の俺としては雑誌の傾向など知ったことではないが、もちろん雑誌が長く続いてくれる方が食うのに助かるのは言うまでもない。

「ただ二、三気になる点があって——元妻だけの話だけで記事を書くのはいささか不安でしてね」

『裏を取りたいって言うんだな』

「そうです。綿貫愛の夫の洋に会いたいと思いまして——」

『綿貫洋？　おいおい、そりゃ不味《まず》い』

「どうしてです？」

『奴《やっこ》さんのバックにいるのは中々の玉だからな』

「中々の玉とは大仰な言い回しですね」

『なあ、どうして銀ちゃんの奥さんが訴えられたか知ってるか？』

彼はいつも聡美のことを俺の奥さんと呼ぶ。もう妻ではない、と何度も否定するのだが、彼は一向に改める気配がないので、面倒くさいからそのままになっている。

「それは聡美が綿貫愛の主治医だったから——」

『だがそれだけで夫が主治医を提訴するか？　治療中ならまだしも、溶血が治まった後に別の症状で死んだんだぜ？　あ、抗血小板剤を飲んでいたから暫くは通院していたのかな？　まあ、それはいい。とにかく血栓症で妻が亡くなったからといって、それで即、主治医を訴えるのは性急に過ぎるんじゃないか？　いや訴えるのは勝手だが、勝てるかどうかは五分五分だろう。もちろん訴えるに値する一応の筋は通っているが、特に何も病気や病歴を持っていない人間でも、血栓症にはなる』

確かに、それは俺も疑問に感じる所だ。

「つまり、どういうことです？」

『黒幕がいるんだよ。村沢太郎という弁護士だ。こいつは今まで手がけた裁判で負け続けている。連戦連敗と言っていい。五分五分と言ったのはそういう訳で、いやむしろ五分でも十分高い勝率だ』

「村沢太郎——」

どこかで聞いたことのあるような気がする。

「連戦連敗？　そんな無能な弁護士に綿貫洋は裁判を任せたんですか？」

中田は、ふふふ、と笑った。

『負け続けだが、それで無能な弁護士とは限らないぞ。村沢太郎はどうあがいても勝つ見込みのない事案を見つけて、積極的に売り込みをかけるんだ。負けると分かっている裁判なんて誰もやりたがらないから、事実上ライバルはいないと言っていい。売名行為という意味もあるんだろうが、それにしても一筋縄ではいかない男だ。ほら、五年前に横浜で無差別通り魔殺人があっただろう？』

ああ、と得心した。ニュースで散々騒がれた大事件だ。裁判の詳細まで逐一報道されたと記憶している。犯人に死刑判決が下り、報道は終息に向かった。今後報じられることがあるとしたら、恐らく犯人の死刑執行の際だろう。

　誰もがやりたがらない被告人の弁護を買って出たのが、彼だった。もちろん目撃者が多くいる中で、しかも現行犯逮捕だったから、無罪を主張するなど馬鹿げたことはしなかった。精神鑑定でも異常は認められなかったから、被告人がいかに酷い人生を送って来たのかを裁判官にアピールしたのだ。アメリカのプロファイリングで主流となった、殺人鬼の背景にトラウマありの理屈だ。もちろん、そんな言い訳は通用するはずがなく、結果被告人は死刑判決を受けたのだった。

　しかし村沢太郎は勝とうが負けようが関係ないのだろう。元から勝ち目のない裁判だった。国家権力と戦っている自分をアピールできればそれでいいのだから。

「その村沢太郎が、どうして聡美に目をつけたんですか？」

『銀ちゃんの奥さんじゃない。小山田総合病院だよ。村沢太郎は奥さんが勤めている病院が気に入らず、スキャンダルを作り出そうとした。現に奥さん一人が綿貫愛が死んだ件についで罪をおっ被されているが、小山田総合病院自体に悪い印象を受ける人間は少なくないはずだ』

「村沢太郎が小山田総合病院を快く思っていなかったと？」

『平たく言うとそうなる。一年前だったか、小山田総合病院の腎臓内科の医師が、人工透析が必要な患者を紹介する見返りに、各地の診療所から賄賂を受け取っていたという疑いが浮上してな。村沢太郎がその弁護を請け負ったんだが、結局裁判が宙に浮いたせいで、すべてがうやむやに終わった。証人として出廷するはずだった診療所の職員が急死したんだ』

「なるほど、小山田総合病院側がその証人を殺したと」

『村沢太郎はそう主張しているが、誰も相手にしないって言うぜ。その証人は心臓に持病を抱えていて死因に不審な点はなかったというし、言っちゃあなんだが、証人を殺すなんてサスペンス映画じみたことをしでかすにしては、事件自体が地味過ぎる。殺人なんて犯さなくとも、訴えられた腎臓内科の医師を切り捨てればいいだけの話だろう』

なるほど、今回の事件では聡美が切り捨てられた訳だ。殺されなかっただけマシと思うべきなのかもしれない。

「しかしその事件の舞台は腎臓内科で、聡美は血液内科だ。関係ないと思いますが」

『何科だろうと良いんだよ。村沢太郎にとっては小山田総合病院自体が悪の巣窟って認識なわけだ。知り合いの胡散《うさん》臭い探偵まで動員して、必死に小山田総合病院のスキャンダルを探っていたって話だぜ。そこに綿貫愛の事件が引っかかったって訳だ』

じゃあ、その村沢太郎なる弁護士がいなかったら、綿貫洋は聡美を訴えることもなかったということか。もちろん妻を亡くした洋には同情する。しかし医師は患者を治療すると同時に、患者の死を看取る職業でもある。患者が死ぬ度に医師が訴えられていたら、日本の医療システムは崩壊する。

「今の話を伺って、余計に綿貫洋に会いたいと思いましたがね」

『だから止《や》めとけって。いいか？　奴さんは、まず小山田総合病院、つまり銀ちゃんの奥さんを批判する記事を書く記者しか受け入れない。完全に村沢太郎に操られているからな』

「受け入れない？　何だか上から目線ですね。そんなに綿貫洋に取材したがる記者がいるんですか？　さっきの腎臓内科の件じゃないですけど、聡美の訴えられている事件も、それ自体は地味で話題性も乏しいと思いますが――」

自分で言いかけて、その言葉の矛盾に気付く。話題性が乏しいのならば、中田が俺に聡美の取材を命じるはずがない。それに綿貫愛の死は、天地がひっくり返るほどの大事件、というわけではもちろんないが、週刊誌やテレビのニュース等でも報道されている。

『銀ちゃんよ、事件そのものの話題性なんて関係ないぜ。話題性はそれを広めたい人間が作るもんだ』

聡美にインタビューしている際、まるで聡美が貧乏くじを引いたようなものだと感じたが、その認識はあながち間違っていなかったのかもしれない。

いや、やはり貧乏くじという表現は適切ではない。生《い》け贄《にえ》だ。村沢太郎にとっては小山田総合病院をスキャンダルに塗《まみ》れさせるのが目的で、訴訟の内容は何だって良かったのだろう。

「その綿貫洋は現在何を？　会社員？」

『失職中だ。いやこれも噂なんだが、大分前に会社をリストラされて、ずっと奥さんに食わせてもらってたって話だぜ』

「へえ――」

と俺は呟《つぶや》いた。もちろん、自分の境遇と照らし合わせて感慨にふけったのだ。どちらも会社からクビを切られ、離婚と病死という違いはあるが、どちらも妻を失っている。

『綿貫洋にとっても村沢太郎の申し出は悪くないはずだ。まさか記者からギャラを徴収するようなことはないだろうが、出版に講演、事件が話題になればなるほど、いくらでも金を稼ぐチャンスは生まれる。死んだ妻から、更に金を毟《むし》り取ろうって腹だ。だから不都合な記事を書かれることを必要以上に警戒するはず。俺たちは銀ちゃんの奥さんを攻撃する記事を書こうっていう訳じゃない。むしろその逆だ。もし記事が世に出たら、綿貫洋は反発するだろうな。それこそ事実無根の記事を書かれたと提訴してくるかもしれない』

提訴されるのは嫌だな、と思った。聡美のような大病院の医師でさえ、何か起こったら簡単に切り捨てられてしまうのだ。ましてや俺はフリーだ。いくら中田に気に入られているからといって、彼が俺を守ってくれる保証などない。

それでも、俺は言った。

「金のためということは、逆に言えば、金になればどんな取材でも受けるってことじゃないですか？」

『まさかギャラを払うって言うのか？　うちは一応まともな週刊誌だぞ。金を払ったら取材対象を買収することになる。いくら記事自体が真っ当なものでも、それは不味い』

「そんなことは言いません。中田さんの理屈で言うなら、綿貫洋は妻の事件が話題になればなるほど喜ぶはずです。今の所、小山田総合病院側に立った報道は成されていませんよね？」

『そうだな。だから俺たちがやろうって言うんじゃないか』

「そういう動きがあるってことは、事件が有名になったという証拠です。世の中にはいろんな意見の人間がいます。必ずしも綿貫洋に同情する者ばかりではない。むしろ自分に対して不都合な記事を書こうとする記者の取材も受けるということで、自分が公明正大な人間であるとアピールできる。もちろん彼が自分にとって不都合な記事を書く人間の取材は受けない、という偏狭な人間である可能性は否定できませんが、その時は仕方がない。潔く諦めます」

『ふうむ――』

中田はどうやら考え込んでいる様子だった。単純に俺には聡美への情があるから彼女の無実の罪を晴らしてやりたいと思う。だから私情がモチベーションに繋《つな》がっていることは否めない。一方、週刊標榜にしたらどうだろう。世間で悪者にされている聡美の無実の証拠を俺が摑《つか》み、それを記事にできたとしたら。これは話題になるだろう。中田の言う通りだ。話題性は作るものなのだ。下降気味の週刊標榜の売り上げを伸ばすチャンスが目の前に転がっている。これは中田にとっても決して悪い話ではない。チャレンジする価値はある。

元々、中田も同じ考えがあったのか、それとも説得が功を奏したのか、俺は中田から綿貫洋の連絡先を入手することに成功した。何故、中田がそれを知っているのか訝《いぶか》しんだが、どうやら洋自身が自分の携帯番号を各出版社に吹聴して回っているらしい。週刊標榜のもとを直接訪れることはなかったようだが、同じ業界内、繫がりはどこかにあるものだ。

早速、洋の番号に電話した。たとえ演技だとしても意気消沈しているような声を出すのだろうか、と考えたが、別段そんなこともなかった。俺と同年代だというが、まるで学生のような軽い口調だった。

俺は身分を名乗ってから、後々問題にならないように小山田総合病院側に立って記事を書いている者です、と告げた。案の定、洋は返事を渋った。俺はできるだけ食い下がり、後で折り返し連絡するという約束を取りつけた。

駄目だったのかもしれない、と思った。突然電話をかけて来た見知らぬ記者——しかも訴えている相手の側――の約束を律儀に守る義務はない。あれだけ大見得を切って中田から洋の連絡先を聞き出したのは良かったが、取材が失敗に終わったら面目が立たないな、と俺は案じた。今後の付き合いにも影響するかもしれない。

しかし小一時間ほど経った後、約束通り綿貫洋は俺に電話を返して来た。取材を受けるとの返答だった。

村沢太郎に連絡し指示を仰いだのだな、と思った。はっきりと小山田総合病院側に添った記事を書くと明言して取材依頼して来たのは、俺が初めてだったのだろう。洋に相談を受けた村沢太郎は、俺が中田に語ったのと大体同じ理由で、取材を受けた方が得になると判断したのだ。もしかしたら、洋側に与《くみ》しない俺のような人間をも、妻を亡くした彼に同情せざるを得ないように仕向けるつもりなのかもしれない。もちろん俺のスタンスは変わることはない。どんなに洋に同情した所で、聡美を擁護する記事を書くだろう。しかしまったく同情しないのと、少しでも同情したのとでは、でき上がりの記事の印象が違うのは間違いない。

洋には俺のバックグラウンド、すなわち俺が聡美の元夫であることを可能な限り隠し通すつもりだ。裁判になった際、聡美とプライベートで関係がある人間が取材に訪れた事実はもしかしたら聡美に不利に働くかもしれない。翌々日の木曜日の午後四時、自宅に直接出向くとの約束を取り付けて、通話を終えた。

2

木曜日、俺は綿貫洋の住まいに出向いた。昨日は一日中部屋に引きこもって、ＩＣレコーダーと手書きのメモから原稿を起こしていた。現時点での記事の体裁を成した原稿は、粗方書き上げることができた。もちろん今回は医療の専門用語が多いから納得がいくまで推敲したいが、何《いず》れにせよこれで仕事は一段落ついた——普段だったら、そう一息つくこともできただろう。だが今回は自分の元妻が事件（なのかどうかはまだ分からないが）にかかわっている。結果がどうであれ、自分なりに全力を尽くしたかった。

京王線の車内は、高尾山にハイキングに行くと思しき中高年の人々が目立った。聖蹟桜ヶ丘駅からタクシーで十分ほどの閑静な住宅街に綿貫家はある。訪れたのは今日が初めてだが『耳をすませば』というアニメのモデルになったという、その方面では有名な街だ。

綿貫家にはさほど迷わずに到着することができた。小さな土地に建てられた年季が入っていそうな二階建ての家だった。親から譲り受けたものだろうか。洋は俺と同年代だ。中田の話を聞いた限りではそれほど経済的に裕福とも思えない。

周囲の家々を訪ね、綿貫夫婦の人となりなどを聞き出そうかと思ったが、それは最終手段に取っておくことにした。今の段階でそういう目立った行為をしたのが洋に知れたら、のちのち面倒なことになるかもしれない。

俺は中野で買った土産のシュークリームを小脇に抱え、表札の『綿貫』の隣に存在するインターホンを押した。洋はまだ若いから、和菓子などよりこういうものの方が喜ばれるだろうと判断したのだ。試合はすでに始まっている。

だが家の中から聞こえて来たのは、ほーい、という嗄《しゃが》れた声だったので、俺はびっくりしてしまった。暫くして姿を現したのは、ウグイス色のポロシャツを着て、ネズミ色のズボンを穿《は》いた、どう若く見積もっても六十歳以上だろうと思われる白髪の男性だった。俺は思わずその男性と表札を交互に見た。住所は間違っていないはずだが。

「どちらさん？」

「あ、あの――こちら綿貫洋さんのお宅では？」

すると男性は得心したような声で、

「記者さん？」

と訊いて来た。

「あ、はい。そうです」

男性はその場でくるりと振り返って、おーい、ひろしー、と声を上げた。口調といい仕草といい、いかにも牧歌的で、医療訴訟の関係者というシリアスなイメージにはそぐわなかった。

「じゃ、上がって待っといてください」

と男性はぶっきらぼうに言った。俺は言われるがままに、三和土《たたき》で靴を脱ぎ、男性の後に続いた。案内された応接間の——その言葉でイメージする部屋とはほど遠いが——ソファーに腰を下ろして、俺は失礼にならない程度に周囲を観察した。本棚にはもう何年も誰も読んでいないのだろう箱に入った文学全集がズラリと並び、空いたスペースには定番の木彫りの熊の置物と、小さな小芥子《こけし》が置かれている。壁には富士山を描いた絵。有名な作品の模写なのかもしれないが、俺は美術には明るくなかった。テレビだけは新品同様だったが、地上デジタル放送が始まってから、これはどの家庭でもそうだ。部屋の隅には古新聞が束ねられて置かれている。聡美の部屋は生活感がなかったが、逆にこの部屋には生活感しかない。

しばらく待たされてから現れた綿貫洋は、俺が予想した通り若い男だった。ジーパンにTシャツというラフな格好。短い髪は茶色に脱色されている。ふてくされた表情。そんな顔をしているのは、恐らく村沢太郎の指示で敵対する側の記者と会わなければならないからだろうが、彼のやさぐれ方はそれだけではないような気がした。妻が死んでこうなったのか。あるいは会社をクビになった時からこうだったのか。

「桑原銀次郎と申します。この度はお忙しい所をお邪魔して、大変申し訳ありません」

「銀次郎？」

名刺を見ながら洋は俺を訝しげな顔で一瞥《いちべつ》した。こんな反応は毎度のことなので、今更気にしたりはしない。

「これ、つまらないものなのですが、皆さんで召し上がってください。私の地元の中野では有名なシュークリームなんです」

もちろんそんなもので懐柔される訳もなく、俺の土産は右から左へ俺を案内してくれた男性に渡された。男性は、シュークリームか、週刊クレールが持って来た芋羊羹《いもようかん》は美味《うま》かったな、とブツブツ言いながら去っていった。

「あの、失礼ですが今の方は――」

父です、と洋は短く言った。つまり、この家は彼の実家か。

「では、ご両親と住まわれているのですか？」

「母は去年亡くなりました。その後を追うように愛も――ごらんの通り、今はボケの始まった父と二人暮らしです」

確かに少し言動がおかしいように感じたが、ボケてはいないだろう。しかし洋の父親がボケていようがボケていまいが、どうでもいいことだ。

「愛さんも、ご両親と一緒に住まわれてたんですか？」

「そうです」

それが何か？　と言わんばかりの顔つきで、洋は俺を睨《ね》め付けた。夫の両親と同居するとなって浮上するのは、定番の嫁姑問題だ。もしかしたらそのことについては触れられたくないのかもしれない。

愛の溶血の原因は姑に虐《いじ》められたストレスだ、と主張したら果たして聡美は笑うだろうか。しかし仮にストレスと溶血の因果関係がゼロでなくとも、ちょっと考え辛《づら》い推論かもしれない。愛の溶血が始まったのは、洋の母親の死後なのだから。

「あなたはあの病院の差し金の記者なんでしょう？」

と不信感が拭《ぬぐ》いきれない表情で、洋は言った。

「確かに私が今仕事をさせてもらっている週刊標榜は、どちらかと言うと保守的な雑誌なので、大病院イコール加害者という認識には疑問を呈しています。だからといって小山田総合病院側の言い分ばかり記事にして、亡くなられた患者さんを鑑《かんが》みないのは絶対におかしい。私はフリーライターですから、週刊標榜を代表する者ではありません。だからこそこちらに伺ったのです。もし本当に私が小山田総合病院の差し金の者ならば、そもそも綿貫さんにお会いしようともしなかったでしょう」

その俺の言葉を聞いた洋は、暫く考え込むような素振りを見せた後、

「つまり、あなたが妻のために記事を書くのか、それとも小山田総合病院のために記事を書くのかは、これからの俺の出方次第ってことですか？」

そう言って、笑った。いや、笑ったように見えた。

洋は本当に妻が死んだことに対して悲しみの気持ちを抱いているのだろうか、という考えが頭に浮かんだが、どうでもいいことだった。俺だって元妻の疑いを晴らしてやりたいという気持ちがあるが、仕事でやっているのだから無償の善意という訳でもない。

洋の父親が薄汚れたティーカップを、俺が買って来たシュークリームと一緒に持って来た。紅茶のようだった。添えられた角砂糖を入れて飲んだが、濃すぎて渋かった。

がつがつとシュークリームを食べる洋を横目で見ながら、俺はＩＣレコーダーのスイッチを入れて、テーブルの上に置いた。

「早速ですけど、よろしいですか？」

「ああ、何でも訊いてくださいよ」

洋は投げやりにそう言った。俺はそうすることにした。

「奥さんが会社の健康診断で要精密検査という結果が出たのはご存知だったんですか？」

「いや、知りませんでした」

洋は即答した。

「確かにもしご存知でしたら、奥さんに受診を勧めるでしょうね。奥さんはどうして黄疸が出るまで病院にかからなかったとお思いですか？」

「大したことがないと思ったんでしょう。だから俺にも打ち明けなかった。何しろ大したことじゃないんだから」

「ご夫婦で話題に出たこともないんですか？」

「出たかもしれないが、覚えちゃいません」

洋のその答えにはいささか不自然なものが感じられた。何しろ、写真で見ても分かるぐらい、はっきりと容貌に異常を来していたのだ。そのことに一緒に暮らしている夫が気付かないということがあるだろうか？　何れにせよ、彼が素直に俺の質問に答えてくれるとは考えない方が賢明かもしれない。

「綿貫さんは奥さんが溶血状態にあることを、いつお知りになったんですか？」

「だから医者にかかり始めた時ですよ」

それは間違っていないだろう。妻の症状が免疫性溶血性貧血であることなど、医師の診断がなければ分かりようもない。ただ、俺はそういうことを訊きたいのではない。

「言葉を変えます。綿貫さんが奥さんの黄疸に気付いたのは、いつのことですか？」

「いつのことって、そんなもんはっきりとは覚えてない。日記をつけてる訳じゃないんですから」

　心なしか、彼の言葉が乱暴になって来たように感じる。しかし俺は構わずに質問を続ける。

「奥さんが二ヶ月も健康診断の結果を無視していたのに、急に小山田総合病院を受診する気になったのは、何故だと思います？」

「そりゃ、あれだけ顔が黄色くなっているんだ。普通じゃないでしょう」

「鏡で自分の顔を見て気付いたと？」

「多分、そうでしょう。もしかしたら会社の上司に強制的に病院に行かせられたのかもしれない。あんな顔で外回りには行かせられない」

「にもかかわらず、綿貫さんは奥さんに受診を勧めなかったんですか？」

「え？」

「確かに健康診断の結果は隠すことはできますが、あの黄色い顔は隠せません」

「も、もちろん勧めました。あの顔の色は異常だ」

「あの――さっきのお話では、勧めていないというふうに聞こえたのですが」

　その俺の言葉で、彼はキレた。言葉の揚げ足をとられると激高する人間がいるが、洋はその典型のようだった。

「聞こえた!?　それが何です!?　妻が俺に健康診断の結果を打ち明けなかったと言っただけ

だ！　何も矛盾なんかしていない！」

「分かりました。結構です」

洋が俺と積極的に会話をする気がないのは確かなようだった。なら俺にできることはせいぜい彼の話の矛盾点を突いて、ボロを出させることだけだった。彼には敵対する側の記者に知られては不味い、何か後ろめたいことがあるように思えてならない。

「話を続けさせてもらいますが、ある日突然顔が黄色くなっていることに気付いたんですか？　それとも徐々に黄色くなっていく奥さんの顔を見て異変を感じたんですか？」

洋は俺を睨みつけた。

「あんた、さっきから何が言いたい？」

とうとう『あなた』から『あんた』になった。

「ご気分を害されたのなら謝ります。ただ、正確なところを知りたいと思って」

「段々と黄色くなっていったような気もするし、突然黄色くなったことに気付いたような気もする。でもそんな些細《ささい》なことはいちいち覚えちゃいないよ！」

洋は声を荒らげた。ただ単に病院側の人間なんかと話をしたくない、という態度でこういうふてくされた受け答えになっているのであれば、それでもいい。でもその場合、たとえ激高しながらでも、ちゃんと筋道の通った答えで俺に反論しようとするはずだ。やましいことがないのであれば。

しかし洋の答えは、筋道の通ったものとは到底言えない。確かに愛自身が自分の顔を鏡を見て黄疸に気付いたという答えは不自然ではない。だが同時に夫が真っ先に気付いて然《しか》るべきなのだ。少なくとも会社の上司や同僚などよりも先に。

洋の話は、いかにも漠然としていて要領を得ない。痛い所を突かれたから喧嘩《けんか》腰になっているようにも感じられる。もしかしたら彼が妻の黄疸に気付いたのは、愛が聡美の血液内科を受診した後のことではないだろうか。しかしそれを言うことはできない。夫婦円満でないことが発覚するから。

綿貫夫婦は、毎日面と向かって食事を共にするような普通の夫婦ではなかったのかもしれない。家庭内別居、仮面夫婦、そんな女性誌の紙面を躍るにふさわしい言葉が脳裏をよぎる。もちろん週刊標榜は男性誌だが、聡美が訴えられた裏に夫婦間の不仲があるとしたら見逃すことはできない。

「失礼ですが、ご夫婦のご関係は良好だったのですか？」

「そりゃ、どういう意味だ⁉」

声を荒らげた。図星だ、と思った。俺は遠回しに追及することにした。

「奥さんの溶血の原因は免疫グロブリンの増加でした。しかし、結局何故そうなったのかは分かりませんでした。もし、ご夫婦のご関係が良好なら、その、夜の――」

「あんたは、いけ好かない奴だな！」

他の記者が彼にどんな取材をしたのか知らないが、そいつらの目的は小山田総合病院と聡美の糾弾なのだから、せいぜい洋を慰め、甘やかせるような取材を行ったに違いない。いつどの段階で夫が妻の黄疸に気付いたのか、などという疑問はまるで興味の埒外《らちがい》にあるのだろう。彼等にとって重要なのは、患者に小山田総合病院が、つまり聡美が、何を行ったのかなのだから。

だが俺は違う。聡美を救うためには、彼の妻の愛が何を考え、どう行動したのかを、徹底的に炙《あぶ》り出さなければならない。そのために俺はここにいるのだ。

「ここ最近、ご無沙汰だったさ。だから愛があんなふうになったのは、俺が病気を持っていたからじゃないぞ」

それは恐らく事実なのだろう。頻繁に身体を触れ合わせていたら、それこそすぐに妻の黄疸に気付いていたはずだ。今の綿貫洋の答えは、皮肉にも俺の夫婦間の不仲という疑いを補強するものでしかない。

もしかしたら、彼は愛が死ぬまで、妻が黄疸を起こしていたことに気付かなかったのかもしれない。血栓症で死ぬ直前に愛の溶血は改善していたというからなおさらだ。にもかかわらず気付いていたふりをしたのは、もちろん村沢太郎の指示だろう。法廷での心証を良くするには、夫婦円満をアピールするに越したことはない。愛は死んだ。もう彼女の給料を当てにすることはできない。そこに村沢太郎はつけ込んだ。小山田総合病院を訴えれば、多額の慰謝料をせしめられると踏んだのだ。

「何故、ご無沙汰だったんですか？」

その俺の質問は洋の耳にはかなり露骨に響いたようで、彼はほとんど激怒せんばかりの大声をあげた。

「あんたおかしいのか⁉　どんな夫婦にも倦怠期はあるだろう⁉」

「失礼を承知で伺います。先ほどからお話を伺っていると、ご夫婦の関係はあまり上手くいっていなかったように聞こえるのですが」

「だから倦怠期だって言ってる。夫婦はな、いつまでも新婚じゃいられないんだ。何年も一緒にいるんだから、そういう時期を迎えるのは避けられないことだ！」

俺と聡美の間にはそんなものはあっただろうかと考えた。なかったように思う。ただ仕事を失ったコンプレックスから、俺が聡美の方を避けていただけだ。聡美はいつも、優しかった。

「ご夫婦の関係が上手くいかなくなる、何かきっかけがあったのではないですか？」

「そんなことが、あの女がしでかした医療ミスと何の関係がある⁉　あくまでもこれは、あの女と妻の間で起こった問題だ！　俺と妻の仲は関係ない！」

確かにそれは彼の言う通りだった。

仮に綿貫夫婦が不仲だったとしても、何だというのだろう。洋が、金のために愛してもいない妻の死の責任を聡美にとらせようとしても、それ自体は悪いことでもなんでもない。正当な権利と言える。

洋が妻を毒殺し、その罪を聡美に着せようとしている――そんな推理小説じみた極端な可能性を想定しない限り、綿貫夫婦の仲の良し悪しは今回の事件とは関係ない。もちろん、殺人の可能性は万に一つもないだろう。仮に意図的に溶血を起こすような毒物が存在していたとしても、医師の聡美の目をごまかせるはずがない。第一、殺人にしてはあまりにも確実性が低い。愛の死の直接の原因は、血小板数の増加だ。そしてそれは脾臓摘出が大きくかかわっている。百歩譲って、愛の溶血に何者かの手が加わっていたとしても、その何者かが聡美の治療方法まで見越していたなど、ちょっと荒唐無稽過ぎる。そもそも溶血で死ぬ人間はそうはいないし、血栓症で死ぬ確率も十パーセントほどだと聡美自身が言ったではないか。愛を殺す意図を持った人間など、存在しないと考えるのが妥当だろう。

「やはり、あんたはあの病院の味方なんだな？　こっちの粗《あら》を捜して、裁判を有利に進めようって腹なんだろう⁉」

図星だったので、反論しなかった。その俺の沈黙を、洋は敗北宣言と捉えたようだった。

「どうして妻を殺された上に、夫婦の間のことまでいちいち詮索されなきゃならないんだ。しかも夜のことまで！　帰ってくれ。今すぐに」

俺は言った。

「先ほど、何でも訊いてくださいよ、と仰《おっしゃ》ったので、そうしたまでです」

洋は一瞬絶句したような顔をしたあと、今までで一番大きな声を出した。

「帰れ！」


今回の仕事は駄目かもしれない。そう俺は思い始めていた。もちろん取材相手を怒らせてしまって追い返されるなど、どうということはない。怒らせて本音を引き出すことは取材のテクニックの一つだ。

問題は、そういう意図を持って俺が洋を怒らせたのではない、ということだ。俺はただ洋を怒らせるためだけに怒らせた。どんなに理性では、公私混同は避けよう、あくまでも仕事として彼と接しよう、と分かっていても、聡美を救いたい、聡美を罠《わな》にはめた奴が憎い、という本音の部分が理性を邪魔してくる。俺は知らず知らずの内に洋に喧嘩を売っていたのだ。

これではインタビュアー失格だ。

綿貫邸を後にし空を見上げると、まだ陽は高い。一時間も滞在していなかっただろうから、それも当然か。俺は暫く途方に暮れた。記事の原型はもうできている。あとはそれを推敲すれば中田への義理は果たせる。ただ大見得を切って洋の連絡先を聞き出したのに、そちらからの収穫はなかったとなったら体裁が悪い。何より、聡美を裏切ることになる。もちろん聡美には何も言っていないが、俺は自分に誓ったのだ。やれるだけやると——。

綿貫洋と愛が夫婦円満ではなかったことが分かっただけでも、一歩前進かもしれない。だがまだ推測の域を出ず、それが直接的でないにせよ、愛の溶血に繋がらなければ記事にはできない。

せっかくここまで来たのだから、近隣住民に綿貫夫婦の評判を訊こうかと思い、俺は辺りを見回した。洋に知れるかもしれないが、今更どうだっていい。俺は綿貫家のはす向かいにある瀟洒《しょうしゃ》な一軒家を見つけ、そこから順番に攻めようと、足を向けかけた。

——その時。

「記者さん？」

背後から聞こえて来たその声に、俺は振り返った。そこにいたのは、サンダルをつっかけた洋の父親だった。

「あんたさんと息子の話を聞かせてもらったんだが」

俺はまさかの人物に突然話しかけられて、どうしていいのか分からなかったが、洋の父親は俺の戸惑いなどまるで気にも止めない様子だった。

「息子と喧嘩しとったな」

マイペースで誰にでも話しかける、高齢者に良くいるタイプだ。そうか彼なら――彼も綿貫夫婦と一緒に暮らしていたのだ。当然、夫婦のことを一番良く知っている人物と言える。

「いいえ。こちらが少し失礼なことを尋ね過ぎてしまったようで。お父さんからも、申し訳ありませんでしたと、伝えていただけないでしょうか。自分の口から伝えるのが筋ですが、息子さんはもう私には会ってくれないでしょう」

と俺は殊勝に頭を下げた。

「いやいや、いーんだ。息子はああいう人間で、ちょっとでも疑いを抱かれるとすぐにああやって怒る。記者さんと喧嘩したのも、あんたさんが初めてじゃないんだよ。もっとも他の記者さんは、息子が怒るとすぐにペコペコ頭を下げるから、あいつはどんどんつけ上がる。でもあんたさんは違った。あれじゃあ記事にはならないだろう。どうするんだい？」

そうか。彼は息子の悪口を雑誌に書かれまいか心配しているのだ。もちろん俺は、追い返されたぐらいで取材相手を罵倒する記事を書くような偏狭な人間ではないが、あの話を隣の部屋で聞いていたら、そういう心配をしたくなる気持ちも分からなくはない。

「もちろん、今の息子さんの話を記事にはできませんが、奥さんを亡くした息子さんの悲しみは良く分かりました。無遠慮に近づいてくる私のような人間を快く思わないのは分かります」

すると、彼は、

「いやいや、そんなことはないんだよ。あいつが愛さんが死んで悲しんでるなんてとんでもない」

はっとした。やはり俺の推測は正しかったのかもしれない。

「それはどういったことですか？　差し支えなければお話をお聞きしたいんですが――」

すると彼は、まるで釣り竿の餌に食らいつく魚のように身を乗り出して来た。

「あんたさん、俺の話を聞きたいか？」

俺は頷いた。

「もちろんです」

すると彼は、

「駅までのタクシー代を出してくれるか？」

と訊いてきた。

「どこかに行かれるんですか？」

「いいや。駅前に行きつけの店がある。立ち話も何だし、それにここじゃあ息子に見つかるかもしれん」

俺は頷き、洋の父親と共にそそくさと綿貫家を後にした。大通りでタクシーを拾い、車中で愛があの家で毎日どんな生活を送っていたのかを彼に訊いた。

洋の父親——綿貫孝次《こうじ》は、ただ話し相手が欲しかったようだ。仕事一筋の会社人間だった彼は、特別な趣味も持っていなかったから、定年退職後めっきり老け込んでしまった。妻を亡くして、その老け込みは一層酷くなった。ただ息子の嫁の愛とは折り合いが良く、孝次は彼女を実の娘のように可愛がっていたそうだ。亡くなった妻との関係も良好だったという。だから（孝次の話を信じるならば）俺が推測した嫁姑の諍《いさか》いなど存在しなかったようだ。
ただ娘のような愛が、実の息子の洋と険悪な関係だったのは事実だった。孝次の話によると、何でも愛が住んでいたアパートの大家が彼であり、家賃を滞納したお詫びに愛がこの家に菓子折りを持って来たのが、洋との出会いだったそうだ。知り合ってからプロポーズまで三ヶ月の、スピード結婚だったらしい。友達以上恋人未満の関係を何年も続けていた俺と聡美とは正反対だ。

「愛さんは、必ず週末どこかに出かけていた。洋はそれが面白くなく、愛さんをなじった。浮気を疑っとったんだろう」

「息子さん夫婦の仲が悪くなったから、愛さんは家を空けるようになったんですか？　それとも家を空けるようになったから、仲が悪くなったんですか？」

「さあ、どうだか。ほら、あんたさんも鶏《にわとり》が先か卵が先かって知ってるだろ。そういうもんだ。元から愛さんにはそういうところがあった。週末ちょっと友達と遊びに行くとか、そんな他愛もないことだ。だが一度愛さんが外泊した時があって、その時は洋は烈火の如《ごと》く怒ったなあ。なんだ、お前はあ！　浮気しとんじゃないかあ！　ってな具合で、そりゃあもう大喧嘩さ。確かに洋の気持ちも分からんじゃない。でも愛さんには愛さんで付き合いがあっただろうし、それで他のことをおろそかにするようなことはないんだよ。毎日外で働いた上に、家事もちゃんとやる。あいつにはできた嫁だった。少しぐらい息抜きで遊びに行くぐらい、許してやりゃあ良かったんだ」

「でも、その喧嘩がきっかけになって、愛さんの外出が段々目に余るようになってきたと？」

「まあ、そういうこった」

「別居なさっていたとか？」

「いや！　そこまでじゃない。ただ会話もほとんどなくなったし、気まずい感じだった。それは洋のせいなんだが――」

「息子さんのせい？　愛さんが外泊を繰り返したせいでは？」

「あ、いや、それは確かにきっかけだ。ただ洋が会社をクビになって、それで余計に仲が悪くなったってことだ。分かるだろう？　洋は日がな一日家にいる。会社勤めをしている愛さんの帰宅もだんだん遅くなった。あれは仕事が忙しいというより、家に帰って来たくなかったんだな」

孝次は苦虫を噛み潰すような表情をした。息子の嫁が家を空けることに寛容な態度を取っているように見えた彼だが、やはり家の外に男がいたことを覚悟していたような口調だった。家庭内別居というのは、当たらずも遠からずか。

「愛さんが男性と会っていたというのは事実なんですか？　女友達とか、そういう可能性はないんですか？」

するとと孝次は言った。

「確かに女友達はいる。だが、彼女と四六時中会っていたというのはまずない。必ず他に男がいたはずだ」

「どうしてそう言い切れるんですか？」

「俺が直接会って、その女友達に訊いたからだよ。愛さんが家を留守にした日を書き出して問い質したが、答えは、会った日もあるが、会ってない日もある、だそうだ。もっとも向こうは愛さんと会った日付をいちいちメモしている訳じゃないから正確じゃないだろうが、とにかくその女友達と会う以外の理由でも家を空けていたのは間違いない」

「へえ――」

この綿貫孝次という老人は、息子夫婦が不仲になって行くのを、指をくわえて見ているような男ではないらしい。息子の嫁の友達を捜し出して、彼女に義娘の人となりを尋ねるような人間だ。洋が言うようにボケているとはとても思えない。

恐らく洋はこの父親のことも快く思っていないのだろう。初対面の俺にもこうやって積極的に話しかけて来る男だ。当然、自分の息子には夫婦の不仲を厳しく問い質しただろう。もっと嫁さんを大事にしろ、お前にも何か問題があるんじゃないか――洋は激怒し、他人に自分の父親はボケているなどと悪口を言いふらす、大方そんな所ではないか。

「でも、その友達はそれほど愛さんと親密ではないようですね」

「ほう？　何でそう思う？」

「お父さんが、その愛さんの友達にされた質問は、愛さんの不倫を問い質すものです。仲の良い友達なら、愛さんを庇って、そのすべての日に自分は会っていたと嘘の証言をしてもいいはずなのに」

　すると孝次は、ふうん、と呟いて隣に座る俺を、頭のてっぺんからつま先まで、睨め回すように見つめた。

「やはりプロの記者さんは、探偵みたいに他人の行動から事件を推理するんだな。でも、あんたさんのその質問には簡単に答えられる。ミカさんは俺の友達でもあるから、俺に嘘をつくのは忍びなかったんだろう」

「お父さんとも友達？」

　義娘の友人と、自分も友達になったということか？　しかし友人というぐらいだから、大体愛と同年代の女性だろう。もちろんそのミカという女が、お義理で孝次と付き合う可能性もなくはない。しかし友人の秘密を、お義理で付き合っている老人にベラベラと話すというのもやはり考えられないのだ。たとえその老人が友人の義父であっても。

　どうも釈然としない。それを問い質そうとした時、タクシーは聖蹟桜ヶ丘の駅に到着した。料金を払い領収書をもらって、孝次と共にタクシーを降りた。どこに行くのだろう、と思う間もなく、彼はスタスタと駅ビルの方に向かって歩いてゆく。俺は慌てて後を追った。

　目的地は駅ビルの中にあるのか、と思ったがどうやらそうではないようだった。駅ビルの外壁を沿うようにして進み、路地を曲がる。きっと行きつけの喫茶店が向こうにあるのだろう。彼の年齢からして純喫茶だな、と予想したが、大外れだった。

彼の目的地はゲームセンターだったのだ。


以前、雑誌の依頼で『ゲームセンターに足しげく通う中高年』という記事を書いたことがある。定年後、暇を持て余し、これといった趣味もない中高年の間に、ゲームセンター通いが流行しているのだそうだ。ゲームセンターというとやや不健康なイメージを受けるが、最近のゲームはステップを踏んだり、太鼓を叩いたり、何か運動じみたものが多いから身体に良いと考えられているのだろう。一説によると、各種のゲーム、運動やダンスなどは認知症の予防に効果的だとも言う。ゲームを楽しむ以外にも、ここに来れば同年代の同じ境遇の人間と知り合えるという理由もあるのかもしれない。

だが辺りを見回しても、昼下がりのゲームセンターにいるのは気怠そうな若者ばかりで、中高年の客は見当たらなかった。しかし孝次は俺の戸惑いなどお構いなしに、どんどん店の奥に進んでゆく。やがて彼は、一心不乱にゲームに興じている女性の背後で足を止めた。

女性の前には大きな丸いディスプレイが設置されていて、そのディスプレイをぐるりと取り囲むようにして複数のパットが配置されている。ディスプレイの中心では、テレビでよく見るアイドルが歌いながらダンスをしている。アイドルからオーラが発せられるように、C

Ｇの矢印が周囲のパットに飛んで行く。そのタイミングを見計らってパットを叩くのだ。ゲームが進むにつれて、テンポはどんどん速くなり、パットに飛んでゆく矢印も増える。パットだけではなくディスプレイ自体をタッチする動作も求められたりして、かなり忙しい。しかし女は少しパーマがかった長い髪を揺らしながらパットを叩き、ディスプレイをタッチしている。言ってみればただそれだけのゲームなのだが、ほとんど完璧にこなしているだけあって、まるでダンスをしているようだ。

ゲームが終わると、ディスプレイに、

『MIKA ／ SCORE 100240 ／ RANK A』

と表示され、女は満足げに振り返った。

「いきなり後ろに来られたからミスっちゃったわ」

「いやいや、Ａランクじゃないか。いつ観ても凄《すご》い腕前だ」

「こんなの大したことじゃないわ。まだＡ＋は出したことないもの」

ジーンズにジージャンを着ている。まるで少年のような格好だ。ブリーチした長い髪は、愛のそれよりも更に明るい。首からはジャラジャラとネックレスを下げている。大人の格好ではないが、しかし十代ではないだろう。肌艶からそれが分かる。もしかしたら三十代かもしれないが、俺は二十代後半と睨んだ。何れにせよ、まだ若い。

「あの、この方が――」

「ああミカさんだ。俺と愛さんの友達の」

愛の顔写真は、あの黄疸が出た写真でしか見ることはできなかったが、しかしそれでも落ち着いた感じの美人という印象だった。しかも、彼女は商社で働く会社員だ。その友人にふさわしい人間として、俺は愛と同じような見た目の女性を思い浮かべたが現実は違った。しかもゲームセンターにいるなんて想像すらできなかった。

「あなた誰だっけ？」

とミカは孝次に言った。友人ではなかったのか。

「忘れないでくれよ。コーちゃんだよ」

「ああ、コーちゃんね。はいはい」

コーちゃんこと綿貫孝次は俺に、

「俺みたいな年寄りの友達が多いから、なかなか区別がつかんのさ」

と言った。しかしいくら年寄りといえども顔の区別ぐらいつくだろうに。

「それで、この人はだーれ？」

とミカは俺を指差した。

「愛さんが死んだ事件を調べてる記者さんさ。洋に媚《こ》びた記事を書かないって言うんで、気に入って連れて来たんさ」

「あなた、あたしに愛ちゃんの話を訊きたいって言うの？」

ミカはそう言いながら、俺を見やった。

「あ、はい。綿貫愛さんの死は血栓症であると断定されましたが、それを記事にする前に、愛さんの人となりを――」

言い終わる前に、ミカは俺に手を差し伸べて来た。金でもせびるつもりか、と思ったが違った。

「名刺ちょうだい」

「あ、はい」

俺は先ほど洋に渡した名刺と同じものをミカに手渡した。名刺を一瞥するなり、ミカは叫んだ。

「銀次郎⁉　何？　何でこんな名前なの？」

「あいにく、親からもらった名前でして――」

「ねえ、コーちゃん、この名刺見てよ！　銀次郎だって、銀次郎！　あはははは！」

「それが、そんなにおかしな名前なのかい？」

「おかしいわよ！　何⁉　どういうつもり⁉　時代劇⁉」

こういう反応はいつものことで、今更どうということもない——しかしもちろん、ここまで過剰な反応をされたのは初めてで、流石に面白くなかった。俺は何故愛はこんな女と友達だったのだろう、という気持ちをより一層強くした。

「愛ちゃんのこと知りたい？　銀ちゃん」

そう言ってミカはにやりと笑った。やはり愛とこの女はせいぜい知り合いという程度で、決して友達ではなかったのではないか。愛は死んだのだ。そのことをこれから話題にしようというのだから、もう少し神妙な面持ちになっても良いはずなのに。

だが、どうやら名前のインパクトでミカが俺に興味を持ったようなので、そのことは良かったと思うことにした。中田もそうだが、俺のことを名前で気に入る人間は、必ず俺を銀ちゃんというニックネームで呼ぶ。

「でも、ただじゃ教えてあーげない」

「え？」

まさかギャラを要求しようと言うのだろうか。洋もそこまではしなかったのに。

だが俺の不安は杞憂《きゆう》に終わった。ミカは先ほどまで自分がプレイしていたゲームの筐体《きょうたい》を指差して、言った。よくよく見ると同じ筐体が二つ並んでいて、どうやら対戦プレイも可能なようだ。

「これで私と勝負して、あなたが勝ったら何でも教えてあげるわ」

一時間後。

二つの筐体のディスプレイには、それぞれのスコアが表示された。

『MIKA／SCORE 101040／RANK A』

『GINJIRO／SCORE 112600／RANK A＋』

俺はミカを見やったが、彼女はディスプレイを見つめたまま暫く何も言わなかった。

「あんた中々やるなあ。俺は一ヶ月経ってもCランクが精一杯なのに」

と孝次が言った。最初の一回はミカに惨敗したが、すぐにゲームのコツを摑み、都合五回目のプレイで勝利することに成功した。流石に今までの仕事において、ゲームで勝負するなど子供じみたことはなかったものの、たとえばスポーツ選手にインタビューする時は、感覚を少しでも摑みたいから実際にそのスポーツを自分でもやってみる。もちろん素人の分際でプロスポーツの感覚を摑もうだなんておこがましいが、それでも結構インタビューで会話が弾むものなのだ。そういったスポーツを嗜《たしな》むことに比べれば、こんなゲームは本当に子供の遊びだ。

「銀ちゃん」

と息を切らしながら、ミカが言った。観念して取材に応じるわ、などと言うのかと思ったが、違った。

「私と付き合う？」

「え？」

「だって相性良いみたいだもの」

ミカは自分のディスプレイを顎《あご》でしゃくった。スコアの下に表示されている『SYNC 89%』という数値を示しているようだった。一方、俺のディスプレイにもまったく同じ数値が表示されている。対戦プレイの際は、同じ曲で二人同時にプレイするので、お互いのプレイを比較する機能が備わっているのだろう。俺とミカはかなり高いパーセンテージで、同じプレイをしていたということか。しかし俺はランクA＋だし、ミカもそれなりに実力者だ。上手い者同士は、当然ミスが少ないから、どうしたって同じプレイになる。性格の相性とは違う。

「それはまた、次の機会にお願いします」

「何でー？　つまんなーい！」

「そんなことより、これで愛さんのことを話してくれますね？」

「仕方ないね」

ミカは、ちっと舌打ちしたが、それは決して不快感を表すものではなかった。ミカは俺の腕を引っ張るようにして店の奥に連れて行った。そこにはベンチを取り囲むようにジュースやアイスの自販機が存在するささやかなフードコートがあった。もちろんここも四六時中ゲーム機の筐体から発せられるけたたましい音にさらされているが、少なくともタクシーの車内などよりは秘密の話をするのには向いているのかもしれない。ＩＣレコーダーをテーブルに置く。上手く録音できれば良いのだが。

「話してあげるからアイス奢《おご》って！　私、このクリームソーダ味のがいいわ」

「分かりました。コーちゃ――いえ、お父さんは何になされます？」

「俺、宇治抹茶」

二人は俺が買ってやったアイスに大人げなく食らいついていた。特にミカの先ほどからの言動は、本当に子供のようだった。この女はどんな生い立ちで、普段何をしているのだろう。愛の死に繋がる情報を持っているかどうかは分からないが、俺は彼女に関心を抱いた。

「確認したいんですが、こちらのミカさんとお父さんはお友達なんですね」

「そうだ」

「で、ミカさん——えーと、ミカさんとお呼びしてもよろしいですか？」

「上の名前は新山《にいやま》だけど、あなた気に入ったからミカさんと呼んでも良いわよ」

「どうも。で、ミカさんは愛さんとも友達だったと」

「そーよ」

「愛さんがミカさんをお父さんに紹介されたんですか？　それともその逆？」

どちらも考え難いが、どちらかといえば前者か。ゲームセンターで知り合った若い女の友達を息子の嫁に紹介はしないだろう。普通、恥ずかしがって隠すのではないだろうか。

「いや、紹介された訳じゃなく偶然会ったんだ。いつものようにここに来ると、愛さんがミカさんと一緒にいてな。それで声をかけたんだ」

「じゃあ、ミカさんはお父さんと出会う前から、愛さんとお知り合いだったんですね」

「そうね。友達だから」

「失礼ですが、どういうお友達なんですか？」

「小学校の友達だと愛さんは言っとったな」

「小学校？　同級生ということですか？」

愛と同い年、ということは三十か。俺の読みは概ね当たっていた。しかし年齢よりも、もっと重要なことがある。

ミカと孝次の話を信用するならば、ミカは孝次と出会う前から愛と親密だったことになる。何しろ小学校の同級生だ。三十になっても尚頻繁に会っているのだから、これは結構な親友ではないか。それなのにどうして彼女は、孝次に愛のアリバイを証言しなかったのだろう。そのせいで綿貫夫婦はより一層不仲になったと考えられなくもないのだ。

「お父さん。愛さんが外出していた日は今も分かりますか？」

「家に帰れば分かる。日記じゃないが、手帳にその日の出来事をメモする習慣があるからな。今日寝る前に、あんたさんのことも書くぞ」

「もしかしたら、また後日お尋ねするかもしれません。ミカさん、孝次さんは愛さんに男性がいたと疑っていますが、あなたはどう思います？　親友なら何かご存知じゃないですか？」

「男性？　いたわ」

ミカはあっさりとそう言った。ほらごらん、と言わんばかりに孝次は無言で、深く、深く頷いた。

「男性というのは、旦那さんの洋さん以外の人間ですか？」

「旦那さん？　違うわ。ステディ」

ステディとは懐かしい言葉だが、どうやら愛が不倫していたというのは決定的なようだった。もちろん愛の不倫が、彼女の免疫グロブリンの増加の原因、ひいては溶血の原因に繫がるのか否かは分からないが、聡美が医療ミスで死なせたとされる患者には、何か後ろ暗いことがあるのは事実なのだろう。

「お父さんは男性の存在を疑っていました。あまりに愛さんが頻繁に家を空けるからです」

「そうみたいね。コーちゃんから聞いたわ」

「仮にその半分はミカさんと会うためだとしたら、残り半分はその男性と会っていたんでしょうか？」

「さあね。私は愛ちゃんじゃないから、愛ちゃんの気持ちは分からないわ。ただ、私と会ってなかったことは確かよ」

「その男性と会っていたと思われますか？　これは推測で構いませんので」

「まあ、そうでしょうね。愛ちゃん、私と会うと、テル君のことしか話してなかったから」

「テル君？」

「輝彦《てるひこ》のテルよ。名字は秋葉《あきば》」

「そう、そいつだ！」

孝次は声を荒らげた。

「ご存知なんですか？」

「いいや、知らんよ。だがどれだけ怒鳴り込もうと思ったか！　しかしミカさんもそいつの連絡先を知らないらしい」

「その、秋葉輝彦という男性のことを、もう少し詳しく教えてくれませんか？」

「小学校の同級生。昔っからあの二人、仲が良かったのよ」

「昔って、小学生の頃のことですか？」

また小学校の同級生か。確かに俺にも同窓会の通知のようなものが来るが、会社を辞めて以来、一度も行ったことがない。大手の証券会社を退職し、内科医の妻と離婚し、現在フリーライター。波乱の生涯、などと言ったら大げさに過ぎるが、しかし平坦な人生でないことは間違いない。きっとあれこれ訊いてくるに違いない。それが鬱陶《うっとう》しかったのだ。

それはともかく、愛とミカと俺は同年代のはずだが、そんなに頻繁に小学校時代の同級生と会うものだろうか。大学ならまだ分かるが、小学校だ。

「小学校の頃の友達とまだお付き合いがあるんですか？」

「まだお付き合い？　どういうこと？」

ミカは怪訝《けげん》そうな顔で俺を見た。どうやら、彼女にとって小学校時代の友人たちと付き合うのは極めて自然のことのようだった。

「愛さんと、その秋葉さんが会っていたという事実を、お父さんに隠そうとはしなかったんですか？　確かに浮気は褒められた行為じゃないですが、ミカさんは愛さんとお友達なんでしょう？」

「何でそんな質問をするの？　私はコーちゃんに訊かれたから答えただけだよ。そもそも愛ちゃんにもテル君と会っていたことを黙っていてくれ、だなんて頼まれなかったもの」

と不服そうにミカは言った。ミカは秋葉と愛が不倫関係にあることを知らなかったのかもしれない、と一瞬思った。だからこそミカは孝次に不用心に秋葉の存在を告げたのだと。しかし、それは考え辛い。先ほどミカは、秋葉は愛のステディだとはっきり言ったのだから。

「ミカさんご自身は秋葉さんと頻繁に会っていた訳ではないんですね？」

「そうよ、全然会ってなかった」

俺は孝次に訊いた。

「その秋葉輝彦という男性が、愛さんの葬儀に来たなんてことは――」

「あるはずないだろう。もしそんなことがあったら大騒ぎだ。もしかして愛さんが死んだことを知らないのかも」

それは考え辛い。不倫相手が急に姿を消したら、何事かと調べるに決まっている。ましてや愛の死はテレビのニュースでも報じられているのだ。

「ミカさんが秋葉さんと最後に会ったのはいつですか？」

すると驚くべき答えが返って来た。

「卒業式の日よ」

「え⁉　卒業式って、小学校の卒業式のことですか？」

「もちろんそうよ。テル君は私立に行っちゃって、それっきり」

意外だった。新山ミカ、秋葉輝彦、そして綿貫愛。この三人は小学校時代の同級生なのだ。当然、ミカも、愛のそれよりは頻度は落ちるだろうが、秋葉輝彦と大人になってからも会うことがあると思っていた。でもそうではないとは。

「小学校卒業後、ミカさんは愛さんとは頻繁に会っていたんですか？」

「ううん。会うようになったのはここ最近よ。一年ぐらい前かな。愛ちゃんの方から会いに来たのよ。最初は誰だか分からなかったけど、すぐに愛ちゃんだと気付いたわ。愛ちゃんとはそれからの付き合い」

「お住まいはどちらなんですか？」

「いろは坂の上に、お母さんとお父さんと住んでいるわ」

聖蹟桜ヶ丘の高級住宅地だ。

「失礼ですが、お仕事は――」

「仕事？　仕事なんかしていないわ」

ミカはまったく悪びれる様子もなくそう言った。身分は家事手伝いか。ずっと働いていないのか、それとも俺や洋のように会社をクビになったのか——だが人間にはいろんな事情があるし、あまり詮索し過ぎて彼女が気分を害したら良くない。先ほど、洋を怒らせてしまったからなおさらだ。ミカのバックグラウンドは、それがもし必要な時が来れば、その時に訊けば良い。

「もう一度整理させてください。愛さんが頻繁に外出を繰り返した理由の半分は秋葉輝彦と会うためで、もう半分はミカさんに会うためだった。愛さんがミカさんとこのゲームセンターで会っている時に、偶然お父さんが出くわした。その認識で間違いないですか？」

と俺は孝次に訊いた。

「その通りだ。それで俺はミカさんとも知り合ったんだ」

「その偶然会った時に、愛さんはどんな感じでした？」

「どんな感じ、とは？」

「自分から進んでミカさんを紹介したか、それとも不味い所を見られてしまったといった感じだったのか——」

「ああ、あれは——そう、不味い所を見られた、って感じだったよ。当然だろう。ミカさんは愛さんが不倫していることを知っている。思わぬきっかけで、秘密がばれるかもしれない。

そしてそれはそうなった」

「お父さんは愛さんが男性と密会していることを知って、どう思われました？」

息子の嫁が男と密会しているだなんて、父親にとっては面白くないはずだ。だが先ほどから話を聞いていると、孝次は息子の洋よりも愛の方にシンパシーを抱いているように感じる。

ふう、と孝次はため息をついて言った。

「洋との関係が最悪になっている時に、思い切って愛さんを問いつめたよ。男がいるのか、と訊いたが言葉を濁して答えてくれなかった。何れ本当のことをお話しします、とは言われたが遂に本当のことは聞けなかったな」

「何れ本当のこと？」

「ああ、確かにそう言った」

ある疑問が脳裏に浮かび俺の心を捕らえて離れなくなった。根拠のない、漠然とした疑いだ。

これは単純に、愛が不倫のせいで洋との夫婦間が悪くなった、などという問題ではないのではないか？　そもそも愛は、本当に秋葉と不倫関係にあったのだろうか？

問題はミカの存在だ。愛はミカと偶然会ったのか？　どうもそうではないようだ。ミカの話を聞く限りでは、愛の方からミカを探し出したようにも感じられる。一体何故だ？

「お父さん。愛さんのご実家はどちらで？」

「伊勢原の方とか言っていたな」

「ということは、ミカさんも小学校時代は伊勢原に住んでいたということですね。ご家族で聖蹟桜ヶ丘に引っ越して来たのですか？」

「引っ越し？　うん、そういうことになるね」

ミカは家族の事情でこの街に越して来た。偶然にしては出来過ぎのように思うが、聖蹟桜ヶ丘はイメージが良く、人気がある。つまり皆が住みたがる街ということだ。幼なじみと再会することもなくはないかもしれない。しかし——。

昔の同級生が同じ街に住んでいることを偶然知って、懐かしいと思って愛がミカに声をかけた——一応そう説明することはできる。だが問題は、秋葉だ。

「愛さんは秋葉さんといつ、どのタイミングで再会したんでしょうか？」

と俺はミカに訊いた。

「どのタイミングってどういうこと？」

「秋葉さんは小学校卒業後、私立に進学したとおっしゃいましたよね。その後、疎遠になったと。なら愛さんも秋葉さんと同じ私立に進学しない限り、疎遠になった可能性が非常に高い。つまり人生のどこかで再会するタイミングがあったはずです」

「知らないわ」

「愛さんから伺っていない？」

ミカは頷く。

「秋葉さんは愛さんのステディだそうですが。そうはっきりと愛さんは自分でミカさんに言ったのですか？」

「そんなこと言わなくたって分かるわよ！　小学校時代、あの二人お互いに好き同士だったもの！」

俗に言う、焼けぼっくいに火がついた、というあれか。しかし、大学や高校時代の恋人と再燃するのは分かるが、小学生だ。ちょっと考え辛い。ステディというのも、ままごとみたいなものではなかったのではないだろうか。

「愛さんがその秋葉輝彦と再会したのは、当然、洋と結婚した後だろうな」

と孝次は言った。

「もしそうでなかったら、秋葉輝彦と関係を持ったまま洋と結婚したことになる。いくらなんでも、そりゃあない」

確かに、洋の父親にしてみれば、そう考えたくもなるだろう。だが俺はまったく別のことを考えていた。

時期は不明だが、愛は秋葉と再会し、そしてミカとも再会した。ミカと再会した理由は、昔の同級生が偶然同じ街に住んでいた、つまり会いやすかったから——それ以外の理由はないのではないか。しかも昔の友人と交流を深める、という意味ではなく、もっと即物的な理由だ。

愛は、小学校時代の同級生たちと再会しなければならない何らかの理由があった。たまたまミカの前で秋葉の名前を出しただけで、愛にとっては彼もその他大勢のクラスメイトの一人にしか過ぎない、という可能性はないだろうか。それこそ愛が秋葉と一緒にホテルに入る現場をミカなり孝次なりが目撃していたら、これはもう二人が不倫関係にあるのは確実だが、現状そんな話は一つも出てこないのだ。

ただ単に、愛が頻繁に家を空け、彼女がたまたまミカに秋葉と会うと言った——それだけのことなのだ。愛が家を留守にした日の多くはミカと会っていたというのは、偶然にも彼女が同じ街に住んでいたからに違いないだろう。しかし、だからといって残りの日はすべて秋葉と会っていたというのは早計な考えかもしれない。

綿貫愛は新山ミカ、そして秋葉輝彦という小学校時代の同級生たちと会っていた。ならば他の同級生とも会っていたと考えるのは極めて自然な見方だ。

「ミカさん。愛さんと会っている時は、具体的に何をしていたんですか？」

「具体的に？　別に大したことはしてないわ。ここで遊んだり、映画観たり、お菓子食べたり」

「それだけですか？　何かそれ以外にはなかったですか？」

「何もないわよ。いったい何があるっていうのよ」

何もないわけがない。愛は会社員で、既婚者だ。そんな人間が、わざわざ夫との時間を割いてまで、小学校時代の友達と遊び惚《ほう》けるものか。いや、もちろんそういうこともないとは言えない。だが、それだけのことだったら夫の洋や義父の孝次にきちんと告げるはずではないか。孝次が偶然ここで彼女等の姿を見かけなかったら、ミカの存在は永久に彼等の知る所とはならなかっただろう。

しかも孝次と出会った時、愛は、不味い所を見られた、という表情をしたのだ。孝次は秋葉との不倫がばれるかもしれないからだと推測したが、果たして本当にそんな理由なのだろうか。もしかしたら愛は、ミカと会っていること自体を秘密にしておきたかったのかもしれない。だがどうして？　ミカは明るく、ざっくばらんだ。愛の死後、こうして孝次とも友人関係を築いている。何かしらの秘密を抱えているとはとても思えない。

「お父さん。愛さんの卒業アルバムはご自宅にありますか？」

近年は個人情報保護の観点から、大抵の卒業アルバムからは住所録は省かれている。だが俺が小学校を卒業した当初はまだそういった概念は薄かったから、アルバムの最後のページに全生徒の住所と電話番号が記載されていた。俺と彼女らは同年代だから、アルバムさえ手に入れれば秋葉に連絡できる可能性は非常に高い。

「あるかな——探してみるが、もしかしたら実家の方に置きっぱなしにしてあるかもしれない」

「愛さんのご実家ということですか？」

「もちろんそうだ」

そういえば愛の両親のことには考えが及ばなかった。声高に聡美を追及しているのは洋ばかりで、愛の両親の声はまったくと言って良いほど聞こえてはこない。洋が妻の死に心から憤っているのか否かは釈然としないが、両親の悲しみは想像するに余りある。何故、事件の表舞台に登場しないのだろう。

「いや——そんなこともないか。卒業アルバムっていうのは大事なものだろう。ましてや愛さんはミカさんや、その秋葉輝彦という男と連絡を取っていたんだ。手元に卒業アルバムを置いておいた方が、何かと便利だ。きっと愛さんの部屋にあるはずだ」

「ちなみにお尋ねしたいんですが、愛さんのご両親はどんな方——」

愛さんのご両親、という言葉を俺が発した瞬間、孝次は苦々しい顔つきになった。

「愛さんは両親とは疎遠だったそうだ。勘当されたと言っていたかな。だから結婚式も挙げていない。愛さんの葬式には母親が来たよ。涙の一つでも流すのかと思ったが、冷たい顔をして愛さんの遺影を睨みつけて帰って行った。さすがに香典は出したが、しかし葬儀の費用は全部こちら持ちなんだよ？　いや、それは別に良いんだ、当たり前のことだから。ただ何があったか知らんが、いくら何でも酷いじゃないか。実の娘なのに」

両親との不和。小学校時代の友人たちとの密会。調べれば調べるほど、死んだ綿貫愛という女性への謎が満ちてゆく。すでにこの時点で目的の半分は達成されたと言っても良い。俺は刑事でも探偵でもないし、ましてや医学の知識がある訳でもない。果たして愛が溶血した真の原因――そんなものがあるとして――に辿《たど》り着けるか否かは定かではない。だが綿貫夫婦は不仲で実は離婚寸前だった、という記事を書くだけで事態は聡美に有利に働くのだ。裁判は厳正で然るべきだが、世論と完全に切り離されて存在するものでもない。皆、妻を亡くした洋に同情している。だから聡美が責められている。そんな中、実は亡くなった愛と洋が不仲であったことを世間に知らしめたら、事態はどうなるだろう――考えるまでもない。

俺は孝次に軽い罪悪感を抱いた。もちろん彼は、俺が聡美の側に立つ人間だと知っているだろう。しかし彼は彼で息子に不満があり、誰かに話を聞いてもらいたかった。そこに俺がお誂《あつら》え向きに登場したに過ぎない。孤独な老人の寂しさにつけ込んで、株を売りつけたあの頃とやっていることは大差ない。俺が息子夫婦の不仲を暴いてまで、息子が訴えている医者を救おうとしているのだと知ったら、一体彼は何を思うのだろうか。

「どうして愛さんがご両親と不仲になったのか、ご存知ですか？」

しかし、俺はそんな感情を押し殺して、孝次に訊いた。

「詳しいことは俺も知らん。だが、俺だって洋と仲が良いとは言えないからな。いろんな事情があるんだろう」

その事情も、場合によっては暴かなければならないかもしれない。

「卒業アルバムはお願いします。後ほど愛さんのご実家の連絡先を教えてもらえませんか？」

「ああ、分かった」

「そうだ。ミカさんも卒業アルバムを持っていますよね？　万が一、愛さんのアルバムが見つからない時は、ミカさんのを貸して頂きたいのですが、よろしいですか？」

するとミカは、

「卒業アルバムなんて、どっかに行っちゃったから、もう残ってないわ」

と言った。

「残ってない？　どうして——」

そう言いかけたが、人それぞれだろうと思って黙った。学生時代の卒業アルバムは大事なものだという思い込みは、この自由奔放な新山ミカには当てはまらないのかもしれない。

俺は孝次に携帯番号を訊いた。綿貫家に直接電話をする訳にはいかない。現在失職中の洋が電話を取る可能性は高かった。あれだけ大声を上げて俺を追い返した彼のことだ。もう二度と俺の話など聞いてはくれないだろう。

念のため、ミカの連絡先も訊いた。女性はそう簡単に電話番号を教えてくれないだろうと案じたが、杞憂だった。思えば、さっきゲームの相性だけでミカは俺に、付き合う？　と訊いて来たのだ。そんな軽い女が携帯番号やメールアドレスを教えるのに躊躇《ちゅうちょ》するとは思えなかった。

まるで子供向け携帯のような、丸みを帯びた、オレンジ色の携帯電話だった。彼女らしいな、と俺は思った。彼女は俺の番号をその携帯に、銀ちゃん、という名前で登録していた。きっと孝次の番号は、コーちゃん、で登録しているのだろう。

「じゃあね、コーちゃん」

「おお、また今度ゲームで対戦しようなあ」

「銀ちゃんも、またね」

俺はミカに会釈をして、ゲームセンターを後にした。孝次は無言で駅の方に向かって歩き出した。俺は彼の後を追った。

「良い歳をして、あんな若い娘とゲームセンターで遊び惚けてるなんて呆《あき》れただろう」

と彼は言った。

「いえ、そんなことは」

「良いんだよ。はっきり言ってくれて。ただミカさんは聞き上手っていうか、年寄りの愚痴を嫌な顔一つせずに聞いてくれるんで、ついつい話し相手になってもらっているんだ」

「いいえ。そういうことはありますので、お気持ちは分かります」

と俺は言った。孝次は頷き、

「愛さんが洋の嫁に来てくれた時は、本当に嬉しかったなあ。新しく娘ができたみたいで、あの家の中もぱあっと明るくなった。確かに結婚当初からちょくちょく家を留守にしていたが、最近の若い娘はそういうものなんだろうと思って気にも留めなかった。聖蹟桜ヶ丘は住むのには良い所だが、若者はやはり新宿や渋谷で買い物したがるもんだろう。嫁に来てくれたただけで感謝しなけりゃならないのに、買い物に出かけるぐらいで文句を言っちゃ可哀想だ」

確かに聖蹟桜ヶ丘から新宿までは電車一本で行ける。ミカや秋葉の件がなければ、単純に都心に買い物に出かけるために家を留守にしていた、と思っても不思議ではない。

「だが洋はそうは思わなかった。買い物するならそれでいいが、自分と一緒に出かけなかったことが気に入らんかったんだろう。だから男がいるんじゃないかと疑った。俺は俺でゲームセンターでミカさんといる愛さんを偶然見かけた。ミカさんから男の話を聞いて、俺はよせば良いのにそれを洋に言っちまった。それでますます夫婦の仲は悪くなった。愛さんがあんなことになったのも、きっと心労のせいもあるんだろう」

精神的ストレスのせいで溶血になる可能性はあるのか聡美に訊かなければ、と俺は思った。

「お父さんは、その愛さんの態度に、不信感を覚えたりはしなかったんですか？」

すると孝次はこくりと頷いて、

「愛さんが死んだ後に荷物を整理していたら、興信所の領収書が出て来たことがあってな――流石にその時は何を調べていたんだろうと愛さんを疑った」

と言った。

「興信所？」

「ああ、もちろん洋の金を使ったかどうかは分からない。愛さんも働いているから自分の金を使ったのかもしれない。でもそういう問題じゃないんだ。そもそも何か事情がなければ興信所など雇わないだろう。確かにそういう意味で不信感はなくはないんだ」

「それはいつ頃のことですか？」

「領収書の日付は、半年ほど前だったかな」

健康診断の一ヶ月ほど前か。愛は何を調べていたのだろう？　その領収書を見せてほしい、と言いかけたが、思い止《とど》まった。愛が仕事を依頼した興信所に出向いても、彼等にも守秘義務があるのだ。しかもフリーライターなどに顧客の依頼内容を明かすとは思えない。

「洋も愛さんが死んだことを悲しがっている素振りを見せたが、そんなものは嘘っぱちだ。むしろ愛さんが死んで喜んでいるんだ。あんたさん、何でだと思う？」

「さあ、私には——」

ふん、とまるで自分の息子を嘲るように、孝次は言った。

「離婚しなくて済むからさ。それ以外に理由はない。分かるだろう？　俺は離婚の経験はないが、ああいうものは想像を絶するエネルギーを使うものだ。式は挙げていなかったが、もし挙げていたらそれも全部無駄になる。いや、金のことは別に良いんだよ。だが周囲の目っていうものがあるじゃないか。愛さんはご両親と疎遠だったから、親戚付き合いもなかった。当然だよな。自分の親とも会わないのに、他の親戚に会うはずもない。だから愛さんは良いかもしれない。だが俺たちは違うんだ」

孝次は確かに、息子の嫁の愛を可愛がっていたのだろう。しかし同時に、愛が死んで喜んでいるのは彼も同じなんだな、と思った。医療ミスで殺されるなど被害者以外の何者でもない。息子夫婦は離婚することもせず、皆に同情されたまま、その結婚生活を終えることができるのだ。しかし彼はその自分の薄情さも十分自覚している。だからこそ俺に協力するつもりになったのだろう。

俺は終わってしまった自分の夫婦生活に思いを馳《は》せた。俺は離婚するぐらいだったら、誰かに聡美を殺してもらって、妻を失った夫を演じる方がマシだと考えただろうか？　そんなことは露ほども思わなかった、そう信じたいが、自信はない。だが離婚には想像を絶するエネルギーを使うものだという孝次の意見には完全に同意する。

「失礼なことを尋ねて良いですか？　もし気分を害されたら申し訳ないですが」

「何でも訊いてくれ」

「ではお尋ねします。洋さんは現在失職されている。経済的には厳しい状態ではないのですか？」

「あんたの言いたいことは分かるぞ。洋があの村沢太郎の話に乗ったのは、裁判まで持ち込むにせよ、和解で済ますにせよ、相手から賠償金をふんだくれば当面の生活が楽になると考えたんじゃないか、と訊きたいんだろう」

「すいません」

「いいや、謝ることはないんだ。誰だってそう思う。このことについて洋と面と向かってとことん話したことはないから分からないが、そういう考えがまったくない訳じゃないだろう。だが俺はアパートを持っているから、年金と家賃収入で、まあ親子二人食って行くのには困らないんだ。だから金じゃない。いや、金はもらうに越したことはないだろうよ。でもそれが洋の第一目的じゃない。目的はやっぱり、自分が愛さんの主治医を糾弾すればするほど、自分たちが不仲であった過去が消えるとでも思ったんじゃないだろうか。周囲の同情もひけるしな」

そう孝次は、極めて冷徹に言った。関係が冷めていた反動として、妻を死なせた医師を憎む行動に出る。いかにもありそうなことだった。

「自分でも分かってる。俺がこんなふうにミカさんと頻繁に会うようになったのは、愛さんが死んだからだ。同じ年頃の女と会うことで、愛さんが死んだ悲しさを紛らわそうとしているだけだ。他意はない」

孝次は弁解するように言った。

俺は愛が、何らかの理由で小学校時代の友人たちに接触しようとしていると考えた。つまり愛にとってミカはたまたま同じ聖蹟桜ヶ丘に住んでいるだけで、特別な人間ではない。それと同時に、ミカにとっても愛は他の大勢の友達の一人に過ぎないのだろう。もちろん、悲しんだに違いない。だがいつまでも悲しみを引きずるようなタイプでは彼女はないのだろう。

とにかく愛の小学校時代の卒業アルバムが手に入れば、彼女の同級生の名簿が手に入る。もちろん真っ先に連絡を取らなければならないのは秋葉輝彦だが、俺の読みが正しければ、恐らく愛は他の同級生ともコンタクトを取っているはずだ。少なくとも同じクラスの同級生すべてに連絡を取る必要があるだろう。果たしてあと五日で成せるのか――。

孝次は卒業アルバムを取りに、いったんタクシーで自宅に戻った。俺もついて行きたいのはやまやまだったが、洋と会う訳にはいかないから、通りの向こうの喫茶店で時間を潰すことにした。純喫茶ではなく、日本中どこにでもあるコーヒーショップだ。ごく普通のブレンドコーヒーを飲みながら、大きな窓と向かい合わせのカウンターの席に座った。聖蹟桜ヶ丘の町並みを眺めながら俺は、今回の仕事が終わったら『耳をすませば』をもう一回観直してみようかと、そんなことを考えた。

その時、駅前の群衆の中、ふらふらと歩いているミカの姿を見かけた。こちらに気付く様子はない。毎日ああやって遊び歩いているのだろうか。もちろん人生は人それぞれだから俺があれこれ言う資格はない。だが、仕事をせず昼間からゲームセンターで遊んでいることに罪悪感の一つも抱いていないように見えるのが不思議だった。

ミカが雑踏の中にその姿を消してほどなくして、孝次から電話がかかって来た。冷めたコーヒーを飲み干し、俺は店から出て電話に応対した。一生懸命に探したが、卒業アルバムがどうしても見つからないと言う。家中探せばもしかしたらどこかからは出て来るかもしれないから、暫く時間をくれないか、ということだった。

俺は心の中の落胆をできるだけ孝次に悟られないように、今日、取材に応じてくれた礼と、もし卒業アルバムが見つからなくても気にしなくていいとの旨、そして愛の実家の連絡先を訊き、電話を切った。

秋葉輝彦を含め、愛の同級生の名簿は調べればいかようにでも手に入れることができるだろう。だが時間がない。中田に締め切りを延ばしてくれと頼み込んでも彼がそれを承諾してくれる保証はない。そもそも聡美の無実の罪を晴らすというのは俺の個人的な目的であって、中田から依頼された仕事は、ほぼ現時点では終わっていると言って良い。もちろん原稿を中田に渡した後も独自に調査を続けることはできるが、金にならない仕事はやりたくないというのが本音だ。

卒業アルバムが一番時間をかけずに愛の同級生の連絡先を知る手段だったが、どうやら見つかったら幸運だ、程度に考えておかねばならないかもしれない。とにかく実家の連絡先は手に入った。三歩進んで二歩下がる、といった案配だが、前進していることは間違いない。

俺はその場で愛の実家に連絡し、取材のためお会いしたいという旨を伝えた。電話に出たのは母親だった。疎遠になっていると言うし、葬式には香典を出しただけと言っていたから、親子の縁を切っているも同然かもしれない。そんな娘が死のうがどうしようが関係ないと取材を断られると思ったが、声を荒らげることもなく、自宅まで来てくれるのなら今からでも構わない、と淡々と語った。聖蹟桜ヶ丘から伊勢原まで一時間半ほどか。到着した時は夜になるかもしれないが、とにかく時間を無駄にしたくない。俺は取材を受け入れてくれたことに礼を述べてから電話を切った。

3

伊勢原の地に足を踏み入れた時、もうすでに辺りはとっぷりと日が暮れていた。聖蹟桜ヶ丘も決して大都会ではないが、比べると伊勢原の方がやや人が少ないように思えた。駅を出ると再び愛の実家に電話し、家までの道のりを訊いた。大山ケーブル駅に向かうバスが出ているので、一つ手前のバス停で降りろとのことだった。だったら伊勢原ではなくその駅で降りた方が良かったのでは、と一瞬思ったが、どうやら電車の駅ではなくケーブルカー乗り場の名称のようだ。

和菓子屋を捜す余裕がなかったので、駅前のケーキ屋でロールケーキを買ってタクシーに乗った。バスはまだ来ないようだし、少しでも時間を短縮したかった。

車が駅を離れるに連れて、商店などは姿を消し、人々が暮らす住宅や団地が現れる。街路灯や家々の明かりの少なさが、余計に夜の暗闇を強調させている。まるで真っ暗な闇の中にまっしぐらに進んでいるようにも思える。恐らく、前方いっぱいに果てしなく連なる大きな山々のせいだろう。自ら光を放つことも、周囲の光に照らされることもない山々は、まるで夜の闇を具象化したかのようだ。運転手に尋ねると、あれが国定公園に指定されている大山だと教えてくれた。

目的地のバス停へは二十分ほどで到着し、俺は人気がまるでない住宅街で降ろされた。住宅街といっても民家はそれほど多くなく、家々の合間を埋めるように緑の木々が立ち並んでいる。向こうに見える平たい土地は畑だろうか。神奈川県というと東京都と隣接していることもあり、決して田舎のイメージはないが、中々どうして緑の自然が残っている。

俺は三度、愛の実家に電話をし、バス停に到着した旨を伝えた。実家はバス停から伊勢原駅に向かって戻るようにして歩き、最初の角を左に曲がってすぐの所にあると彼女は教えてくれた。俺はとぼとぼと夜道を今来た方向に引き返し、言われた通りのルートを辿った。本当に森の中に続くような道だった。家々の明かりがなかったら、正真正銘真っ暗闇だっただろう。

俺は暗い中、目をこらすようにして羽鳥《はとり》と書かれた表札がかかっている家を探し、インターホンを押した。綿貫愛の旧姓だった。

暫くして、がらりと引き戸が開いて、一人の女性が姿を現した。愛の母親――羽鳥香苗《かなえ》だった。

ショートのヘアスタイルだと一瞬思ったが、どうやら長い髪を後ろで束ねているようだ。目立つ白髪が、彼女の心労と孤独を象徴しているような気がした。

「この度は突然押し掛けてしまって申し訳ありません」

俺は頭を下げた。すると、

「良いんです」

と抑揚のない、どちらかと言うと厳しい声で香苗は言った。

「娘のことで私に話を聞きたいと言って来た記者さんは、あなたが初めてです。何故私の所にやって来たのか、それを逆に訊きたいと思ったんですよ」

つまらないものですが、と前置きを忘れず、俺は香苗にロールケーキを差し出した。本当につまらないもののように、彼女は無雑作にそれを受け取った。

案内された居間は、がらんとしていた。孝次の家よりも年季が入っていそうな平屋建ての家だが、あちらよりも生活感がない。きっと物を溜《た》め込まずに捨てる性格なのだろう。

香苗はコーヒーを持って来ると言って、台所の方に引っ込んで行った。そんなことはどうでもいいから早く話を聞きたかったが、俺は黙って待っていた。暫くして彼女は、良い香りが立ち上る真っ白なコーヒーカップと、俺が先ほど買って来たロールケーキを切って戻って来た。頂きます、と言ってコーヒーを口に含んだ。懐かしい味がした。聖蹟桜ヶ丘のコーヒーショップで飲んだそれはいかにも余所《よそ》行きの味だったが、俺は母親が入れたコーヒーの味を思い出した。

「こちらに伺ったのは、私が初めてというのは本当なんですか？」

「はい」

と香苗は頷いた。愛の実家など調べればすぐに分かるのだから、こんな所までやって来る物好きな人間は俺しかいないということなのだろう。俺はＩＣレコーダーの電源を入れ、訊いた。

「申し訳ないのですが、もしかしたら失礼なこともお訊きすると思いますが、よろしいですか？」

香苗は無言だった。その沈黙を、俺は肯定のサインだと勝手に受け止めた。

「愛さんの義父の孝次さんの話によると、愛さんはご両親から勘当されたということですが、それは本当でしょうか？」

やはり無言だった。いきなり単刀直入に訊いてしまったかと案じたが、しかしこの質問に関してはちゃんと答えてもらわないといけない。

数秒ほどの沈黙の後、果たして、

「世間様に言わせれば確かにそういうことになると思いますが、しかし私にはそういうつもりはなかったんです」

という答えが返って来た。

「そういうつもりとは？」

「愛を勘当したのは、夫の圭一《けいいち》です。もっとも愛の方から出て行くと言い出して、夫も言葉の弾みでそう言ってしまったんでしょうが」

「ご主人が、ですか？」

香苗は頷いた。

「私は誠心誠意、愛と打ち解けようとしました。どんなに娘が非行に走っても勘当だなんて思いもしません」

「非行？　それは、その、学校とかで——」

俺は黄疸が出た愛の顔写真を思い出した。奇麗な顔立ちの女性だった。グレる若者のイメージにはほど遠いと思う。しかし、今はもう死語だが、俺の学生時代にはスケバンという言葉が当たり前のようにあって、あの美人が学校の番長を張ったら、それはそれで迫力があっただろうと考える。

「そうです。家でも暴れたことは一度や二度ではありません。どうしてこんなことになってしまったんだろうと、私は何度も自分を責めました。恐らく、良い学校に行かせようと、子供の頃から無理をさせたのが悪かったのだと思います。愛が通っていた高校は進学校でした。中学校では優等生でも、高校では同じようなレベルの生徒が沢山いますから。それで成績が落ち、今まで勉強ばかりさせていたこともあって、フラストレーションが爆発してしまったんだと思います」

俺たち以外の人気は感じられない。少なくとも今、この家には香苗一人しかいないのではないか。夫の圭一はどこにいるのだろう。そのことについても追い追い訊かなければならない。

「それで、圭一さんが愛さんを勘当なさったと」

「それもあります。でも、それだけじゃないんです」

「と、おっしゃいますと？」

「愛には瞳《ひとみ》という妹がいました」

「妹さんがいらしたんですか？」

瞳という妹の存在など初耳だった。しかも彼女は今、いました、と過去形で語った。

「愛の非行といっても、親に手を上げるようなことはないんですよ。ただ——家の中だけで暴れてくれた方がマシだったと思わなくもありません。愛は外様にも迷惑をかけるようなグレ方でしたから。学校で暴れて、悪い友達と外をふらつき回って、滅多に家には帰って来ませんでした。もちろん私はその度に、愛を探し回ったり、警察に補導された愛を引き取りに行きました。でも、どんなに叱っても愛は一向に態度を改めず——そんな愛ですが、妹の瞳に対しては、優しく頼りがいのある姉を演じていたように思うんです。もっともこれは、私がそうあって欲しいと勝手に思い込んで、過去の出来事を自分の都合の良いように記憶しているだけかもしれませんが」

「妹さんは愛さんの影響を受けて非行に走るようなことはなかったんですね？」

「はい。むしろ瞳は、警察から帰ってきた愛を、泣いて咎めるような娘でした。私は愛も瞳も我が娘でしたから平等に扱おうとしました。でも、瞳に手がかからない分、私の気持ちはより愛の方に向けられていたように思うんです。私は愛をどんなことをしてでも更生させなければならない、そう思いました。でも夫はそうではなかったんです。丁度私の逆で、夫は手のかからない瞳により愛情を注いでいるように思えました。もっとも愛が非行に走るようになった時、瞳はもう中学生でしたから、父親に懐くような歳じゃありません。どうして愛のことをもっと真剣に考えてくれないの、と私は夫をなじりましたが、俺にはそんな義理はないって——そう本音をぶちまけたことがあって——私もその時は、流石に夫と大喧嘩しました。でも、夫の気持ちが愛に向けられることは、遂になかったんです」

義理がないというのもおかしな話だ。自分の娘なのに。

「それで——愛さんが非行に走ったから、ご主人は愛さんを勘当したんですか？」

それだけではありません、と香苗は小さな声で呟いた。

「——もしかして、ご主人が愛さんを勘当なさったのは、妹さんが関係しているのですか？」

沈黙。肯定のサインだ。

「遂に愛さんが、妹さんに手を上げ怪我を負わせてしまったとか、そういうことですか？」

黙っていても俺が追及の手を緩めることはないと知ったのか、香苗はゆっくりとその重たい口を開いた。

「ただ怪我させただけでは勘当とまではいかなかったかもしれません。でもその怪我が元で、瞳が死んだとしたら話は別です」

「——いったい、何があったんですか？」

「愛が荒れれば荒れるほど、瞳は相対的に良い子ということになって、それが愛には面白くなかったんだと思います。それで愛は——瞳を攫《さら》って車でこの家から逃げ出したんです」

「家出、ということですか？」

香苗は頷く。

「愛さんが高校生、瞳さんが中学生の頃ですね。もうその頃すでに免許証を取得していたんですか？」

「いいえ、もちろん無免許です」

もちろん、という言葉で愛がどれだけグレていたのか容易に知ることができた。無免許運転ぐらい驚くに当たらないのだろう。

「攫ったといっても、瞳ももう中学生だから、逃げようと思えば逃げられたはずです。多分、姉が心配で半分自分から付き合ったような形だったのではないでしょうか。簡単に車が用意できるぐらいです。悪い友達との交友関係は絶えませんでしたから、どこにでも行く当てはあったんでしょう。今から思えば、そのまま計画通りに遠くに行った方がどれだけ良かったか——どうせすぐに見つかるでしょうし、愛が瞳に危害を加えることはないはずですから。でも愛は小田原の近くで追突事故を起こしてしまったんです」

俺は少し唾を飲み込みつつも、言葉を選び選び言った。

「その事故で瞳さんは亡くなったんですか？」

もしそうだとしたら、これは勘当されても仕方がないと思った。

「事故では二人とも一応助かりました。でも瞳が死ぬ直接的な原因を作ったのが、愛が起こした交通事故だと夫は信じていました。だから愛を勘当したんです」

彼女も愛を憎んでいるのではないだろうか。だからこそ彼女の葬式に香典を出しただけで帰ったのではないか。もちろん、実の娘を憎んでいるなどとは俺の前では言わないだろう。しかし今まで散々迷惑をかけられて、妹が死ぬ原因を作ったのは確かだ。

「その事故で、愛は助骨《ろっこつ》を骨折しました。シートベルトをしていなかったのでエアバッグに胸を叩き付けられたんです。幸い命には別状がなく、全治一ヶ月半と診断されました」

エアバッグはシートベルト着用が前提の安全装置だから、シートベルトをしていないと逆にエアバッグが運転手の命を危険にさらすことになりかねない。だが真面目にシートベルトを着用するようなドライバーは、そもそも無免許運転など起こさないだろう。

「愛は家庭裁判所に送られました。無免許運転に関しては初犯だったので、実刑は免れましたが、一年間の欠格を言い渡されました」

一年間は運転免許証の取得ができないということだ。

「それからも愛さんが無免許で車を運転するようなことはあったんですか？」

「いいえ。流石に懲りたようでおとなしくなりました。それに瞳のこともあったから——」

「その事故で瞳さんは、後に亡くなってしまうような重い障害を負ってしまったんですか？」

香苗はこくりと頷いた。

「それはいったい――」

香苗は、それが何でもないことのように、唐突に――少なくとも俺には唐突に聞こえた――言った。

「脾臓の摘出です」

俺は、一瞬、彼女が何を言っているのかが分からなかった。今は愛の妹、瞳の話をしているのだ。溶血になった愛の話ではない。

だが香苗は淡々と語り続ける。

「皮肉なものですね。助手席の瞳はちゃんとシートベルトをしていたんですよ。でも衝突の衝撃でシートベルトが腹部に食い込んで、脾臓の破裂を招いてしまった。どんなに苦しかったことか――すぐに病院に運ばれて、そのまま緊急手術です」

「瞳さんは脾臓を摘出したんですか⁉」

俺は上ずった声で香苗に尋ねた。

「だから、先ほどからそう申しています」

「すいません。その手術は開腹手術ですか？　それとも内視鏡手術ですか？」

香苗は不思議そうな顔で俺を見つめた。質問の意味が理解できなかったのだ。だから俺は聡美の受け売りで、開腹手術と内視鏡手術の違いを簡単に香苗に説明した。

「――ああ」

ようやく意味が分かったように、彼女は言った。

「開腹手術でしょうね。瞳のお腹には傷が残りましたから」

愛が高校生の頃の事故と言うと、今から十三、四年前の出来事だろうか。その頃は内視鏡手術が今ほど発達していなかっただろうし、そもそも交通事故で破裂した脾臓の摘出など、緊急性を要するものだろう。傷が残る云々を議論している場合ではない。内視鏡のような面倒な方法は取らないのではないか。

「でも、それが何か？」

まだ香苗は俺が何を言いたいのか分からない様子だった。

「愛さんは溶血の治療として脾臓摘出を余儀なくされました。内視鏡手術なら、痛みも少ないし、傷も必要最小限で済み、何より早く仕事に復帰できる。にもかかわらず、愛さんは、医師の勧めを拒んでまで、開腹手術を選択したんです。このことについて、お母さんはどうお思いですか？」

「そんなことがあったんですか――」

　マスコミがその一件を把握していたのかどうかは定かではない。だが仮に把握していたとしても、愛が医師の勧めを断ってまで開腹手術を選択した事実など報道しないだろう。医師の勧めを断った、という点が重要だ。聡美と小山田総合病院を悪役にするために、愛の死は彼女自身に原因があったと思われかねない要素は根こそぎ摘まなければならない。

「私には分かりません。ただの偶然かもしれませんし――」

「偶然？　確かに愛さんが溶血の治療として、瞳さんと同じように脾臓を摘出しなければならなくなったのは、偶然の一致と言えるかもしれません。でも手術の方法を選択できなかった瞳さんと違って、愛さんには選択する余裕があった。開腹手術か内視鏡手術かです。愛さんは明確な自分の意思でもって、開腹手術を選択しました。瞳さんと同じ手術です。偶然とはとても思えません」

　脾臓摘出を求められた時、愛は瞳を思い出したに違いない。散々悪さをして家族に迷惑をかけ、妹にも怪我《けが》を負わせてしまった。今は更生し社会人として働いているからこそ、罪悪感は一入《ひとしお》だっただろう。愛にとって妹と同じ傷を身体に刻むことこそが贖罪《しょくざい》だったのかもしれない。だが――。

「瞳さんは脾臓を摘出して一命は取り留めたのでしょう？　それなのにどうして――」

ある可能性が脳裏に浮かぶ。脾臓を摘出すると血小板数が増える。瞳もやはり血栓症で死んだのではないか。愛は手術の傷だけではなく、瞳と同じ死に方を選んだ。つまり自殺だ。それは簡単なことではないか？　聡美が処方した抗血小板剤を飲まなければいい。ただそれだけのことなのだ。もし事実がそうであれば、これで聡美の無実は証明できる。

しかしその可能性はあっさりと否定された。

「瞳は高校に上がってすぐに亡くなりました。肺炎です。何でも脾臓を摘出すると免疫力が落ちてしまうようで、ちょっとした風邪でも普通の人よりも大事に至ることが多いんだそうです」

「肺炎？　肺炎で亡くなったんですか？」

「そうです」

聡美は言っていた。脾臓は赤脾髄と白脾髄に分けられていて、特に白脾髄は免疫機能にかかわっているが、全身のリンパ節が同じ役割を果たすから脾臓を摘出してもそれほど問題がないと。だがその説明は今の香苗の説明と明らかに矛盾している。それに死因だ。肺炎は毎年多くの患者が亡くなっている重大な病気だが、その死者はほとんど老人、もしくは乳幼児なのだ。高校に上がったばかりの少女が肺炎で死ぬなど普通ではない。とにかくこのことも含め、後で聡美に確認しなければならないだろう。

「それで――ご主人は愛さんを勘当されたと？」

「はい。高校を卒業した愛は、進学するでも就職するでもなく、毎日ふらふらと暮らしていました。大学には行けませんでしたが、あれだけ荒れていて退学処分にならなかっただけでもありがたいと私は思っていました。でも夫はそうではありませんでした。やはり夫は娘たちを良い大学に入れたかったんです。それに――夫は二人の娘を平等に愛したつもりだったんでしょうが、どうしても瞳の方に愛情が注がれてしまったんだと思います。でもその瞳は死んでしまった。とうとう堪忍袋の緒が切れてしまい、瞳の通夜の席で大喧嘩して、愛をこの家から追い出したんです」

香苗は目を細めた。俺の背後を見ているようだった。いいや、恐らく彼女は過去の光景を見つめているのだろう。この家から立ち去り二度と戻って来なかった愛の後ろ姿を――。

「もちろん、売り言葉に買い言葉で、そんなことを言ってしまったんだと思います。でも夫も、愛も、頑固な人間でした。夫も心の中では愛と和解したいと思っていたはずです。でも結局、それは永久に成されませんでした」

香苗はあくまでも声のトーンを変えず、感情に乏しい声のまま、淡々と語り続けた。涙はもちろん、精も根も尽き果てたといった印象だった。希望に満ちた未来を夢見て圭一と結婚したはずだ。それなのにどうしてこんなことに――そう自責の念にも似た思いを抱きながら、彼女はこの家で暮らしているのかもしれない。

「それで、ご主人は、今——」

「湘南の病院にいます」

「——病院？」

「ずっとこの家で介護してきましたが、愛が死んで力が抜けてしまいました。だから専門の病院に預けたんです。酷い妻とお思いでしょうね。でも主人は、愛が死んだことも、瞳が死んだことも、分かりません。それが唯一の救いです」

「ご病気なんですか？」

するとと逆に香苗は訊き返して来た。

「桑原さん、とおっしゃいましたね」

「はい、そうです」

「愛の死んだ医療事故の取材でいらしたんでしたね」

「——はい」

「私はこの家で一人、年金と夫の貯金で暮らしています。その貯金も、夫の介護費で消えて行きます。愛と瞳がこの家にいてくれたら、と考えない日はありません。そんな折り、あなたが現れた。私はどうやら、娘たちと同年代の若い方がいらっしゃって、舞い上がって多くを話し過ぎてしまったようです」

　この女性も綿貫孝次と同じタイプの女性だった。他人に自分の知っている情報を提供することで、他人に必要とされているという実感を得て、心の寂しさを埋める。しかし孝次と違うのは、彼女自身がそれを自覚しているという点だろう。

　俺は話題の矛先を本題に戻した。

「愛さんの死は、主治医の霧島《きりしま》聡美という内科医の医療ミスが原因とされているのをご存知ですか？」

「世間の方々がそう言うのであれば、その通りなんでしょう」

　電話では愛について話を聞きたいとしか言わなかったので、俺は自分のスタンスを香苗に明かす必要があると感じた。彼女に対して誠実でないような気がしたし、何よりも自分の立場を明かして、香苗がどう反応をするのかを見たかった。

「私はフリーのライターで、週刊標榜という雑誌の依頼で愛さんが亡くなった事件について調べています。霧島聡美や、彼女が勤めている小山田総合病院は各メディアからバッシングを受けているので、それとは違った視点で記事を書いて欲しいとのことでした。つまり端的に言うと、霧島聡美側に立った記事を書くということです。ただ、やはり亡くなった患者さん側についても調べなければフェアではないと思ったので、こうして伺った訳です」

本来ならば、綿貫洋のように俺を追い返しても良いのだ。極端なことを言えば、俺は愛の死んだ原因は彼女自身にある、という記事を書こうというのだから。それでなくとも不快な顔をするかもしれない。勘当したとはいえ、それはほとんど彼女の夫の圭一のしたことであり、妻である彼女は瞳と同じく愛にも平等に愛情を注いでいたはずなのだから。

その証拠に、先ほど彼女は、愛と瞳がこの家で暮らしていてくれたら、と言ったではないか。

だが、香苗の反応は、予想外のものだった。

「そうでしょうね。そのお医者の先生にも言い分があるんでしょう。その意見にも耳を傾けないと、それこそフェアではありませんものね」

そう落ち着いた声で、彼女は言った。

「よろしいんですか——？　もちろん霧島聡美や小山田総合病院側に明確な医療ミスがあることが判明すれば、私はそれを記事にします。仮にそのネタが週刊標榜に受け入れられなくても、何しろ私はフリーですから、いくらでも他の出版社に売り込みはできます。しかしもし医療ミスの事実が見つからなかったら——私は霧島聡美の言い分をそのまま記事にしなければなりません。つまり、もしかするとその記事は愛さんに不利に働くかもしれないということです」

「あなたは事実をありのまま書くお仕事ですから、もし医療ミスの事実がないのであれば、その通りなんでしょう。いくら散々手を焼いたとしても、私の娘であることには間違いありません。だから愛には今でも情はありますが、愛が死んだ原因を病院に押し付けて良いとは思いません。もちろん、もし病院に何の落ち度もなければ、の話ですが」

「もしかしたらお母さんは、愛さんの溶血の原因は愛さん自身にあるとお思いで？」

「私には——分かりません。医学の知識がありませんから」

俺はできるだけ、慎重に言葉を選んで言った。

「愛さんが非行に走った頃、シンナーの類《たぐ》いを常習していた可能性はありませんか？」

「分かりません。でも愛は高校生の頃から当然のようにタバコを吸っていたし、そういう遊びをしていたとしてもおかしくないかもしれません」

シンナー遊びは常習性がある。大人になってからも手放せない状態になっていたとしても不思議ではない。もしくはシンナーを手始めに各種の薬物に手を染めたとは考えられないだろうか。その結果、免疫グロブリンの増加を招き、溶血になった。もちろん一概に決めつけることはできないが、十分に可能性はある。

愛は夫と不仲で、しかも過去にグレていた。記事の書き方いかんではいかようにでもイメージを悪くすることができる。だが決定打が欲しい。そもそも俺は聡美を救う目的で、死者の印象を貶《おとし》めるために、こうして奔走しているのだ。だからこそ妥協はしたくなかった。どうせ死者に恨まれるなら、自分は良い仕事をしたと胸を張りたかった。

「愛さんが非行に走ったのは高校生の時ですね？　中学生の頃からその前兆はありましたか？」

「さあ――どうでしょう。確かに親への態度がぶっきらぼうになりましたが、ああいう年頃の子供は皆そうでしょうから」

「では、小学生の頃はどうです？」

「小学生？」

「どうやら愛さんは、小学校時代の同級生と連絡を取り合っていたようなんです。心当たりはありませんか？」

「私には――分かりません。何のことだか」

「秋葉輝彦という愛さんの同級生をご存知ですか？」

香苗はゆっくりと首を横に振った。

「それでは、新山ミカは？」

同じ反応。

「愛さんの小学校時代の卒業アルバムはこちらにありませんか？　綿貫さんの家からは見つ

からなかったもので」

「一度、愛が自分の荷物をまとめるために戻って来たことがあるんです。瞳の葬儀の一週間後です。私は、ああ、愛は本気でこの家から出て行くんだな、と覚悟し、それはその通りになってしまいました。その時、多分、卒業アルバムもこの家から持ち出したと思います」

「本当ですか？　もしかしたらこの家のどこかに――」

「時々、娘たちの部屋で過ごすんです。がらんとした、誰もいなくなってしまった部屋で。部屋は娘たちがいなくなった当時のままで残しています。部屋に何が残っているのか、私は大抵把握しています。教科書に、参考書、瞳が好きだった少女漫画まで読んでしまいました。でも愛の卒業アルバムを見かけた記憶はありません。瞳の卒業アルバムには目を通したから、余計にそれは記憶に残っているんです」

「愛さんがこの家を出る時、卒業アルバムも一緒に持って行ったと？」

「多分そうでしょう」

「小中高のアルバムをすべて持って行ったんですか？」

「いえ、高校のアルバムは残されていました。あの学校には、やはり良い思い出がなかったんだと思います」

愛は瞳の通夜の席で父親に勘当を言い渡された後、この家には荷物を取りに一度戻って来ただけだという。そんな時に、卒業アルバムのようなかさばるものをわざわざ持って行くだろうか、という疑問はあるものの、一概にこうだと決めつけることはできないだろう。愛は小中学校には特別な思い出があるのかもしれない。

問題は今現在の卒業アルバムの所在だ。もう一度孝次に連絡して、中学校時代の卒業アルバムはあるのか問い質さなければならない。もし小学校時代のアルバムだけが見つからないとなったら、人目に触れさせないために愛自身が処分したという可能性が高くなる。やはり愛の小学校時代に何かがあるのだ。もしかしたら瞳も関係しているのかもしれない。彼女が興信所を雇った件もそれに関連しているのはほぼ間違いないだろう。

「小学校の頃、愛さんと良く遊んでいた友達をご存知ありませんか？」

そう訊くと、香苗は少し渋い顔をした。

「——何人かは知っています。この家に遊びに来たりもしましたから。でも高校に上がって愛が非行に走ると、その方たちも愛と距離を置くようになりました。親御さんが愛との付き合いを止めさせたのかもしれません。当然ですよね。巻き込まれて自分の子供も不良になってしまったら、たまったものではないですから」

「そのお友達の連絡先をご存知でしょうか？」

「どうなさるおつもりですか——？」

「もしかしたら娘さんは亡くなる直前に、その人たちと会っていたかもしれません」

「連絡をするんですか？」

「できれば」

すると香苗は目を伏せ黙り込んだ。拒絶というより、諦めたような所作だった。

「私は娘の教育に失敗しました。だから人様から後ろ指を指されても仕方がないんです。娘が死んだからといって連絡なんかしたら、迷惑がられるに決まっています。私はこの家で孤独に生きて、そして死んで行くんです。それで良いんです」

「失礼ですが、それはあまりにもご自分を責め過ぎていると思います。非行に走っても立派に更生している人は沢山いるし、高校生の頃に愛さんがグレていたことを今でもネチネチ言って来る人間がいたら、それはそちらの方が異常です。何より――こんな言い方をしてはいけないかもしれませんが、愛さんは亡くなっているんです。死んだ人間のことをいつまでも悪く言う人間はいません」

「そうでしょうか――」

「そうです！　だから久しぶりに連絡したら、きっと先方も喜ぶでしょう。そうは思いませんか？」

口からでまかせだった。非行と一言で言うが、しかし愛が何をやって来たのかは分からない。もしかしたら男とつるんで、カツアゲや暴行などの行為を日常的に行ってきたのかもしれない。もちろん愛がグレたのは高校生の時で、俺が連絡を取ろうというのは小学校時代の友達だ。だから大丈夫だと思うが、万が一、被害に遭っていた者がいたならば、今でも愛を恨んでいる可能性は否定できない。

でも卒業アルバムが見つからない以上、手がかりはもう、香苗の僅かな記憶しかないのだ。騙《だま》してでも愛が死ぬ直前に会っていたであろう人物と接触する必要はある。

「確か電話帳に何人かの親御さんの連絡先が残っていたと思いますが――」

「お願いします」

香苗はお待ちくださいと立ち上がって、部屋から出て行った。電話帳というからハローページでも持ってくるのかと思ったが、そうではなかった。暫くして戻って来た香苗の手には年季の入った黒いハードカバーの手帳のようなものがあった。横に長い変則的な形が、単純な手帳ではないことが分かる。知人の連絡先を書き取るためのメモ帳のようなものだろう。番号をメモリーするのが当たり前の今の時代にしてみれば、前時代の遺物だ。実際、ページはすっかり黄ばみ、所々にシミが浮いている。だが過去を探るには、こういう古いものに当たるのが一番だ。

結局、そのメモ帳には愛の友人（正確にはその母親）の連絡先が二人記載されていたのみだった。意外と少ないなと思ったが、これは香苗の電話帳だし、親同士が知り合いの友人といったらこの程度ではないか。

「この澤田由紀さんは敦子ちゃんのお母さんで、馬場育子さんは麻衣ちゃんのお母さんです。ご近所に住んでいますが、最近は疎遠で――」

俺はその住所と連絡先を、自分の手帳に書き写し、その場で携帯電話で、まず澤田家に電話した。敦子が実家を出ているのではないかと案じたが、幸い彼女は家にいた。敦子は俺が綿貫愛、旧姓、羽鳥愛の名前を出すと露骨に不快な態度を示した。これはひょっとしたらフリーライターという胡散臭い俺の肩書きも関係しているのかもしれない。

敦子は愛とは中学校卒業以来、一度も会っていないということだった。嘘をつく理由はないから、恐らくその通りなのだろう。愛が死んだことに対しても、何の感慨もなさそうだった。葬式にも行かなかったという。

『小学校の頃はそれなりに仲が良かったんだけど、中学に上がると、あの子、成績の良い者同士と付き合うようになって。愛、お父さんに、馬鹿とは付き合うなって言われたらしいんです。分かりますか？　馬鹿って私のことですよ？　当然別々の高校に進学したんだけど、愛、高校に上がった途端に不良になったって聞いて、正直、ざまあみろって思いました――死んだ人にこんなことを言うのは酷いんだけど』

どうやら彼女が愛に対して良い印象を持っていない理由は、不良になった愛に直接危害を加えられたから、という理由ではないらしい。愛は自分よりも成績が劣る敦子を見下していた。だから自分と同じレベルの成績の生徒としか付き合わなかった。その事実は香苗の言っていた、愛は高校に入って成績が思うように上がらないからグレたのではないか、という推測を裏付けるものだった。

俺は敦子に中学時代に愛が仲良くしていた友人たちを教えてくれるか、と尋ねたが、顔は知っているが名前は知らないという素っ気ない返事だった。愛の新しい友達も馬鹿とは付き合わないという信条なら、これは致し方なかった。

何れにせよ、彼女からは多くを聞き出せそうになかったので、最後に小学校の卒業アルバムがあったらお借りしたいと頼んだが、これはきっぱりと拒否された。

『知ってますか？　最近の卒アルって、名簿がないんで同窓会で集まる時とか、もの凄く苦労するそうですよ。こんなふうに名簿を欲しがる人がいるから、最初っから作らないようにしてるんですって』

「決して悪用はしないので、お借りできませんでしょうか？」

『名簿の全員に愛のことを聞き回るんでしょう？』

「ええ、それは、まあ——」

『私、小学校時代の友人たちとは今でも仲良くしているんです。私のせいで変な人に付きまとわれるようになったら、友達に申し訳が立ちません』

変な人ではないことは香苗が証明してくれると思ったが、俺は彼女と今さっき会ったばかりだし、第一、敦子が嫌っている愛の母親に身分を保証してもらっても意味はないだろう。

「すいません。じゃあせめて秋葉輝彦さんの連絡先を教えてもらえないでしょうか？　愛さんが秋葉さんと生前会っていたのは確かなんです」

『テル君と？』

「そうです」

『いいえ――駄目です。一人の電話番号でも教えたら、卒アルを渡すことと同じになってしまうから』

俺は思わずため息をつきそうになったが、もちろん取材相手の前でそれは御法度《ごはっと》なのでこらえた。彼女は普通に自分の生活を送っている。俺は突然そこに現れた闖入者《ちんにゅうしゃ》だ。俺に協力する義理など敦子にないのだから、愛の人となりを僅かでも聞けただけでありがたいと思うべきなのだ。

礼を言って通話を終えた。

「収穫はありましたか？」

と香苗は訊いて来た。

「何とも微妙です」

と俺は答えた。

「愛のことを嫌っていたでしょうね」

その通りです、とは流石に言えなかったので、

「大きな新聞社の記者なら信用してくれるんですけど、何ぶんフリーランスなんで、皆警戒してしまいます」

とどうでも良いことを言ってお茶を濁した。

「私はたとえあなたがフリーランスでも、愛のことを訊きに来てくれただけで嬉しかったわ」

と香苗は呟いた。

続いて馬場麻衣に電話した。電話に出たのは彼女の母親の育子だった。麻衣はとうに結婚して、都内で夫と共に暮らしているという。訳の分からない男からかかってきた電話を取り次ぎたくないから嘘をついている、と勘ぐることもできたが、皆、もう三十過ぎなのだ。自分の家族を持ち新しい人生を築いていても当然と言える。麻衣が暮らしている都内の連絡先を知りたかったが、いきなりそれを尋ねて彼女を警戒させたくはなかった。また敦子の失敗

があるから、卒業アルバムを貸して欲しいなどとも言い出せなかった。怪しげな業者と思われるだけだろう。

だから俺は、単刀直入に本題に入ることにした。

「秋葉輝彦さんという方をご存知ですか？」

すると育子は、

『ええ、知ってますよ』

とあっさり答えた。

「ご存知なんですか⁉」

俺は思わず大声を出してしまった。娘の小学校時代の友達など、仮に面識があっても朧《おぼろ》げながらにしか覚えていなくても当然なのだ。だが今の彼女の言い方は、まるで秋葉が自分の良く見知った人間のような口調だった。

『輝彦君のお母さんとは家庭菜園を一緒に作っているんで、今でも仲が良いんですよ』

「すいません。輝彦さんでもお母さんでもどちらでも構いませんが、連絡先を教えてくれないでしょうか？　亡くなった愛さんのことについてお尋ねしたいことがあるんです」

するとと育子は、

『愛さん、亡くなる前に家をリフォームしたんですか？』

などと言った。

「え？　どういうことですか？」

『違うんですか？　輝彦君は娘の同窓生の中でも一番の出世頭なんですよ。まだ若いのに自分の建築設計事務所を構えているんです。だからお母さんにとっても自慢の息子さんなんです』

「今も伊勢原にいらっしゃるんですか？」

『都内の建築会社で働いていたみたいですけど、独立して事務所を立ち上げてからこちらに戻って来て、実家をリフォームしてご両親と一緒に住まわれるそうです。来年結婚するそうで、お嫁さんも一緒に。本当に羨《うらや》ましいわ。武彦さんももう少しお仕事頑張ってもらわないと――』

武彦というのは、麻衣の夫か。どうやら嘘をついているというのは穿った見方だったようだ。予想以上にこの馬場育子というのは気さくな女性らしい。俺の取材にも協力してくれるかもしれない。

「申し訳ないのですが、もし娘さんの小学校時代の卒業アルバムがありましたら、皆さんの連絡先を知りたいので、お借りできると嬉しいのですが――」

『小学校の卒業アルバム？　さあ、どこにあったかしら――』

「娘さんが持っているのですか？」

『いいえ、こちらに残っていると思います。今でも娘の学生時代の荷物はこの家に置きっぱなしにしているから。でも探すのが一苦労ね』

　澤田敦子はプライバシー保護の観点からはっきりと卒業アルバムを俺に渡すことを拒否したのだから仕方がないが、卒業アルバムぐらいすぐに手元に出せないものかと、つい思っててしまう。だが俺も自分の卒業アルバムが今どこにあるかと問われても、実家のどこかにあるとしか答えられないだろう。三十も過ぎれば小学校の卒業アルバムなんて、歴史の遺物と同じだ。恐竜の化石の発掘作業のように手間暇がかかるのは仕方がないかもしれない。

「卒業アルバムは見つかったらで構いませんから、秋葉輝彦さんの連絡先を教えてくれませんか？」

　馬場育子はプライバシー保護も何のその、あっさりと俺に秋葉輝彦の電話番号と住所を教えてくれた。また卒業アルバムが見つかったら連絡してくれるとのことで、俺も自分の携帯の番号を育子に伝えた。

　俺は携帯を切って立ち上がった。香苗は俺を見上げて言った。

「何か情報は摑めましたか？」

「これから秋葉輝彦さんに会ってきます。亡くなる直前の愛さんと頻繁に会っていた男性です。きっと何か新しい情報が摑めるはずです」

「――そう」

香苗は俺を見つめて、静かに微笑《ほほえ》んだ。娘について何か分かるかもしれない、という喜びではなく、俺の仕事が一歩前進したことを喜んでいるようだった。

もしかしたら彼女は、本当に俺のことを実の息子のように思っているのかもしれない。彼女はずっとこの家でいなくなった二人の娘の記憶と共に暮らして来た。そこに突然、娘と歳が近い男が訪ねて来たのだ。嬉しくなって仕事に協力してあげようと考えるのは自然な気持ちなのかもしれない。

礼を言って羽鳥家を後にした。同じ町内だから、取りあえず直接秋葉家に向かうことにした。夜の伊勢原は駅周辺から離れるとタクシーを拾うのが難しい。携帯のGPSに秋葉家の住所を入力すると、ここから一キロほどだったので歩いた方が早いだろう。

夜道を歩きながら秋葉家に連絡を入れた。母親らしい女性が電話に出たので、身分を名乗り綿貫愛、旧姓羽鳥愛のことを息子さんに尋ねたいと言うと、ちょっとお待ちくださいと不審な様子を露《あらわ》にしながら電話口から離れた。エリック・サティの『ジュ・トゥ・ヴ』の保留音を聞きながら、彼女はライターという俺の職業を理解しているのだろうかと考えた。

『はい』

低い声のぶっきらぼうな男性の声が、サティのメロディを中断させた。輝彦ではなく父親だろうか、と思ったが、そうではなく本人だった。

「秋葉輝彦さんでしょうか」

『そうです』

「夜分遅く申し訳ありません。私はライターの桑原銀次郎と申す者です。実は秋葉さんの小学校時代の同級生の綿貫愛さん、旧姓羽鳥愛さんが亡くなった件について二、三お伺いしたいと思ってお電話差し上げたんですが――」

その言葉が終わるか終わらないかの内に、秋葉は荒々しい声で言った。

『ライター？　記者ってこと？』

「はい」

『すいませんが、どこの所属の？』

「週刊標榜という雑誌の依頼で動いていますが、どこにも所属していません。フリーです」

『じゃあ、そんな人間と話す必要はないな』

今回の取材で出会った人間の中で、一番激烈な反応だった。綿貫洋ですら、ここまで乱暴な口の利き方をしなかった。腹が立つより先に、何故こんなふうに俺を拒絶するのだろう、と考えた。

やましいことがあるからだ。つまり、確かに彼は愛と会っていて、それを他人に詮索されたくないと思っている。彼は来年結婚するという。婚約者に愛の存在を知られることは絶対にできない。それはいったい何故――。

今日、俺は綿貫家で、もしかしたら愛は夫の洋に何らかの方法で殺害されたのかもしれない、などと推理小説じみたことを考えた。その荒唐無稽な可能性は、この秋葉にも当てはまる。

俺は秋葉が発した拒絶の言葉など無視して、言った。

「愛さんは秋葉さんと頻繁に会っていたそうですが、本当でしょうか？」

『あ？　誰がそんなことを言ってるんだ？』

「同じく小学校時代のご友人の、新山ミカさんという女性です」

『そんな女は知らない』

怒りを押し殺した言葉だった。その声から俺には、彼が親の目を気にしている様子がありありと窺《うかが》えた。伊勢原までやって来て、遂に俺は核心に近づいているのではないか、という実感を強くした。

『とにかく、話すことはなにもないし、あったとしても話す義理はない』

俺は立ち止まった。夜の闇の中、あちこちに四角い窓ガラスの明かりが浮かんでいる。GPSによると、秋葉家は恐らくこの近辺にあるはずだが。

『もしもし？　聞いてるのか？』

「お時間は取らせません。外でお話しする形でも構いません。実は今、ご自宅の前に来ているんです」

『ああ⁉』

遂に秋葉は半ば怒鳴るように声を上げてから、乱暴に受話器を置いた。暫くして向こうの民家から、慌てたように一人の男性が飛び出してくるのが分かった。暗い中、完全にシルエットになっているので良くわからないが、かなり大きな家なのは間違いないようだ。とにかくこれで『秋葉』の表札を探す手間が省けた。向こうもすぐに俺に気付いたようで、早歩きでこちらに近づいて来る。

「桑原銀次郎っていうのは、あんたか」

怒鳴りつけたいのは山々だが、周囲の家々に気付かれまいと小声になっているふうだった。ジーンズに白いポロシャツを着ている。髪は短く整えられ、こざっぱりとした印象だ。だが内面のやましさを隠すために、他人に好感を持たれようと必死になっている人間がいることも、俺は知っている。

「いきなり押し掛けて申し訳ありません。実は先ほど、愛さんのご実家にも伺ったもので」

「どうして俺の家が分かった？　あの女の母親に訊いたのか？」

「愛さんのお母さんはあなたのことを知りませんでした。だから方々に電話をかけてあなたの住所を訊いたんです。誰に教えられたかは勘弁してください。取材源を秘密にするという約束を破る訳にはいかない」

そんな約束はしていないし、馬場育子は秋葉の母親と顔見知りなのだから彼女の名前を出した所で大した問題にはならないだろうが、しかしはったりをかけるのは重要だった。

「ここで話すのは不味い、あっちに行こう」

俺を追い返すのは簡単でないと悟ったのか、秋葉は向こうに歩き出した。どこに行くのかと思ったが、五十メートルほど歩いた場所で立ち止まった。どうやら、単に実家の近くで話すのは不味いというだけらしい。

「これだけは言っておく。あの女が死んだことと俺とは何にも関係がない」

「あの女？　やはり愛さんのことをご存知なんですね」

「知ってるもなにも、あいつは俺の小学校の頃の同級生だ」

「分かっています。だからこそ、僕は秋葉さんに話を聞きたいと伺ったんです。しかし、今の言い方では愛さんと秋葉さんは、ただ単に昔の同級生というだけではないように感じますが」

　秋葉は気持ち小声になり、まるで周囲を窺うような素振りをした。そんなことをしなくても、ここには今俺たちしかいないのだが。

「あんたは何を調べている？　羽鳥が、今は綿貫か、医療ミスで死んだことだろう？　俺に何の関係がある？」

「本当に医療ミスかどうか調べているんです。綿貫愛さんは死の直前まで、旦那さんとはほとんど家庭内別居の状態にありました。頻繁に家を留守にしていたようです。ではどこに出かけていたのか調べると、あなたの名前が浮上したという訳です」

「何だ？　俺が殺したって言うのか⁉」

　そう怒鳴ってから、彼は我に返ったように口をつぐんだ。

「誰もそんなことは言っていません」

　何らかの方法で溶血、つまり免疫グロブリンの増加を招くことができたとしても、それが結果的に死に繋がる可能性などごく僅かと言っても良い。意図的に殺すならば、もっと確実な方法を取るだろう。これは殺人事件ではない。

　俺は単刀直入に言った。

「綿貫愛さんが溶血になった原因は今もってはっきりしません。病院関係者は性病の可能性をも視野に入れているはずです。しかし、先ほども申した通り愛さんは旦那さんとの関係が上手くいっておらず、ほとんど離婚寸前だったようです。従って仮に性病であっても、旦那さんとの関係が原因とは考えられません。だから僕は当時、愛さんが付き合っていたであろう男性を捜していたんです。そして見つけました」

俺は秋葉を見つめた。彼も唇を噛み締めたまま俺を見つめ、暫く何も言わなかった。恐らく彼は愛と肉体関係があったのだろう。それがたとえば一回だけなのか、もしくは日常的だったのかは分からない。だが大人の男女が頻繁に会っているのだから、そういう展開に発展するのは十分考えうることだ。

「あんた、俺にどうして欲しいんだ？」

「病院で精密検査を受けて欲しいんです。あなたと性交渉を持ったから愛さんが溶血になったのではないと証明して欲しいんです。そうすれば可能性が一つ消える」

もちろん俺は、愛がこの男と関係した結果、溶血になったと証明したかったのだ。もしそうであれば、聡美には落ち度がなかったとされるだろう。愛は男と関係を持っていたのに、その事実を不倫だからという理由で隠し通していたのだから。

「断る」

しかし彼はそう短く言った。

「あいつと俺とは身体の関係なんかない。従ってそんな検査を受ける必要もない。記事にでも何でもするがいい。その代わり、俺だと分かるような書き方をしたら、訴えるぞ」

そんな脅しは今まで何度も受けて来たから、痛くも痒《かゆ》くもなかった。だが秋葉がいっさい俺に協力するつもりがないのが分かって落胆した。もちろん、彼は後ろめたいことがあるから俺を拒絶するのだろう。彼は現在独身だが婚約者もいるし、愛は人妻だ。彼女との関係は、できるならば永久に秘密にするつもりに違いない。

「俺は今日まで必死に努力して来た。やっと自分の事務所も持ち、嫁さんももらう。両親を喜ばせてやりたいし、何より楽をさせてやりたい。それをあんな女のために、めちゃくちゃにされてたまるか。あんた知っているか？　あいつは高校の頃、この街一番のワルだったんだぞ」

「知ってます。彼女のお母さんに聞きましたから」

「ならどうしてあんな女の味方をする？　今まで散々他人に迷惑をかけてきた女じゃないか。天罰が下ったんだよ」

愛が過去にしてきたであろう悪行には興味がないし、そもそも俺は愛を医療ミスで殺したとされる聡美の方の味方なのだが、そんなことをいちいち説明するのは面倒で黙っていた。

「あいつの親父さんは医者だから、娘を進学校に進ませて、ちゃんとした大学に行かせたかったに違いない。もしかしたら同じ医者にさせたかったのかもしれないな。まったくろくでもない女だよ。恵まれた環境にいたのに、そのチャンスをふいにした。やっぱり俺みたいに私立に行くべきだったんだよ」

「羽鳥圭一さんは医師だったのですか？」

「何だ知らなかったのか」

俺を嘲るような顔で、秋葉は言った。ようやく俺の揚げ足取りができて満足だ、と言わんばかりの顔だった。

「愛さんのお母さんはご主人のことについては、多くを語ってはくれませんでしたから」

「俺も良く知らんが、入院しているんだろう？　医者の不養生とは良く言ったもんだが、親父さんの場合は、できの悪い娘のせいで心労が祟《たた》ったんだろう。無理もない」

「そのできの悪い娘と、あなたは密会していた訳だ」

その俺の質問に答えず、彼は言った。

「いつか、あんたみたいな人間がやって来ると思っていたよ」

「私みたいな人間？」

「そうだ。あんたとあの女は最初からグルだったんだろう？　だがあの女が病気で死んだから、あんた一人でやって来た！　恐喝するために！」

「――それは酷い誤解だ」

「誤解？　じゃあなんであの女のことをしつこく訊く⁉　あの女がいきなり俺の所にやって来たんだ！　小学校の頃からずっと好きだったとか何とかほざいていたけど、最初から怪しいと思っていたよ。俺が友人たちの中で一番良い大学に行って、自分の事務所を構えるまで成功しているから、いくらでも金を強請《ゆす》り取れると思ったんだ！」

自分で成功しているとは大層な自信だが、それは客観的な事実だろうから言わせておいた。

「あなたと会っていた頃、愛さんの顔色はどうでしたか？」

「顔色？　確かにちょっと悪かったように思うが、だが病人だったんだろう？」

「黄色くありませんでした？」

「はぁ？」

秋葉は俺の質問の意味が分からないようだった。つまり愛は黄疸が出てからは一度も秋葉とは会っていなかったということか。穿った見方をすれば、顔が黄色いと秋葉を誘惑するのに支障があるから小山田総合病院を受診したと考えられなくもない。

綿貫孝次は、愛が暮らしていたアパートの大家だった。そこから息子の洋と出会い、二人は結婚した。洋は現在無職だが、聡美を訴えた裁判の結果がどうなるにせよ、父親のアパートを将来引き継げるのだから、それほど生活に不安を感じていないのではないか。もしかしたら、愛は父親のアパート目当てに洋と結婚したのではないだろうか。夫の父親がアパートを持っていれば、これはそれなりの財産になる。

だが、二人の関係は悪化し、離婚寸前まで行っていた。多額の慰謝料が入るなら（そもそも金目当てで結婚したのだから！）離婚するのもやぶさかではないが、しかし離婚の原因は頻繁に外出していた愛の方にあるのだから慰謝料は期待できない。だから二番目の夫候補として、仕事で成功しているであろう秋葉を誘惑したのだ。

だがこの推理には問題も少なくない。やはり一番大きな問題は、どうしてそこまでして金を欲しがったのかということだ。愛に借金があったという話は聞かない。仮に綿貫家の与《あずか》り知らない所で借金を抱えていたとしても、金持ちの男と結婚してその財産を狙うなど、かなり気の長い話だ。借金に困っている人間は、もっと手っ取り早い儲《もう》け話を探すのではないか。

二番目の問題は、そもそも綿貫夫婦の関係が悪化したのは、愛が頻繁に外出していたからだという点だ。夫と離婚危機に陥ったから、二番目の夫候補を探すために外出を繰り返していた、などという推理は成立しない。金のために会っていたのではなく、本当に秋葉のことが好きだったという可能性もなくはないが、しかしそう考えるとそもそも何故洋と結婚したのか、という新たな疑問が浮上する。結局、どんなふうに考えても矛盾点は出て来てしまう。

「愛さんがあなたのもとを訪れたのは、何年ほど前のことですか？」

「何年ってほどじゃない。せいぜい一年かそこらだ。あいにく、俺にはその頃から付き合っている女性がいたからな。来年結婚する彼女だ。分かるだろう？　迷惑してるんだよ」

孝次の話によると、彼女と結婚した当初から、家を留守にするのが目立ったという。やはり愛は、秋葉以外の人間とも会っていたのだ。

「せめてもう一つだけお尋ねしたい。愛さんが仲良くしていた小学校時代の友達は、秋葉さんと新山さん以外に誰かいらっしゃいましたか？」

「だから知らないって！　あ、そういや馬場っていう女の子がいたな。いつも一緒にいたと思うが――」

母親同士が仲が良いから、馬場麻衣の名前がすぐに出て来たのかもしれない。何れにせよ、彼にとっては小学校時代など遠い過去の記憶であって、もうさして意味のないことだと思っているようだった。彼と愛がどこまでの関係だったのかは分からないが、後悔を伴うような、あまり良い思い出ではないのだろう。やはり肉体関係があったのかもしれないが、それを暴いた所で本質的な疑問は解決できない。

「もし小学校時代の卒業アルバムをお持ちでしたら、お借りしたいのですが――」

「お断りだ！」

もうこれ以上彼から話を聞き出すことはできなかった。俺は何かあったら連絡してくださいと、義務的に名刺を差し出した。普通はもっと早く差し出すもんだと、ぶつくさと文句を言いながら彼はそれを受け取った。連絡が来ることはまったく期待していないが、破り捨てられないだけ良かったと思うことにした。

俺は、夜分遅くに申し訳ありませんでした、と頭を下げたが彼は何も言わずに背中を向けて足早に去って行った。俺は彼の後ろ姿を暗闇に溶けるまで見送った。

収穫はなくはなかったが、確かなことはもうこれ以上、愛の過去を探る術がないということだ。過去に何度も補導されていたというから、警察に彼女のことを知っている人物がいるかもしれない。だが、何ぶん昔のことだし、そうでなくとも警察はフリーランスのライターにあれこれ情報を提供してくれるほどお人好しではない。愛が働いていた商社に出向くというのも一つの手だが、どんな企業でも多かれ少なかれマスコミ関係者を警戒しているものだ。ましてや医療ミスで死んだと思われている社員の落ち度を調べているようなライターに協力してくれるとは思えない。

もちろん時間と金が許すならば徹底的に調べたい。しかし仕事でやっているのだから、当然時間も金も無限ではない。調べれば必ず誰もが納得する真相に辿り着けるのは、テレビのドラマだけだ。現実は違う。取材はいつも妥協との戦いだ。

それでも今回は良くやった方だとも言えるのだ。洋との夫婦間が上手くいっていないことを突き止め、彼女が学生時代に不良だったことも暴いた。秋葉と不倫関係にあった節も窺える。金にもがめつそうだ。つまり愛は、世間が報じているような医療ミスで死んだ可哀想な被害者という紋切り型の表現では伝えきれない、実に人間臭い女だった。それをどこまで記事にするのかは、中田とも相談しなければならないが、少なくとも聡美に貼られた医療ミスで患者を殺した無能な医師、というレッテルを剝がすことはできそうだ。しかし――。

それから俺はとぼとぼと伊勢原駅に向かって歩いた。タクシーの一台くらい通りかかるだろうと思ったが、駅に向かうバスの停留所を見つけたので、そこで暫く待った。タクシーが通りかかるより先にバスが来たので、俺はそれに乗って帰宅の途についた。

普段ならこの段階で仕事が一段落ついたと、ほっと息をつく所だろう。だが不思議とそんな感慨は薄かった。それが何故かは分からない。すべての疑問に答えが出せる訳もないと十分理解しているのに、これで本当に終えて良いのだろうかという不安が拭い切れない。その理由が、これが聡美にかかわる事件であるからなのは明らかだった。俺は無関係な第三者ではない。その意味では、今回の取材に関しては、俺は適任ではないのかもしれない。

中野のアパートに帰宅したのは、夜の十一時を回った頃だった。水を一杯飲んで一息ついてから、俺は週刊標榜の中田に電話をした。正直、今の段階で中田に調査結果を報告したくはなかった。今日一日の調査で十分だ、すぐさま記事を書けと言うだろう。だがクライアントに記事の進捗《しんちょく》状況を説明するのはライターの義務だし、今回の取材に関する週刊標榜のスタンスを今一度確認したくもあった。

　夜分遅くにすいません、と断ってから、俺は今日一日の取材の経緯を中田に報告した。その内容は、中田を十分に満足させるに足るものだった。

『今日一日でそこまで調べたのか？　流石銀ちゃんだな。ただ、欲を言うと綿貫愛がどんなふうにグレていたのか、具体的なところを知りたいな』

「ではそれも可能な限り調べてみます。ただ――」

『ん？　何だ？』

「綿貫愛がかなり後ろ暗い所がある女性であることは確かなようです。その事実を記事にすれば聡美に有利に働くのは間違いないでしょう。ただ――要するにそれって医療ミスで死んだ患者は、実はプライベートでこんなろくでもない人間であると暴くことですよね。でも、ろくでもない人間だから医療ミスで殺されていいという理屈にはならないと思います」

『それはそうだよ。もちろんそうだ。だがそうは言っても、銀ちゃんが足を棒にして調べてきたことは、他社はどこも報じていない。俺は雑誌を売りたい。銀ちゃんは奥さんを助けたい。何も問題はないじゃないか』

「――僭越《せんえつ》ですが、そういうスキャンダル記事は週刊標榜のカラーとは合わないような気がするのですが」

『今更そんなことは言わんでくれ。銀ちゃんだって知っているだろう？　そりゃ俺だって硬派な記事一本で行きたいのは山々だ。でも理想だけじゃ雑誌は売れない。だから熟女の女優のグラビアを載せてるんだ』

売れる売れないがすべての価値基準にあるなら、そのうちグラビアの女優は服を脱ぎ出すだろう――違う、俺はそんなことを言いたいんじゃない。

「だから記事の内容も、露骨に扇情的なもので良いと？　昔不良だった愛が、金目当てに男と不倫したあげくに、死んだ。それはそれでスキャンダラスな記事になるでしょう。それが嫌だと言っているんじゃありません。問題は結局、愛が溶血になった原因が分からないってことです。怠惰な生活をしていたから血が溶けたあげく、治療が失敗して、死んだ。戒めとしては悪くありませんが、僕はもう少し科学的な視点が欲しいです」

『銀ちゃんの言いたいことは分かるぞ。今のままじゃ、完全に奥さんが白とは言えない。それが嫌なんだろう』

――その通りだった。

愛がろくでもない人間であることを暴いて、そんな女の主治医になってしまった聡美に同情を集めるような記事を書くことはできるだろう。だがそれは世論をコントロールすることであって、愛が死んだ原因を炙り出すものではない。本当に聡美が愛を医療ミスで死なせたという可能性も依然残っているのだ。

この手の取材で必ずしも真実に辿り着けるとは限らない、とは分かっているつもりだ。だが、このまま終わってしまったら寝覚めが悪いのも事実だ。聡美は潔白であると、誰の目にも明らかな理由を見つけて、それを週刊標榜の記事で明るみにしたい。中田の言う通り、今日一日でここまで調べられたのは、それなりに収穫だったかもしれない。だとしたら、聡美の無実を明らかにする真実が、もう少し手を伸ばせばそこに存在している可能性はなきにしもあらずだ。

『確かに銀ちゃんには一週間あげた。その期限内で良い記事を書いてくれれば、こちらとしては文句は言えないな。気の済むまで取材すりゃあいい。だがな、忘れないでくれよ。一週間だぞ。つまりあと四日だ。それ以上は待てない』

俺は中田に心を見透かされたような気になった。一週間あちこち調べ回って結局聡美の無実の証明ができないとなったら、きっと俺は中田に泣きついて、締め切りを延ばしてくれと懇願しただろう。だがそんなことをやっていたら仕事はいつまで経っても終わらない。だからタイムリミットは延長できないと釘を刺したのだ。俺は改めて今日あちこち駆けずり回ったのは、あくまでも仕事のためであると実感することになった。フリーランスは信用が第一だ。これ以上公私混同する訳にはいかない。

『しかし悪の姉と、善の妹とは、まるでサド侯爵の小説だな』

「何です？」

『銀ちゃんはマルキ・ド・サドの「悪徳の栄え」という小説を知らないか？』

もちろん小説家にインタビューする仕事などの際は、代表作を読んでおくが、プライベートで小説を読む趣味はなかった。忙しいからだ。もっとも大学生の頃も話題になったベストセラーを年に数冊読む程度で、決して読書家ではなかったが。

「サド侯爵は知ってますよ。エロ本ですか？」

『俺もそう思って学生の頃ワクワクしながら読んだが、これがちっともエロくない。いや、当時はエロかったんだと思うよ。だが古めかしい文章で、前門がどうとか裏門がどうとかで、ちいっとも意味が分からない。いや、何となくは分かるよ。でも分かった所でエロいとは思えないわな』

前の門と後ろの門か。確かにその表現は卑猥《ひわい》というよりも、少し笑ってしまう。

「その『悪徳の栄え』という小説に、愛と瞳のような姉妹が登場するんですか？」

『そうだ。姉がジュリエットで、妹がジュスティーヌ。ジュリエットはろくでもない女で、ありとあらゆるセックスを試し、邪魔者を抹殺し、伯爵夫人の地位にまで上り詰めて行く。一方、ジュスティーヌは何と言うか、クソ真面目で、潔癖であろうとするばかりに、様々な人間に陥れられて死刑囚にまで堕ちてしまう──昔、読んだだけだからうろ覚えだが、大方そんなような話だったと思う。愛は、洋に秋葉といった将来安泰の男たちを渡り歩くつもりだった節も見受けられるし、瞳はそんな姉に誘拐されて事故を起こされて、結局命を落としてしまう。もちろんまるっきり同じ話じゃないが、何となく似てるじゃないか』

「なり振り構わず出世に突き進む姉と、自己犠牲の精神のあまりに滅んで行く妹ですか──」

もちろん、単純に愛とジュリエットを同一視することはできない。性に奔放かどうかは、単に一般的なそれと比較して恐らく奔放だった程度だろうし、ましてや不良の過去があったというだけで邪魔者を抹殺するなどとは酷い言いがかりだ。ジュスティーヌにせよ潔癖だという設定だが、瞳の場合は、姉が不良だったから相対的に良い子になってしまっただけのような気がする。特別善良だった訳でもなく、むしろ普通の女の子だったのだろう。

だが中田の語ったサド侯爵の物語は、彼との電話を終え、シャワーを浴び、ベッドに入り、眠りにつくまでの間も、ずっと俺の頭の中をぐるぐると渦巻いていた。

4

翌朝、菓子パンをインスタントコーヒーで流し込むといった粗雑な朝食を済ませてから、俺はインターネットの通販サイトで、マルキ・ド・サドの『悪徳の栄え』を検索してみた。だが『悪徳の栄え』は姉のジュリエットが主人公で、妹ジュスティーヌが主人公の『美徳の不幸』がまた別にあり、更にその別ヴァージョンの『新ジュスティーヌ』まである。正直どれを読んでいいのか分からない。もちろん『悪徳の栄え』だけを読めば良いのだろうが、それだって上下巻なのだ。取りあえず俺は関連本全部をサイトのウィッシュリストに追加した。もちろん興味があったから検索したのだが、どうせ今は仕事が忙しくて小説など読んでいる暇はないのだ。

それから聡美に電話した。自宅待機中の聡美が現在どんなライフスタイルを送っているか定かではないが、朝の九時に電話するのは、それほど非常識ではないだろう。

果たして聡美はすぐに電話に出た。寝起き、といった声の調子でない。

『どうしたの？』

「昨日、君を訴えた綿貫洋と、その父親と、綿貫愛の幼なじみ二人と、綿貫愛の母親に会って来た」

『――仕事が早いのね』

「もう少し調べてみるつもりだが、今の段階では事態は君に有利に動いている。今から会えないか？　二、三確かめたいことがあるんだ」

『じゃあ、お昼頃来てちょうだい。何か作って待ってるわ』

「分かった」

通話を終えて暫く、聡美の手料理の味とはどんなものだっただろう、と考えた。そんなことも忘れてしまうほど、俺と聡美は酷い別れ方をしたのだろうか。聡美と暮らしていた思い出は、まるで子供時代のそれのように色あせ、朧げだった。忘れてしまいたいのか、それとも忘れたくないのか、自分でも分からない。

忘れてしまいたいのだろう。俺は別にフリーライターという仕事を恥じてはいないが、しかし収入は証券会社で働いていた頃に比べれば激減した。ましてや内科医の聡美とは比べ物にならない。俺は聡美を救い、彼女は医者の仕事をこれからも続けて行く。四日後、記事を中田に手渡したら彼女とはもう二度と会うこともない。それでいいんだ。

ふと思い立って綿貫孝次に連絡した。

『おう、あんたさんか。卒業アルバムのことか？』

「今、洋さんは？」

『心配ない。会社を辞めてからあいつが起きるのは、いつも昼になってからだ。だが不安なら外に出て話すか？』

「ええ――できれば」

孝次が家の外に出るのを待って、俺は彼に訊いた。

『愛さんの小学校時代の卒業アルバムは見つかりませんでしたか？』

「そうなんだ。あんたさんには悪いが、しかし昨日一生懸命探したんだよ。でもどこにも見つからない。これは洋が家を留守にした隙に家捜しするしかないな」

『洋さんが外に出かけることはあるんですか？』

「そりゃ、あいつも若いからないことはない。たまに飲み会で明け方帰って来る時もあるが、ほんとに飲み会かどうかは怪しいな。ひょっとしたら新しい女がいるんじゃないかな」

俺が聡美を救うために取材していると知ってか知らずか、彼は無邪気に息子のスキャンダルを提供してくれる。愛が死んでまだ間もないのに、洋に新しい恋人がいるという事実がもしあるのならば、これは格好の攻撃材料だ。しかしそれは一先《ひとま》ず置こう。

「お尋ねしたいのですが、では中学校時代のアルバムはありませんでしたか？」

するると返事は呆気なく帰って来た。

『ああ、あったよ。何で中学校時代の卒業アルバムはあるのに、小学校時代の卒業アルバムはないんだろうな。でもあんたさんが必要としているのは、小学校時代の卒業アルバムなんだろう？』

高校時代は良い思い出がないから卒業アルバムを実家に放置した。これはいい。問題は小中時代のアルバムだ。勘当された時、彼女はその二冊のアルバムを持って家を出た。勉強ができた頃、つまり不良になる前のことだ。楽しい思い出が沢山あったのかもしれない。だとしたら綿貫家から中学校時代のアルバムしか見つからないのは明らかに不自然だ。

『まあ、とにかく洋の隙を見てまた探してみるよ。あんたさんには必要なものなんだろう？』

ありがとうございます、と礼を言って電話を切った。だが期待はしていなかった。恐らくどんなに探しても、彼の家から小学校時代のアルバムは見つからないだろう。愛がどこかに隠した、もしくは処分したという可能性が濃厚だからだ。彼女の小学校時代に秘密がある何よりの証拠ではないか。

もう一度伊勢原に行って、徹底的に調べる必要があるかもしれない。俺はそう考えた。

孝次との電話を終えた後、俺はＩＣレコーダーを再生しながら、昨日の取材の内容の文字起こしをした。こういう仕事をしている以上他人に嫌われるのは覚悟していると言っても、ほんの少しだけ陰鬱《いんうつ》な気持ちになった。今回の仕事には聡美に対する私情が挟まれているのでなおさらだ。この記事を読んだら、孝次は俺を恨むに違いない。羽鳥香苗にしても、決して良い気持ちはしないだろう。

聡美との待ち合わせ時間が近づいて来たので、俺は仕事を中断させてアパートを出た。中野の駅から渋谷に向かう。そこから東急東横線に乗り換えて中目黒で降りた。一昨々日《さきおととい》のように目黒川沿いを歩いて、聡美のマンションへと向かう。するとマンションの駐車場からスポーツカータイプのベンツが走り出て来た。髪を茶色に染めた、今風の若者が運転している。あの歳でこんなマンションに住み、ベンツを転がせるなんて一体何の仕事をしているのだろうか。新宿のナンバー1ホストか、それともIT企業の若社長か。だが不況の中、IT業界も最近は厳しいそうなので前者か、などと俺は勝手に当たりをつけた。俺も以前は調子に乗ってBMWを乗り回していたが、会社をクビになった時に金が必要になって売ってしまった。それ以来、移動はもっぱら電車かタクシーだ。

惨めな気持ちを振り払うように、俺はインターホンで聡美を呼び出してエントランスに入れてもらった。心なしか以前の彼女の声よりも明るく感じる。俺が来ることを聡美も心待ちにしているのではないか——そんな妄想が脳裏を過《よぎ》るが、それ以上考えないことにした。前回会った時はまるで殉教者のように自分に下される罰を待っているかに見えた聡美も、やはり俺の調査の進捗具合を知りたいのだろう。何しろ俺に聡美の将来がかかっていると言っても、決して過言ではないのだから。

「いらっしゃい」

聡美はそう微笑んで俺を家に上げてくれた。結婚していた頃は、聡美も内科医だから必ず家で待っていてくれる、などという訳にはいかなかったが、それでも俺はまるで自分の家に帰って来たかのように錯覚した。

部屋の中はさして変わった様子はなかったが、前回感じられなかった生活感が、今日は確かに存在していた。それは料理の匂いだった。聡美はペペロンチーノを作っていた。ニンニクと唐辛子さえあれば作れるような簡単な料理だが、俺は好きなパスタだった。思えば女の手料理などここ何年も食べていなかったので、感慨深かった。

「皆さん、私のことを恨んでいたでしょうね」

一瞬、何を言っているのか分からなかったが、綿貫家の人々のことを言っているのだと気付く。

「正直に言って、恨んでいないことはないと思う。特に夫の洋への取材は失敗で、もちろん俺が小山田総合病院側の言い分に則《のっと》って記事を書いていると前もって知らせていたんだが、それでも決裂した。だが彼の父親の孝次は、息子のやり方にも懐疑的なようで、いろいろと俺に教えてくれたよ。愛の母親の羽鳥香苗も、もちろん娘が死んだことは悲しんでいるに違いないだろうけど、特に激高することもなく冷静に娘の人となりを教えてくれた。妹さんのことも聞いたよ」

「綿貫さんの妹さん？」

俺は昨日電話で中田に話した取材の成果を、聡美にも伝えた。特に愛が起こした事故、そして妹の瞳が死んだ経緯についてはできるだけ詳細に説明した。

「脾臓摘出後、数年してから肺炎で亡くなったのね？」

「ああ。だが高校生が肺炎で死ぬかな。肺炎で亡くなる老人は多いが、それは身体の抵抗力が落ちているからだろう」

俺がそう言うと、聡美は眉をしかめた。

「肺炎って症状が重い風邪としか考えていない人が多いけれど、本当は命にかかわってもおかしくない重篤な病気なのよ。多分、若い人がかかる肺炎と言ったらマイコプラズマかしら。他の肺炎と比べて比較的症状が軽いから、ただの風邪と勘違いして治療が遅れたのかもしれないし、瞳さんも事故で脾臓を摘出したって話だから、免疫力が落ちていて合併症を起こしたとも考えられる。いずれによ、まったくありえない話じゃない」

「そうだ、脾臓だ。君は脾臓を摘出しても全身のリンパ節が同じ働きをするから免疫力が落ちることはないと言っていたが、だが実際、瞳は免疫力が落ちたせいで肺炎で死んだ。話が違う」

「脾臓摘出に問題がないというのは、あくまでも成人の話だから——もちろん中高生は幼児よりも成人に近いから、それほど脾臓摘出が免疫力の低下にかかわるとは考え難い。でもね、患者さんの治療っていうのは、往々にしてメリットとデメリットを秤《はかり》にかけて行うものよ。たとえば綿貫さんの場合だけど、溶血が改善するメリットと脾臓を失うデメリットを比べた場合、圧倒的に溶血が改善するメリットの方が大きいと私は判断した。もちろんそのせいで綿貫さんが亡くなってしまったとしたら、その判断は間違いだったということになるけれど、彼女にせよ免疫力が低下したせいで亡くなったわけじゃない」

「要するに、医療に絶対はない、ってことか？」

「そう、その通りよ」

「愛が起こした事故で妹の瞳は脾臓を摘出し、その後十年以上経ってから愛自身も脾臓を摘出したことについてはどう思う？　因果関係はあると思うか？」

「何とも言えないわね。確かに妹さんの脾臓を奪ったことについては罪悪感を持っていたのかもしれない。そのせいで妹さんが亡くなったとしたらなおさらでしょう。罪滅ぼしのために自分の脾臓を捨て去りたい、と思ったのかもしれない。でも、自分で自分の脾臓が摘出されるように仕向けるなんて、ほとんど不可能でしょう。だって綿貫さんの脾臓を摘出した方が良いと判断したのは、私なんだから」

「まあ――そうだな」

「もちろん、自分の脾臓が摘出されるとなった段階で、ああこれで妹の罪滅ぼしができると考えたというのはありえる。だからこそ、痛みが伴い回復にも時間がかかる開腹手術を綿貫さんは選択したのかもしれない。妹さんと同じ傷口を身体に刻もうと考えたんでしょうね。それはともかく、自分の意思で免疫性溶血性貧血になり、脾臓を医者に摘出させるなんて、可能性としては万に一つもないと思う。自分で意図的に溶血を引き起こすなんてできるとは思えないし、そもそも溶血になったからといって、必ず私が脾臓摘出を選択する保証があるとでもいうの？　綿貫さんにせよ、溶血の治療に脾臓摘出が有効であるだなんて思ってもみない様子だったわ。最初から脾臓摘出を望んでいるんだったら、早い段階でその可能性を口にしても良いはずでしょう？」

　確かに脾臓摘出は最終手段だと聡美が言っていた。聡美は愛の溶血を内科的治療で改善しようと努力したが、結局外科手術に踏み込むしかなかったのだ。医学の知識がないであろう愛が、そこまで自分を完璧な溶血状態に陥らせることができるとは思えない。

　その時、はたと思い出した。

愛の父親は医者だった。彼女がグレなければ、愛か瞳のどちらか（あるいは両方）が医者になっていた可能性は高いのではないか。俺たちは愛には医療の知識はないという前提で話をしていたが、もしかしたら一般人に比べれば知識を持っていたかもしれない。

「綿貫姉妹の父親は羽鳥圭一といって、君の同業者だった。香苗はそのことを多く語りたがらなかったし、その時は今回の一件と関係しているとも思えなかったから深く追及はしなかったが、もしかしたら何かあるかもしれないな」

「医師ってこと？」

「ああ。秋葉もそんなようなことを言っていた。だが、何科の医師でどんな実績があるのかはまるで分からない」

「羽鳥、圭一――」

聡美は記憶を辿るように、ぽつりと呟いた。

「知っているのか？」

だが聡美はその俺の質問には答えず、

「どういう字を書くの？」

と訊いて来た。

俺は手帳に『羽鳥圭一』と書いて聡美に見せた。すると彼女は無言で立ち上がって向こうの部屋に消えて行った。

　暫くして戻って来た聡美は、更に訊いて来た。

「今、その人、どこに入院してるって？」

「湘南にある病院って言ってたな」

「――そう。自分の勤めていた病院に入院してるのね。香苗さんは、旦那さんは娘が二人とも亡くなったことを分かっていない、と言ったのね？」

「ああ、確かにそう言った」

「じゃあ、間違いないわね。念のため、今、厚生労働省のサイトで検索したら出てきたわ。少なくともデータの上ではまだ医師の資格があるようね」

「有名な医師なのか？」

「そうよ。お会いしたことはないけれど」

「それほど凄い腕を持った医者なのか？　それとも何かやらかして追放されたとか？」

「違うわ。ただミイラ取りがミイラになったという意味で有名なのよ。自分が取り組んでいた病気に、自分自身がなってしまった。こんな悲劇はないわ」

「何の病気なんだ？　入院してると言ったけど、少なくともまだ生きているんだろう？」

「もちろんご存命よ。羽鳥先生を蝕《むしば》んでいる病は、若年性アルツハイマーなの」

「――アルツハイマー」

合点がいった。だからこそ羽鳥圭一は自分の娘が死んだことに気付かないのか。

「羽鳥先生は神経内科医でアルツハイマー一筋だったようよ。そもそも神経内科医を目指したのも、先生のお父上もやはり若くしてアルツハイマーを発症していたからなの。若年性のアルツハイマーはね、遺伝性の要素が極めて強いとされているわ。もしかして自分もアルツハイマーを発症するかもしれないと考えて、神経内科医の道を選んだのかもしれないわね」

「だが結局、アルツハイマーになったということは、遂に治療法は見つからなかったということか」

「それは仕方がない。どんなに羽鳥先生が権威であっても、世界中を探してもアルツハイマーの治療法を確立した人間なんて一人もいないんだから。今の医学では症状の進行を遅らせるので精一杯なのが現実よ。でも病院に入院させておくなんて、費用が大変でしょうね。あなたの話を聞く限りでは、羽鳥家はそれほど裕福には思えなかったし」

「いや、羽鳥圭一の貯金が相当あるらしいから、それを切り崩して工面しているらしい。貯金を使い果たした後はどうするつもりか知らないが」

確かに、羽鳥家は夫が神経内科の権威とは思えないほど慎ましかった。羽鳥姉妹もあの家で暮らしていたというから、夫の治療のために安い家に引っ越した訳ではないだろう。だがしかし金を持っている人間が、必ず豪勢な家に住んでいるというのも、あまりにもステレオタイプな発想かもしれない。現にアパートの家賃収入でそれなりの生活を送れると思われる綿貫孝次も、庭のない小さな家に住んでいた。贅沢《ぜいたく》をせず、分をわきまえた生活をしているから、金が貯《た》まるとも言える。もちろん秋葉や聡美のように、それなりの生活をしている者もいるだろうが、それは人それぞれということなのだろう。

それから俺は、編集長の中田に締め切りまでには必ず仕事を終える、と啖呵を切ったことを聡美に告げた。

「でも、後四日しかないんでしょう？　大丈夫なの？」

「大丈夫だから悩んでいるんだ。今の段階でも十分記事は書ける。君にとっても有利な記事だ。だがそれは愛が過去に不良だったとか、夫と離婚寸前だったとか、はたまた小学校時代の友人と不倫疑惑があるとか、そういう諸々のスキャンダルを暴きたてて、医療過誤で死んだと思われている女性は、こんなろくでもない人間でしたよ、と言い立てることだ。そんな女は溶血になってもおかしくないと、世間に思わせることができれば御の字だ」

「でも素行の悪さや、夫婦間の不仲は溶血には関係ないわ」

「夫婦喧嘩のストレスの結果、溶血になることもないんだな」

「何言ってるの？」

聡美は笑った。まるで科学技術のない未開人を嘲るような笑みだった。

「そりゃストレスが循環器系の病気を引き起こすことはある。高血圧とか、不整脈とか、心筋梗塞とか。でも黄疸が出るまでの溶血になるなんてありえないわ。そんな例はただの一つも報告されていないもの」

「なるほど、じゃあ愛が高校時代のシンナー遊びを忘れられず、違法な薬物に走ったとしたら？　不倫相手の秋葉に病気を移されたとしたら？　それでも君は、愛は自分自身のせいで溶血になったとは考えないのか？　世間の人間はきっとそう考えるぞ。それは君にとって悪い話じゃない」

「でも、それは――」

俺は聡美の言葉を制して話を続けた。

「いや、言いたいことは分かる。そんなやり方で愛を陥れてまで助かりたくないと思っているんだろう？　もしかしたら君は罰を受けたいと思っているんじゃないか？　社会から糾弾されて医者を辞めることになっても、それで愛を救えなかった罪滅ぼしができるのなら甘んじて受け入れようと。違うか？」

聡美は答えなかった。俺は聡美が口を開くまで、彼女を見つめながら待っていた。暫くの沈黙の後、聡美は短い言葉を吐き出した。

「そうかもしれないわね――」

医師のもとには次から次に患者がやって来る。その患者すべてにいちいち同情していたら仕事はできない。だが聡美は、同年代ということもあり愛に必要以上に情が移ってしまったのではないか。聡美を責める訳にはいかない。医師も人間なのだ。

「とにかく、今のままでも俺の書く記事は君に有利に働くだろう。だがまだ不安は残る。愛は自分の行いのせいで溶血になったという決定的な証拠が欲しい。もしそんな証拠が手に入れば、これはもう君の無罪はほぼ確定だろう。だが医師の君でも分からなかった彼女の溶血の原因を、素人の俺がたった三日間調べただけで明らかにできるとは思えないんだ。だから悩んでる」

正確には今日を入れて四日だが、記事を仕上げるのにどうしても一日必要だから、実質三日と考えなければならない。

「でもあなたは医療に関しては素人だけど、取材に関してはプロフェッショナルだと思うわ。たった一日でこれだけの人と会って、いろんなことを探り出すんだもの」

そんなのはライターとしては普通だし、もっとあちこち駆け巡っている同業者は大勢いるのだが、もちろん賞賛されて悪い気はしなかった。

「俺は残りの三日間で愛の周辺を訊き込むつもりだ。新情報が出るかどうかは分からないが、できる限り全力を尽くしたい。たとえ溶血の原因が明らかにできなくても、だ。しかしどうせなら実り多い取材にしたい」

「誰に取材するのが、一番良い結果を生むかってこと？」

「そうだ。心当たりがあるのなら、こんなことをしていないでさっさと取材に出かけている」

「もう、取材し尽くしてしまったの？」

「これは、と思う情報源が二つあった——だが君に会って一つ潰れた」

「どういうこと？」

聡美は怪訝そうな顔をした。

「分かるだろう？　今話した羽鳥圭一だよ。香苗は俺を夫に会わせたくなかったようだが、名前に職業に現在の居場所も分かっている。調べる手段はいくらでもある。今日ここに来たのも君に羽鳥圭一という医師を知らないか、と尋ねる目的もあったんだが——まさかアルツハイマーだとは思わなかった」

「アルツハイマーの患者さんの証言には、多分、証拠能力はないでしょうね」

「その通りだ。もちろん羽鳥圭一を知っている人間に当たったって、彼の人となりを知ることはできるが、それでどうなる訳でもないだろう。ただどうであれ俺は羽鳥圭一のことは記事にしないつもりだ。だから取材しても仕方がない」

「プライバシーの問題？　確かに匿名の記事でも、湘南の病院にアルツハイマーで入院している神経内科医とあれば、きっと羽鳥先生のことだって気付く人も出て来るかもしれないわね」

「——違う、そうじゃないんだ。こんなことを言うと、また君は気分を悪くするだろうが、愛の父親がアルツハイマーで入院しているとなったら、彼女に同情する読者もきっと現れる。それはできるだけ避けたい」

「——父親に、二人の娘。家族が次々に病気になっているから？」

「そうだ。もちろん、瞳のことは書いても何ら問題はない。何故なら瞳は愛が起こした交通事故の結果、脾臓を摘出し、死んだと言えるからだ。だが羽鳥圭一は愛のせいでアルツハイマーになったわけじゃないしな」

　聡美は暫く俯いたまま、すぐには答えを返してこなかった。何かを考え込んでいる様子だった。

「どうした？」

「——さっきあなたはストレスで溶血になるのか？　と私に訊いたわね。確かにストレスでは溶血にはならない。でもアルツハイマーは違う」

「違うって？」

「私は専門外だけど、アルツハイマーの予防にはストレスを溜めないことっていうのは良く言われている。真面目な人や悩みがちの人ほどアルツハイマーになりやすいっていう報告もあるくらいよ。これはもちろんいろんな理由があるけど、一説にはストレスが脳の神経伝達物質のセロトニンを減少させてしまうからだと言われてるわ。まだまだアルツハイマーには分かっていない部分が多いけれど、脳の神経伝達物質の欠乏がアルツハイマーを招くのは確からしいのよ」

「じゃあ、不良になった娘に悩まされたせいでアルツハイマーになったと？」

「もちろんそう決めつけることはできないけど、羽鳥先生はいろいろな原因が悪いタイミングで積み重なってしまったんでしょうね」

若年性アルツハイマーという遺伝的原因に加え、不良の娘にも悩まされ、できの良い方の娘は肺炎で死んだ。羽鳥圭一を襲った悲劇はストレスなどという言葉では片付けられないほど、彼を苦しめただろう。

だが事実がどうであれ、もし上手いこと愛のせいで父親がアルツハイマーを発症したのかもしれないと読者に思わせられるなら、記事中で羽鳥圭一のことを明らかにするのも選択肢の一つとしてあるのかもしれない。

「もう一つの情報源はなんなの？」

「愛の小学校時代の同級生だ」

　俺は聡美に、彼女の小学校時代の卒業アルバムが今もって見つからないことを話した。

「確かに、愛の同級生に会ってどうなるものかは分からない。だが新山ミカや秋葉輝彦とは頻繁に会っていた。二人と会っていたことを隠したがっていた節も見受けられる。もしかしたら愛の小学校時代に何かあるのかもしれない。それに彼女は小中学校の卒業アルバムを持って実家を出たはずなのに、嫁いだ先には中学校時代のアルバムしかない。何かあると思わないか？」

「その秋葉さんとは、多分不倫していたんでしょう。だから隠したがっていたのは分かるわ。でもどうして毎日ゲームセンターで遊んでいるミカさんと会っていたのを隠すの？」

「ミカには愛と会っていたことに対して、後ろめたい気持ちは一切ないようだった。何しろ、愛が死んだ今は孝次と友達みたいにゲームセンターで遊んでるんだからな。愛が何か企んでミカに近づいたのは間違いないだろう。もしかしたら他の同級生とも何らかの接触を持っていたのかもしれない」

「だから卒業アルバムの名簿が必要なのね」

「そうだ。せめて同級生の名前が分かればハローページで手当たり次第に電話するって手もあるが、昨日伊勢原で会った人間の中で、協力的なのは羽鳥香苗だけで、後は望み薄だろうな。最近は誰も彼も個人情報の扱いにデリケートだし、おまけに俺はフリーランスだから警戒されがちだ」

俺は、卒業アルバムを貸して欲しいという俺の頼みを断った澤田敦子のことを思い出した。馬場麻衣の母親の育子はかろうじて脈がありそうだが、しかし暢気《のんき》に彼女からの返事を待っている余裕はない。後でもう一度彼女に連絡してみようと俺は思った。たとえ卒業アルバムがすぐに見つからなくても、愛の他の友人たちについて心当たりを教えてくれるかもしれない。しかし――。

「何しろ十五年以上も前のことだ。皆の記憶も薄れてしまっているだろう。だから確実な名簿に当たりたかった」

「警察でもない限り、学校に直接問い合わせても教えてくれるはずがないでしょうしね。それで、どうするつもりなの？　綿貫さんのプライベートを暴くような形の記事を書いて雑誌に載せるの？」

「ああ。三日間で新情報が見つかるかもしれないし、見つからないかもしれない。だが何れにせよ、その方向で記事を書くのは間違いないと思う。君は恐らく嫌がるだろうが――」

「そんな下衆《げす》な記事を書くのは止めて、と言っても書くんでしょうね」

「下衆？　君一人にすべての責任を負わせて恥じる所がない、小山田総合病院や洋の方がよほど下衆だと思うがな」

「だけど、死んだ綿貫さんには何の罪もないわ――」

まるで、もうこの世には存在しない愛を想うように聡美は言った。人の生き死にを預かる職業につくのには、聡美は優し過ぎる、と思った。俺だってライターなんて仕事をする以上、他人に恨まれるなど覚悟の上なのだ。

「本当にないと思うのか？　ならどうして愛は溶血になった？　昨日一日でいろんな人間に会って愛の話を聞いたが、怪し過ぎるよ、彼女は。絶対に君に何かを隠していたはずだ。溶血の原因に心当たりがあるのに、それを君に黙っていたんだ。彼女が死んだのは君のせいじゃない」

「それじゃあ訊くけど、溶血の原因って何？　昔、不良だったこと？　それとも不倫していたこと？　そりゃ倫理的にどうかと思うわ。でもそれと病気とは何の因果関係もない」

「もしかしたらドラッグをキメながら秋葉とセックスにふけっていたかもしれないじゃないか。秋葉に病気を移されたかもしれないし、相手は彼一人とは限らないぞ。愛は住んでいたアパートの大家の息子を誘惑して結婚した。これはもちろんアパート狙いだ。だが離婚するかもしれないとなって、今度は秋葉に目をつけた。もちろん彼が将来出世すると見込んでだ。

だが秋葉の心は摑めなかった。現に彼は来年別の女と結婚するんだからな。愛がすでに第三、第四の候補に目を付けていたとは十分考えられる。そんないろんな男と関係を持つ女なら病気になっても不思議じゃない。これでも溶血の原因が彼女にないと言い切れるか？」

「酷い偏見だわ――そんなのは」

「そうか？　だが、もともと洋は君を訴える気など微塵《みじん》もなかったんだぞ。たまたま村沢太郎っていう小山田総合病院を告発したい弁護士に目を付けられただけだ。おまけに愛とも不仲だった。君を訴えれば、妻を愛していることになる。離婚寸前だった過去をカモフラージュでき、世間から同情される。そういう魂胆があるんだよ」

聡美は暫く黙って、そして言った。

「不仲だとか、そうでないとか、そんなのは関係のない第三者が決めることじゃないわ。傍《はた》目《め》には仲が悪そうに見えても、心は通じ合っている、そんな夫婦はいくらでもいるわ」

「そんな一般論を言っても仕方がない。実際問題、君は訴えられているんだ。身を守ることを考えないと。愚直に罪を被ったたって事態の解決には――」

その時、俺の言葉に被さるように、聡美は叫ぶように言った。

「じゃあ、あなたはどうなの？」

「俺？　俺が何なんだ？」

「何故、そんなに私のことを助けようとしているの？」

「別に君を助けようとしているわけじゃない。仕事だからだ」

「だって昨日一日で、愛さんについての知られざる情報は粗方手に入ったんでしょう？　私と話している余裕があるのなら、さっさと記事を仕上げれば良いじゃない。予定より早く仕事を終えて、困る人は誰もいないわ」

「それは俺が愛を批判するような記事を書いたら、君が嫌がると思って――」

「じゃあ、そんな記事は書かないで、と私が頼んだらどうなるの？　結局書くんでしょう？」

　俺は言葉に詰まった。その通りだったからだ。

　ライターとしての使命感だとか、そんな歯の浮くような台詞で聡美の質問に答えるのは簡単だろう。現に、愛が溶血になった真相を知りたい、という好奇心のようなものがあるのだから嘘ではない。だが同時に、事件の真相がすべて明らかになるのはサスペンスドラマの中だけであることも重々承知している。しかし愛がろくでもない人間であることを暴いても、溶血の原因を突き止めなければ、結局聡美は灰色のままだ。小山田総合病院に復帰できても、疑惑の医師というレッテルは恐らく一生剝がれないだろう。俺は聡美の潔白を証明してやりたかった。何故なら――。

「綿貫さんと洋さんは元々不仲だったから、その事実を隠すために洋さんは私を訴えた。妻を愛する夫を演じようとして――そのあなたの推理は別に良いわ。そういうこともあるでしょう。じゃあ、あなたはどうなの？　どうして私を救おうとするの？　私を救えば、私を捨てた罪滅ぼしができると思ってるんじゃないの？」

「俺は君を捨てたつもりはない。君が俺を――」

「同じことよ。あなたが会社をクビになったって私は構わなかった。私はあなたが再就職するまで待っていても良かったのよ」

「嘘だ。君は認知症の老人に株を売りつけた俺を軽蔑していた」

「違う」

　と聡美は言った。

「それはあなたが勝手にそう思い込んでいるだけよ」

そうだ、と俺は思った。そんなことは聡美に指摘されるまでもなく、分かっていたことだ。十分過ぎるほど。

　元々俺には聡美と結婚する勇気がなかった。将来有望な内科医を、俺のような一介のサラリーマンが呪縛して良いのだろうかという疑問が終始頭を離れなかったのだ。だから俺は聡美と釣り合う男であろうと努力した。飛び込み営業に回れば怒鳴られ、個人宅に電話してもろくに話も聞かないで切られた。そんなことは日常茶飯事だった。それでも俺はめげなかった。半年もすると、まったく見込みのない客、少し押せば揺らぐ客の区別が感覚的に摑めるようになった。そして営業先に迷惑がられても、客に損をさせても、上司に怒鳴られても平気な図太い神経を手に入れた。営業の仕事に耐えられず次々と辞めて行く同期を横目で見ながら、俺は自分がこの会社で出世すると信じて疑わなかった。給料が上がると、背伸びをしてBMWを手に入れた。ただ聡美の夫として恥ずかしくない男でいたいと思ったから。

だがクビになった。俺は十分会社に貢献したと思っていた。でもその程度の貢献などいくらでも埋め合わせが利くということに気付いた時、俺は荒れた。聡美にも八つ当たりをした。だが聡美は俺を責めるようなことを一切言わなかった。その態度が、よけいに彼女が俺よりも大きな存在であることを如実に示しているような気がして、俺はもう聡美とは生きていけないと思い、別れることを決意した。何のことはない、やはり俺が聡美を捨てたんじゃないか。

聡美に同情し、救ってやりたいと思っているのはもちろんだ。だが、もしかしたら今回の仕事で自分が納得する結果が出せれば、俺はこの仕事を胸を張って誇れるようになると、深層心理の部分で考えているのかもしれない。

「俺が君の冤罪《えんざい》を晴らそうとしているのは、もちろん君のためでもある。でも今回の仕事でいい結果が出せれば、次の仕事にも繋がる。金を稼ぐっていうのはそういうことだ。愛の側に溶血の責任がある、というスタンスで記事を書いているのは俺ぐらいのもんだ。きっと話題になるだろう。今回の事件をきっかけにして、出世コースに上手く乗れればしめたものだ。出版、講演、テレビ出演──雪だるま式に金が銀行口座に振り込まれるようになる」

「──相変わらずね、あなたは」

そう言って聡美は微笑んだ。後半部分はほとんど冗談だったのだが、俺は結婚時代からそんな俗っぽい成功を望んでいる男に思われていたのだろうか。もしそうだとしたら、ほんの少しだけ悲しかった。

まあ、いい。元妻への未練を未だに引きずっている弱い男と思われるぐらいなら、金にがめつい男と思われる方が遥かにマシだ。

「で、これからどうするつもりなの？」

「そうだな。また伊勢原周辺を当たってみるつもりだ。馬場育子に訊けば何か分かるかもしれないし、もし分からなくても、近隣住民に手当たり次第に訊き込むって手もある。十年以上前に不良だった少女のことを覚えている住人も一人ぐらいいるだろう。後はそう──聖蹟桜ヶ丘に戻ってミカに会うって手もある。彼女の両親がもしかしたら愛のことを覚えているかもしれない」

「手当り次第に訊くのね。分かってはいたけど大変そう」

　こんなことは別にどうってことはなかった。少なくとも飛び込み営業よりも遥かに楽だ。皆、余計なものに金を出したくないが、他人の噂話は喜んで口にする。相手が年配者であればあるほど、この傾向は強い。

「君だって、愛の溶血の治療の際には、ありとあらゆる可能性を疑ったじゃないか」

「そうね――じゃあ、湘南には行かなくていいの？」

「湘南？　羽鳥圭一か？」

　聡美は頷いた。

　もちろん可能ならば誰とでも会う。だが羽鳥圭一は考えに入れていなかった。一番大きな理由は彼に面会するのが困難であるということだ。フリーランスのライターが患者に取材する目的で病院を訪れても門前払いされるに決まっている。妻の香苗が前もって話をつけてくれるのなら良いのだが、彼女は明らかに俺が夫のことを探るのを快くは思っていない様子だった。最後の手段は、たとえば外部の清掃業者やケータリングを装って病院に侵入することだが、そんな準備をする時間的余裕はないし、もし成功して羽鳥圭一との面会が叶《かな》ったとしても、彼はアルツハイマーなのだ。手間隙《ひま》だけがかかって、得るものは少ない。

　俺はそのことを聡美に言った。すると彼女はこう答えた。

「銀次郎さん、何か忘れてない？」

——心を摑まれたような気になった。付き合っていた時、新婚当初、彼女はいつも俺を名前で呼んでいた。あなた、ではなく、銀次郎さん、と。

「な、何がだ——？」

「私は医者よ」


そうして俺は聡美が主張するままに湘南に向かうことになった。聡美にしてみれば、ただアイデアを出しただけで決して『主張』なんて大げさなものではなかっただろう。だがたとえ羽鳥圭一がアルツハイマーにせよ、会えるものなら会っておくに越したことはないので俺は聡美の申し出を受けることにした。

向こうの病院に聡美が連絡を入れてから、彼女が運転するアウディで、俺たちは湘南に向かった。俺が車を運転しようか、と言ったのだが、聡美は頑として ハンドルを譲ろうとしなかった。この事件を通じてまた親しくなっても最後の一線は越えないという、聡美の強い意志の表れのように思えてならなかった。

元々会話は少なかったが、車が東名高速に入ってからは二人ともほとんど無言だった。カーステレオからは沈黙を塗り潰すように、聡美の好きなブライアン・ウィルソンの歌声が流れ続けていた。

平塚駅にほど近い大学病院で聡美は車を停めた。中目黒から一時間ほどのドライブだった。海が近いせいか潮の香りがする。車から降り俺は白い建造物を見上げた。青空に向かって聳《そび》える、近代的でモダンな建物だった。もちろん聡美が働いている小山田総合病院もこんな佇《たたず》まいだったが、こちらは何となく研究施設を想起させる。恐らく大学病院という先入観があるせいだろう。

入院棟の受付に向かう途中で、外資のコーヒーチェーン店——聖蹟桜ヶ丘で入ったのと同じ店だ——やコンビニエンスストアを通り過ぎる。そこだけ取り出して眺めれば、まるでショッピングセンターの一角のようだった。最近の病院はどこもこうだ。幼い頃、入院していた祖父の見舞いに行った記憶は今でも脳裏に焼き付いている。薬臭く、薄暗く、壁は古ぼけていて、子供だった俺には怖い場所という認識しかなかったが、そんな病院は昭和と共に消え去ったのだろう。

「私の肩書きが通用しなかったら、ごめんなさいね」

そう聡美は言った。しかし俺はそれはないだろうな、と考えていた。聡美も綿貫愛のことがあるにせよ、羽鳥圭一医師に一目会いたいという気持ちがあって、ここまで車を走らせて来たのだろう。同じ医師の自分が同席すれば面会できるはずだという見込みがあったに違いない。

受付で病院の関係者と交渉する聡美を、俺は少し離れた場所から見守っていた。若干の押し問答があったものの話が通ったらしく、こちらに向かってOKのサインを出して来た。しかしそれですぐに羽鳥圭一医師と対面、とは相成らず、暫く聡美と共にベンチで待たされた。

二十分ほど待っていると、向こうから白衣を着た若い女性の医師がやって来た。聡美は彼女を認めると、慌てたように立ち上がった。俺もすかさず聡美に倣《なら》った。

「霧島――聡美先生ですね？」

温和な表情で女医はそう尋ねて来たが、しかし眼鏡のレンズの奥からこちらに向けられる、厳しい眼光に俺は気付いていた。

「そうです。幕張の学会ではお世話になりました」

この女医と、聡美は顔なじみなのだ。だからこそ羽鳥圭一と会える、という確信があったのだろう。

「銀次郎さん、こちらは大野《おおの》未来《みらい》先生。大野先生、彼は桑原銀次郎、訳あって別姓を名乗っていますが、私の夫です」

思わず聡美の方を見そうになったが、我慢した。確かにそう紹介しなければ、まったくの部外者、しかもマスコミ関係者など追い出されるのがオチだろう。

「ああ——そうなんですか」

果たして大野医師の眼差《まなざ》しから厳しさがほんの少しだけ消え去ったように思えた。代わりに現れたのは、霧島聡美の夫はこんな人物なのか、という好奇心にも似た眼差しだった。

「ご迷惑かと思ったんですが、夫にもついて来て貰《もら》った方が良いと思って」

「それは構いませんが、でもかなり症状が進行しているので、果たしてお役に立てるかどうかは分かりませんよ。でも、私も噂には聞きましたが、羽鳥先生の娘さんが霧島先生の患者さんで、しかも亡くなられてしまったとは残念です」

聡美の気持ちを慮《おもんぱか》っているのか、彼女は『医療ミス』という言葉を使わなかった。訴えられている事情はある程度把握しているのだろう。しかしそんなことよりも、綿貫愛のことを『羽鳥先生の娘さん』と言ったことの方が気になった。しかも、残念です、と。

「綿貫愛さんのことをご存知なんですか？」

「ええ。お会いしたのは数回だけでしたけど、羽鳥先生のお見舞いに来られましたよ」

俺は思わず聡美と顔を見合わせた。そして慌てて大野医師に訊いた。

「あ、あの。綿貫愛さんがこちらに来たことを、羽鳥先生の奥さんはご存知だったんですか？」

「奥さん？　さあ、どうでしょうか——でも知っていて当然なんじゃないですか？　だって娘さんなんだから」

大野医師は愛が両親に勘当されたことまでは知らないようだった。愛が父親の見舞いに訪れていたという事実は、いったいどういう意味を持つのだろうかと考えたが、その俺の思考を断ち切るように大野医師は言った。

「しかし羽鳥先生には溶血は確認できなかったと思いますが」

俺たちが愛の溶血の原因を探るためにここに来たと思っているのだ。ある意味それは間違っていない。

「いえ、良いんです。私は綿貫さんの溶血が遺伝性のものとは考えていないので。少なくとも溶血に関しては羽鳥先生と綿貫さんの間に関連性はないと思います。綿貫さんの赤血球は正常でしたから、後天性の溶血で間違いないんです」

「では、何故こちらに?」

大野医師は少し驚いたように言った。聡美は答えに窮している様子だった。流石の俺も余計なことを喋《しゃべ》ってボロを出すのが怖いので、慎重に口を開いた。

「私たちは綿貫愛さんの母親や友人たちに会いました。愛さんが溶血になった原因を知りたいと思ったんです。でも釈然としませんでした。だから藁《わら》をも摑む気持ちでこちらに伺ったんです」

「はあ、そうですか」

一応、大野医師はそう言ったが、内心では納得していない様子だった。

しかし俺には大野医師よりも、別の不安があった。比較的取材に協力的だった羽鳥香苗も、夫についてはあまり話してはくれなかった。アルツハイマーの夫のことを、あれこれ取材されるのは嬉しくないのだろう。もし今日俺たちがここに来たことを香苗が知ったら、今後の取材に協力してくれなくなるかもしれない。あと三日しかないのだが、しかし聡美が言い出さなかったら湘南ではなく再び伊勢原に行こうとしていたのだ。ここで何の収穫もなかったら、再び俺は伊勢原や聖蹟桜ヶ丘に向かわなければならなくなる。

大野医師は俺たちを先導するように歩き出した。俺と聡美はただ無言で彼女の後を追う。

歩きながら大野医師は言った。

「本当は、悩んだんですよ。確かにあなたは医師ですけど、ご専門は神経内科ではないですものね。もちろん血栓症が原因で脳梗塞になった場合などは、血液内科の先生方と連携を取ることはありますが、この場合はアルツハイマーですからね。でも霧島先生がわざわざ旦那さんと連れ立ってまでこちらにいらっしゃったのは、霧島先生が綿貫愛さんの主治医だったからですよね？　決して、羽鳥先生のご容態を確認するためではない」

つまり何が言いたいのだろうと、俺は大野医師の話に耳を傾けた。

「娘さんが亡くなったことを、羽鳥先生にご報告するために来られたのではありませんか？ 病気の診察以外の目的ならば、それしかない」

ああ、と思った。大野医師は俺たちが娘を死なせたことについての謝罪のために今日ここに来たと思っているのだ。確かに夫同伴だし、病気の専門的な話でもないとすれば、目的はそれぐらいしかない。俺たちにせよ、それこそ藁をも掴む気持ちでここを訪れたのだ。具体的な目的などはなかった。

それでも聡美は愛の死について自責の念を抱いているようだし、もしかしたら本当に羽鳥圭一に謝罪するかもしれないと不安で仕方がなかった。そんなことをしたら自分の罪を認めるようなものだ。だが大野医師がいる手前、今更聡美と打ち合わせすることはできない。

この棟に羽鳥圭一が入院していると思ったが、しかし大野医師は建物を突き抜けて棟の裏手に出た。広々として気持ちのいい空間がそこにはあった。中庭だろうか。その向こうには、こちら側の棟とは比べ物にならないほど古びた建物が聳えていた。大野医師は立ち止まることなく、その古びた建物に歩いて行く。

消え去っていたと思っていた、昭和の病院がここにあった。

「羽鳥先生はこちらの旧棟にいらっしゃいます。古びていますが、設備はしっかりしていますから。こちらの棟への入院を希望されたのは羽鳥先生の奥さんです。治る見込みがあるのかないのか分からない患者を新棟に入院させるのは他の患者さんのご迷惑になるって」

病床不足はどの病院でも深刻な問題だ。だからその香苗の気持ちも分からなくはない。しかし棟を移った所で、羽鳥圭一がこちらの病床を一つ占拠していることは変わらないのだ。確かにアルツハイマーの患者を看護するのは家族にとっても大変だから、病院に入院させるという選択はあるだろう。しかしどうも解《げ》せない。隠すためにこの病院に入院させた、という考えは穿った見方だろうか。

「香苗さんは頻繁にこちらにいらしているんですか？」

俺は大野医師に尋ねた。

「一週間に一度ほど。たまにいらっしゃらないこともありますが、一ヶ月以上来ないということはないと思います」

伊勢原駅から平塚駅までは電車を利用して、やはり一時間ほどか。しかし香苗の場合は、あの家から駅までバスを利用しなければならない。確かに毎週通うのは大変だから、たまには見舞いをサボってしまう、というのは分からなくもない。

羽鳥圭一の病室は、三階に上がり、渡り廊下を渡った先の突き当たりにあった。建物は古びているが、個室で陽当たりが良く、居心地は決して悪そうではなかった。

上下灰色のスウェットを着て、パイプ椅子に座り、窓の外を眺めている男性がいた。俺は瞬間的にとうの昔に死んでしまった祖父のことを思い出した。

「どう、羽鳥先生？　お元気？」

その大野医師の言葉に、羽鳥圭一はゆっくりとこちらを見やった。全体的なシルエットだけで俺は祖父をイメージしたが、こうして顔を見るとそれほど老けてはいない。髪には白いものが目立つが、まだフサフサとしていて、肌艶も老人のそれではない。整った細面の顔立ちで、美男子と言ってもいいと思う。誰かに似ているな、と思ったが思い出すことができなかった。きっとその端整な顔立ちに、誰かモデルや芸能人の面影を見たのだろう。アルツハイマーはこんな若い人間をも蝕むのかと、俺は居たたまれない気持ちになった。

そして圭一はこう呟いた。

「瞳？」

すると大野医師は、微笑んで、

「違うわよ。ほら」

と白衣をはだけて、下に着ているシャツをめくり上げた。いきなり何をするのかと俺は仰天したが、大野医師にとってはそれは極めて普通の行為のようだった。露出した大野医師の真っ白い腹と小さな臍《へそ》を見つめ、

「何だ、瞳じゃないのか――」

と呟き、興味を失ったかのように、再び窓の方を向いた。

大野医師は苦笑したかのように、俺たちの方を向いた。

「見ての通りです。羽鳥先生には愛さんの他に瞳さんという娘さんもいらっしゃったそうですね。女性と見れば、いつも娘の瞳さんだと勘違いするんです」

「今、服をはだけたのは――」

「ああ、これですか。瞳さんは中学生の頃事故で脾臓を摘出して、お腹《なか》にその際の傷があったんです。アルツハイマーの患者さんには、強く間違いを正さない方が良いので、最初は私も瞳さんのふりをしていたんですが、傷口がないことが分かれば人違いに気付くことが分かったので、最近はこうやってお腹を見せるようにしてるんです」

俺は思わず声を上げそうになった。脾臓摘出の際、愛が開腹手術にこだわった理由が分かったからだ。

当然聡美も気付いたと思いそちらを見やったが、彼女は今の大野医師の話を聞いているのかいないのか、パイプ椅子に座って外を眺めている羽鳥圭一から視線を逸《そ》らさなかった。

愛は恐らく頻繁にここに来ていたのだろう。家を留守にしていた理由はミカや秋葉に会うためだけではなかった。父親と会うためでもあったのだ。何故それを夫の洋に隠していたのかは疑問だが、小学校の友人たちと会っていたのではないか、という俺の推理はあまりに拙速だったかもしれない。

　発端は新山ミカだ。恐らく偶然彼女と聖蹟桜ヶ丘の街で再会し、仲良くなった。その時、共通の話題として秋葉輝彦の名前が出たのだろう。彼女がミカと会っていたことを隠したがっていた理由もこれではっきりする。ミカは、自分が新しい男を探していることを知っている唯一の人間だからだ。父親を見舞うために頻繁に家を留守にしていた愛は、夫との関係が悪化し、金づるとしての新しい男が必要になった。恐らく、父親の治療費を工面するために少しでも将来安泰な男と結婚しようと目論《もくろ》んだのではないか。

「こちらの病院は、当然見舞客のデータを残しているんですよね？」

「ええ、古いものは残っていないかもしれませんが」

「そのデータを見せて頂くことはできませんか？　愛さんがこちらに伺っていた具体的な日付を知りたいのですが」

　綿貫孝次は、自分の手帳に日々の記録をつけていると言っていた。その記録とここの病院のデータを照らし合わせれば、愛が果たして本当に父親の見舞いのために家を留守にしていたのか否かは一目瞭然《りょうぜん》だ。

　しかし大野医師は俺の頼みに難色を示した。

「もちろんそれは事務が判断することですが、お見舞客のリストを部外者の方に見せるのはちょっと――」

「そうですか。残念ですが、仕方がないですね」

大きな組織であればあるほど、個人情報を保護しようという考えが働く。しかも相手が警察ならともかく、俺は一介のライターなのだ。

だが愛がここに来ていたという事実がある以上、俺の推理はかなり良い線をいっていると思う。裏付けがなくても、もっともらしく記事を書き、世間を納得させられればそれでいい。

「羽鳥さんは愛さんのことを分かっていたんですか？」

俺は大野医師に訊いた。

「一度、愛さんと羽鳥先生が対面する場に同席させてもらったことがありますが、やはりその時も愛さんのことを瞳さんだと思っていました。愛さんは何も傷口がない奇麗なお腹を見せて、自分が瞳さんでないことを羽鳥先生に納得させましたが、それで羽鳥先生が愛さんのことに気付いたということでもないんです」

恐らく大野医師は、愛が不良だったことや、愛のせいで瞳が死んだことについては把握していないのだろう。愛は社会人になって初めて親にどれだけ迷惑をかけたかを思い知るようになった。だからこそ、入院治療を余儀なくされた父親の見舞いに訪れたのだ。だが時すでに遅し、羽鳥圭一の世界からは完全に愛の存在は消え去っていた。

そんな折り、自身の溶血が発覚した。しかもその治療には脾臓摘出が不可欠だという。当然、彼女には自分のせいで怪我をさせてしまった瞳に対する罪悪感があったはずだ。妹と同じ臓器を失うことになったのは、天罰だとでも思ったのかもしれない。羽鳥圭一は愛よりも瞳のことを愛していた。彼は瞳が死んだことを忘れ、いつまでも瞳を探し続けている。だから愛は渡りに船とばかりに開腹手術を選択したのだ。脾臓を摘出すれば、妹と同じ傷を身体につけることができる。そして父親の世界で妹と同じになれる。それが父親を苦しめ妹を死なせた罪滅ぼしだと信じて。

「――瞳？」

と羽鳥圭一が言った。また大野医師に言ってるのかと思ったが、違った。これほどの病床にあっても、未だに意志を失っていない彼の強い眼差しは、まっすぐに聡美の方に向けられていた。

「――違います」

そう聡美は言った。そして大野医師に倣って、自分の服をはだけて腹部を羽鳥圭一に見せた。あの腹にキスをしたこともあったな、俺は思った。

「何だ、違うのか」

それで興味を失って、彼はまた窓の方を見やった。もし、たとえば整形手術をして傷口を消したのよ、とでも聡美が説明したらどうなるのだろう。羽鳥圭一は、聡美にどう対応するのだろう。興味はあったが、それを聡美に強制するのは酷だと思った。聡美の気持ちを慮ったというよりも、羽鳥圭一をそんなモルモットのように扱うのに抵抗があった。意思の疎通ができなくても、自分の娘を認識できなくても、彼は俺たちと同じ人間なのだ。

「大野先生は羽鳥さんと対面する度に、いつもお腹を見せているのですか？」

「そうですね。最近はいつもかもしれません。滑稽だとお思いでしょう？」

「——いえ、滑稽だなんてそんな」

「もちろん様々な症状がありますが、アルツハイマーの患者さんは記憶力が低下するので仕方がないんです。明日になれば、今日のことも覚えていないでしょう」

——死んだ瞳のことはいつまでも覚えているのに。

確かに愛が家族に迷惑をかけたのは事実かもしれない。だが羽鳥圭一の世界に招き入れられるために妹を演じたまま死んだ愛が、どうしようもなく哀れだった。もう彼の心には、過去にも、未来にも、愛という娘は存在しないのだ。

その時、唐突に聡美は言った。

「ごめんなさい——」

恐れていた事態が起こった。止めろ、と制止する間もなかった。言うな、と叫ぼうとしたが、隣に大野医師がいるのでそれも叶わず、あわあわと動く俺の唇はまるで鯉《こい》のようで、そこから言葉が発せられることはなかった。

「私は――あなたの娘さんを、殺してしまいました」

その瞬間、羽鳥圭一は目を見開いた。そして先ほどまで大人しく日向《ひなた》ぼっこしていたとは思えないほどの大声を張り上げた。

「お前は、愛なのか⁉」


聡美に摑みかかる羽鳥圭一を大野医師と二人がかりで何とか引っぺがした後、俺は聡美を病室から連れ出した。羽鳥圭一の怒声と大野医師の宥《なだ》め賺《すか》す声を背中に受けながら、俺たちは逃げるように渡り廊下を引き返した。

渡り廊下の中央で聡美は立ち止まった。彼女は、泣いていた。

「不味いことを言ったな。君は心から謝罪するつもりであんなことを言ったんだろうが、あれでは自分の罪を認めているようなもんだ。しかも大野先生がいる目の前で」

彼女がいない所なら、謝罪だろうが土下座だろうが、いくらやっても問題はない。アルツハイマーの患者に証言を求めるような裁判官はいないだろうから。だがもし大野医師が法廷に引っ張り出されるようなことになったら、聡美は窮地に立たされる。

「私は——最初っから自分の罪を認めている。それで裁判に負けても構わない」

「何でそんなことを言うんだ？　それじゃあ俺が一生懸命あちこち駆けずり回っている甲斐《かい》がないじゃないか」

「——だって、あなたは真実のためじゃなく、綿貫さんの悪口を世間に広めるために記事を書くんでしょう？」

「それが悪いのか？　重要なのはどんな話に皆が納得するかだ。多くの人間が納得した話が真実になる。たとえそれが作り話でもだ」

聡美は、まるで子供が嫌々をするように首を横に振った。

「——そんなのは医者の常識とは違うわ。患者さんが病気になるのには、必ず原因があるのよ。綿貫さんが溶血になったのにも原因がある。誰が納得しようがしまいが、関係ない。それを見抜けずに綿貫さんを殺してしまった私が悪いのは、これはもう絶対に変えられないことなの」

患者が死んで医師が自責の念に浸るのはいいが、それと訴訟問題とはまったく別の話だ。そもそも綿貫洋が村沢太郎と出会わなかったら——という気持ちが口をついて出そうになったが、話が堂々巡りになるだけなので黙っていた。

聡美を切り捨てた小山田総合病院のやり方は卑劣だと思ったが、むしろ彼等も最初は聡美を守ろうという方針で動いていたのではないか。医療ミスを訴えられたからといって、すぐさまそれを認めていたら医療機関は成り立たない。しかしあまりにも聡美が自分に非があると言い立てるので、それなら自分一人で戦えということになったのではないか。

「君は——優し過ぎるよ。失礼な言い方かもしれないけど、もっとプロに徹した方が良い。俺だってこんな仕事をしていると、いろんな連中から恨まれる。だけど平気だよ。ライターっていうのはそういう仕事だから。証券会社時代だってそうだ。他人に恨まれるリスクを避けては仕事はできない。まして君は医者だぞ？　担当の患者が死ぬなんて、日常茶飯事のはずだ」

「分かっているわ——でも綿貫さんのことが頭から離れないの。もう少し抗血小板剤の処方を多くしていれば、多分、血栓はできなかったはず。綿貫さんも死なずに済んだでしょう。服用し過ぎると出血しても止まり難くなったり、痣《あざ》ができやすくなったりするから、慎重に処方しなければならない。私は血栓ができず、なおかつ怪我した際も安全なようにギリギリのラインで抗血小板剤を処方した。本当はそんな杓子《しゃくし》定規じゃなくて、もっと患者さん一人一人に合わせなければならないはずなのに、それを怠ったのよ——」

俺は目頭の涙を拭う聡美を見つめていた。確かに僅かの数字の差で患者の生き死にが左右されてしまったのだから、自責の念に囚《とら》われても仕方がないのかもしれない。

もうどんなに宥め賺しても聡美は自分を責める言葉しか吐かないだろうと悟った俺は、

「――ジュリエットは改心したが受け入れられず、仕方がなくジュスティーヌに化けたわけだ」

と一人呟くように言った。

「――え？　何？」

「いや、不良の愛とできの良い瞳の話を、取材の報告のためにクライアントの中田という男に教えたら、彼が教えてくれたんだ。まるでサド侯爵の小説だって」

「――サド侯爵？　サドマゾのサド？」

聡美は涙に濡れた目で怪訝そうに言った。医者が小説に明るいとは思えないから、サド侯爵と言ったってエロ小説の作者という認識しかないのだろう。俺と同じだ。

「『悪徳の栄え』という小説らしい。その小説の内容も悪の姉のジュリエットが改心したというラストなら面白いんだが――」

その時、大野医師がこちらにやって来た。俺は羽鳥圭一を刺激した申し訳なさと、先ほどの聡美の謝罪を果たして彼女がどう受け止めたのだろうという恐れと共に、大野医師を見やった。

「こんなことは――初めてですよ」

そう少し疲れたように彼女は言った。

「誰も瞳さんが殺されたなんて過激な表現を、羽鳥先生に対してしませんでしたからね。いえ、霧島先生が愛さんのことを言っているのは分かっているのですが」

「――申し訳ありません。言葉を選ばず」

聡美はそう深々と頭を下げた。もちろん羽鳥圭一を刺激させたことを謝るのはどうということはないのだが、少なくとも聡美は俺のアドバイスに従うつもりはないようだ。ここまで自分の罪を認めているのだから、裁判にまではならず和解で終わるかもしれない。しかしあまりにも聡美が哀れに思えてならない。絶対に彼女にも言い分があるはずなのだ。だが受け持った患者が死んだというただ一つの事実だけで、すべての罪を被ろうとしている。

「いえ、私も霧島先生から娘さんが亡くなったと告げて頂ければ、もしかしたら改善とまではいかなくても、病状の経過に進展が見られるかと思ったのですが――安直な考えだったようですね」

羽鳥圭一の世界から、愛は存在しないと思っていた。でもそうではなかった。あくまでも瞳を殺した女として存在していたのだ。自分の正体を知られたら拒絶される。だからこそ彼女は甘んじて瞳の立場を受け入れたのではないだろうか。

「でも、これで羽鳥先生が愛さんを完全に忘れている訳では決してないことを証明できました」

「──瞳さんを殺した犯人としてですね」

「大野先生は、どうして羽鳥さんはそこまで瞳さんを想っていて、一方愛さんのことは瞳さんを殺した犯人としてしか認識していないとお思いですか？」

そう俺は訊いた。確かに愛は家族に迷惑をかけ瞳が死んだきっかけを作った。勘当するに値する娘かもしれない。しかし親の心理はそこまで単純なものではない。村沢太郎がかかわった、横浜で通り魔殺人を起こした男のように、仮に極悪非道の犯罪者になってしまったとしても、世間に土下座をして詫《わ》びつつ心の中では子供を想う、それが親というものだ。

羽鳥圭一も愛を勘当したことを後悔しているのではないか？　もしそうでなくとも、そんなふうに子供を育ててしまった親としての自責の念は絶対にあるはずなのだ。やり直せるならやり直したいと思っているはずなのだ。

俺は親という存在を神聖視し過ぎているのだろうか。しかし病床にある羽鳥圭一は、自分の娘の愛のことを徹底的に憎んでいるとしか思えない。アルツハイマーなのだから仕方がないのだろうが、しかし過去のことを忘れてしまっているのなら、愛が不良になったことも忘れたって良いのではないか。何故羽鳥圭一の記憶の中では、愛が不良だったという事実が固着してしまっているのだろう。愛との楽しい思い出は、彼の中には一つもないのだろうか。

「無責任なようですが、アルツハイマー型認知症の症状は人それぞれで、一概にこうだ、とは言い切ることはできません。軽度なら忘れてしまうのは主に最近のことで、古い記憶はほぼ保っているのですが、羽鳥先生ほど重度になると、新しい記憶はほぼ覚えられないし、古い記憶も怪しくなってしまいます。場所も、時間も、あやふやです。時々失禁してしまうので、可哀想ですがオムツをつけてもらっています」

それでは確かに、完全に個人で介護するのは大変だろう。病院で看てもらおうという香苗の気持ちも分かった。

「ですから、ご家族の誰と誰は理解できていて、誰は理解できないのかという、認知の部分までは主治医の私にとっても、いえ現代の医学にとっても理解できない部分が多いんです」

「記憶や認知は人体の最後の未知の部分ですものね」

と聡美は凡庸な医学記事のような発言をした。

確かにそれはその通りなのだろうが、納得はし難かった。そもそも何故愛は不良になってしまったのだろうか？　確かに成績のこともあるだろう。だが、それだけではないような気がする。

羽鳥圭一は愛が不良になる前から彼女を憎んでいたのではないか。それが愛の非行化の一因であるとは、穿った見方だろうか。だが羽鳥圭一にとって愛が最初っから憎悪の対象だとしたら、記憶が曖昧《あいまい》になってしまった今も彼女を憎んでいたとしても何ら不思議はない。

彼女を愛した記憶など、彼には一つもなかったとしたら。

「――もし羽鳥さんが、最初っから愛さんを憎んでいたとしたら？」

「え？」

二人の女医は、俺が何を言っているのか分からないかのような顔で、こちらを見た。

「瞳さんに怪我を負わせただけで、果たしてあれほどまでに愛さんを拒絶するでしょうか？」

「どういうこと？」

と聡美が訊いた。

「もし愛さんが羽鳥さんに虐待されていたとしたら、非行に走った理由も、妹を拉致しようとした理由にも説明がつく」

と俺は二人に言った。

「それは、瞳さんも同じように虐待を受ける可能性があったから――ってこと？」

「ああ、そうだ。少なくとも愛はそう思った。だから妹を助け出そうとした」

と俺は聡美に言った。

「羽鳥先生が愛さんを虐待していたと――？」

まるで一人呟くように、大野医師は言った。彼女は恐らく同じ神経内科医の羽鳥圭一を尊敬しているのだろう。彼の主治医であることに使命感のようなものを抱いていても不思議ではない。医者といえども人間だ。尊敬する人間が児童虐待をするような男だとは信じたくないのかもしれない。

「あくまでも可能性です」

と俺は言った。大野医師は怖《お》ず怖《お》ずとしたふうに言った。

「でも、そうだとしたら——何故、愛さんは羽鳥先生のお見舞いに来られたんでしょう？　羽鳥先生が娘の愛さんを心から憎んでいたという事実がもしあるのなら、娘さんの方も決してお見舞いには来られないと思いますが」

「もしかしたら父親に復讐《ふくしゅう》するために来たのかもしれません」

「復讐？」

「アルツハイマーの患者さんなら、いくら虐めても証言できないってこと？」

「まあ、そんなようなことかもしれない」

「でも、いくらなんでもそれは——」

大野医師は呟いた。羽鳥圭一が虐待していたという可能性以上に、納得し難いようだった。見舞いに来た愛と直接会っているのだから当然かもしれない。

「百歩譲ってそうだとしても、どうして羽鳥先生はあんなにも瞳さんを求めて、愛さんを憎むの？　虐待をする親の心理がどういうものかは分からないけれど、あまりにも両極端のような気がする」

聡美の反論はもっともだったが、今の俺にはその反論に答えるだけの材料がまだなかった。だが羽鳥圭一は姉妹が産まれた頃から、一人は憎み、もう一人は愛でる、という、まるで実験のように二人を育てて来たのではないかという疑惑は頭から消えそうになかった。だからこそ妹は善のジュスティーヌに、そして姉は悪のジュリエットになってしまったのだ――と。

たとえアルツハイマーであっても、もう少し羽鳥医師にいろいろと尋ねたかった。意思の疎通が困難でも、愛や瞳の話をすれば何か反応してくれるかもしれない。

しかしこれ以上の羽鳥圭一との面会は許されなかった。あれだけ暴れたのだから安静にさせなければならないのかもしれない。まだ訊きたいことがあるのなら明日以降にしてくれとのことだった。だとしたら、もうここにいる理由はなかった。俺と聡美はその場で大野医師に別れを告げた。

「本当に申し訳ありません。お忙しいところをお邪魔して、しかも羽鳥先生を刺激させてしまって」

よせば良いのに、また聡美はペコペコと大野医師に頭を下げていた。あまりにも聡美が卑屈な態度なので、大野医師の方も戸惑っている様子だった。

「いいえ——確かにあまり嬉しいことにはならなかったですが、でも、謝罪が羽鳥先生に伝わらなかったのは残念でしたね」

俺は唇を嚙み締めた。大野医師がその謝罪を忘れてくれることを願った。

「これからどうするの？」

新棟へと向かう中庭を歩きながら、聡美は俺に訊いて来た。俺は聡美を見やり、そして言った。

「とりあえず、お茶するか」

新棟で見かけたコーヒーショップに戻って、そこで一息つくことにした。日本のどこに行っても同じ味のコーヒーが飲めるのは、考えようによっては凄いことなのかもしれない。この店は外資系だから、海外に行っても同じだろう。だがそんなコーヒー談義をするためにここに来たのではない。俺はブレンド、聡美はソイラテを頼んで、できるだけ周囲に客がいない席に座った。聡美はソイラテを一口含んで、ほっと息をついた。疲れている様子だった。

「大丈夫か？」

「ええ——でも少しショックで」

　聡美も医者だから、今までいろんな患者と接して来ただろう。もしかしたら、あんなふうに患者に摑みかかられることもあったのかもしれない。しかし流石に、その患者というのが同業者で、しかも自分が医療ミスで殺したと疑われている別の患者の父親というケースは今回が初めてだろう。

　俺は声を潜めて言った。

「——これから伊勢原に行こうと思う。羽鳥香苗に会うためだ」

　聡美は何か言いたそうに口を開いたが、俺はそれを手で制した。

「言いたいことは分かる。一緒に行って、謝りたいって言うんだろう？」

　聡美は目を伏せ、ソイラテのカップを見つめて、そうよ、と呟いた。

「さっきのも不味かったが、まだ大野先生は羽鳥圭一の主治医というだけであって、今回の事件の関係者じゃない。羽鳥圭一の証言には証拠能力がないだろうから、村沢太郎が大野先生にまで探りを入れることはないかもしれない。でも香苗は別だ。何しろ愛の実母なんだからな。今後、村沢太郎が香苗に接触する可能性は非常に高い。恐らく俺たちのことも村沢太郎に知れるだろう。もし君が香苗に謝罪したことが村沢太郎に知れたらどうなる？　君は破滅だぞ」

聡美は何か言いたそうな素振りを見せたが、結局何も言わずに黙り込んだ。俺の言いたいことは聡美にも十分伝わっているはずだ。だが愛を死なせてしまったという罪悪感もあって、どうしても謝らなければという気持ちが先に出てしまう。何れにせよ聡美を香苗に会わせるのは危険だ。

「私に、来るな、と言いたいのね」

俺は頷いた。

「その通りだ。だからここで別行動しよう。君はマンションに帰って待機してくれ。記事を書き上げたら、また連絡する。何ならその記事に目を通してもらってもいい。もっとも愛を悪く書かないでくれ、というリクエストには応じられないが——」

「香苗さんにまた会って、何を訊くの？」

少し唐突に聡美は訊いた。

「もちろん、愛が父親の見舞いに行った理由だ。彼女が非行に走った裏に複雑な家庭環境があるのは間違いないだろう。だからそれを香苗に問いつめる。彼女が自分の娘が頻繁に父親の見舞いに通っていたことを知っていた可能性は高いぞ。たとえ直接この病院で会っていなかったとしても、大野先生を介してお互いのことを知っていたとしてもおかしくない。愛は別に身分を隠して見舞いに来たようではないからな。にもかかわらず昨日俺が訪れた時、香苗はそれを黙っていた。後ろめたいことがあると言っているようなものだ」

「別に、複雑な家庭環境になくたって、非行に走る中高生はいるわ。そもそも複雑な家庭ってどういうこと？　何をもってノーマルな家庭とするの？」

「揚げ足をとらないでくれ。言葉の綾だ。重要なのは、何故愛が溶血になったのか、だ。どう思う？　愛の父親がアルツハイマーだったことが、彼女の溶血に関係していると思うか？」

「どう思うって言われても、綿貫さんの溶血の原因は遺伝性のものではないし、親がアルツハイマーだからって子供が溶血になるなんて話、聞いたこともないわ」

仮にアルツハイマーと溶血の遺伝的関係が見つかったとしても、それは一切記事にはできない。何故なら、その場合には愛には何の落ち度もないからだ。あくまでも愛の溶血は、彼女自身の落ち度によって発生しなければならない。もしその証拠が見つからなければ、記事は愛自身のスキャンダルにスポットを当てて書くことになるだろう。愛の印象を悪くするための記事はいくらでも書けるが、しかし医学関係者が読んだら即座に見破られるような嘘はつけない。

「何かあるはずだ。考えようによっては愛は自分が溶血になったことを喜んでいたふうにも捉えられる。何故なら、それで脾臓が摘出できるからだ。腹部に傷が残れば少なくとも羽鳥圭一に対してだけは、自分は瞳でいられる」

「だからといって、脾臓を摘出させることを狙って自ら溶血になったというのは駄目よ。あまりにも現実味が薄い」

「ああ、分かっている」

もちろん彼女は妹と同じ手術を受けることになって奇妙な因縁を感じたのかもしれない。だからこそ内視鏡ではなく開腹手術を選択した。だが因縁だろうがなんであろうが、愛が脾臓を摘出することになったのは偶然だ。そこは押さえておかなければならないポイントでもある。つまり溶血になったのは愛自身にとっても思いがけない事態だったということだ。

「愛が羽鳥圭一の見舞いに訪れるようになったのは、溶血の症状が始まる前だろうか、それとも後だろうか」

「当然、前でしょうね。黄疸が出るほど酷い溶血だったから、大野先生が気付かないはずがない。それにあなたの言う通り、羽鳥先生に妹さんと思われたいから開腹手術を選択したというのなら、溶血になる前に羽鳥先生と会っているからこそ、そういう考えに至ったってことになる」

俺は頷いた。もちろん愛がこの病院を訪れた記録を閲覧できるならそれに越したことはないが、それができない以上、限られた情報で推測するしかない。

「香苗が何かを隠しているのは間違いないと思う。昨日、彼女に姉の愛と妹の瞳が二人とも脾臓を摘出したことについてどう思うか訊いたが、彼女は特別な反応は見せなかった。おかしいだろう？　夫が若い女性と見れば娘の瞳と間違えることも、脾臓摘出手術の痕がないことが分かれば誤解が解けることも分かっているはずだ。仮に愛が父親の見舞いに通っていることを知らなくても、何かピンと来るはずだ。にもかかわらずそれを黙っていた」

　昨日、香苗と対面した時は協力的な女性だな、という印象を受けた。大抵は綿貫洋や秋葉輝彦のように迷惑そうに追い返されるのが常なのだ。その理由を、俺は中高年は取材に協力的だからと深く考えることはしなかった。もしかしたら、追い返したら何かあると邪推されると思ったのではないか。だから当たり障りのない話に終始した。現に自分の夫が湘南に入院していることは多くを語らなかったではないか。俺もその時は、羽鳥圭一が医師でアルツハイマーで闘病中であることなど思いもよらなかったから、それ以上追及しなかった。彼女もその翌日に俺がまさか湘南まで足を運ぶとは思わなかったのだろう。体《てい》よく追い返してやった、と心の中で笑っていたのではないか。

「綿貫さんのお母さんを問いつめるの？」

「ああ、そうだ。俺は愛の溶血の取材のために彼女と会ったんだ。それと夫の話は関係ないはずだ。にもかかわらず夫のことを黙っていた。それが愛の溶血と羽鳥圭一のアルツハイマーの間に接点があったという何よりの証拠だ。遂に核心に近づいてきたようだぞ」

と俺は少し歯の浮くような台詞を吐いて、コーヒーを口に含んだ。心地のよい苦さを感じた。勝利の味だと思った。これで綿貫孝次や、羽鳥香苗に恨まれることになるだろう。だが同時に仕事を終えたという充実感も味わえる。

「接点って何？　もちろんアルツハイマーと自己免疫性溶血性貧血を同時に患っている患者さんもいるでしょう。でも、どう考えたってアルツハイマーと溶血の間に因果関係はないわ」

ふと思った。

「羽鳥圭一は若年性アルツハイマーなんだよな？」

「そうよ」

「若年性アルツハイマーは遺伝的傾向が極めて強い」

羽鳥圭一の父親も、若くしてアルツハイマーを発症した。羽鳥圭一が神経内科医の道を志すようになったのも、その父親が影響していると、聡美は俺に話してくれた。

「そう――だけど」

俺は思わず身を乗り出すようにして、聡美に問い質した。

「愛はアルツハイマーじゃなかったのか？」

「え――？」

聡美は絶句しているようだった。そんなことは想像すらしていなかった、と言わんばかりの顔だった。

「羽鳥圭一が若年性アルツハイマーなら、愛や妹の瞳にもその傾向が出てもおかしくない。理屈の上ではそうなる」

「理屈の上で、でしょう？　いくらなんでもまだ三十でアルツハイマーなんて――」

そう言いかけた聡美は、しかしそれ以上言葉を継げず、黙り込んだ。

「実例があるのか？」

「三十代、もしくはそれ以下の、二十代、十代でのアルツハイマーの発症例はなくはないわ。でもそれは論文を書いて学会に発表できるほど珍しいことなのよ」

「別に愛がアルツハイマーを発症していたと決めつける必要はない。ただ、彼女が自分も何れ父親のようになってしまうかもしれないと不安に思っていたらどうだろう。だからこそ父親に会いに行ったとは考えられないだろうか」

「謝罪するためでも復讐するためでもなく――自分の未来の姿をこの目で確認するために？」

「ああ――そう考えると、彼女が溶血になった理由に、一つの可能性が見えてこないか？」

「可能性って？」

「愛は自分もいずれアルツハイマーになると思っていた。だから予防しようとした。たぶん民間療法の類いだろう。その副作用で溶血になったんだ。素人考えでアルツハイマーを予防しようとしたなんて、バツが悪くて君には言えなかった」

「アルツハイマーの予防に効果がある民間療法なんてあるの？」

「認知症の予防には青魚がいいってテレビでやってたぞ。ＤＨＡが効くらしいんだ」

聡美は呆れたふうに言った。

「魚を食べてアルツハイマーが予防できるなら苦労はないわ。第一、魚の食べ過ぎで溶血になる事実があるとしたら、日本の水産業は大打撃よ」

「分かってるよ。言ってみただけだ。ただＤＨＡはともかく、その理屈で考えればすべて説明がつく」

「でも、結局綿貫さんが何によってアルツハイマーを予防しようとしたのか分からない限り、あなたのその説は机上の空論よ」

だからこれから羽鳥香苗を問い詰めようというのだ。

短いコーヒーブレイクを済ませてから、俺は聡美と共に駐車場に移動した。そして聡美をアウディに乗り込ませてから、その場で香苗の自宅に電話をした。中々出ないので不在なのか、と思ったが、十回ほどのコールの後、香苗は受話器を取った。

「お休みでしたか？　申し訳ありません。昨日、お宅にお邪魔した桑原ですが」

すると香苗は、

『あなただと思いました』

などと言った。

「――なぜです？」

『昨日、テキパキとその場で澤田さんや馬場さんに電話をなさっていたので、仕事ができる方なんだなとお見受けしたからです』

褒められても別に嬉しくなかった。むしろ、俺のことを気に留めているということは、やはり夫と娘について何か隠している証明のように思えた。だから俺は単刀直入に切り出した。

「今、湘南にいます。ご主人と面会したんです」

俺はそこで言葉を切って、向こうの様子を窺ったが、電話越しでは彼女の様子は分からなかった。ただ沈黙だけが流れていた。

「どうして教えてくれなかったんですか、ご主人の病気を。もちろん病名はプライバシーにかかわることだから黙っておきたい、というあなたのお気持ちは分かります。ただ脾臓摘出の際、愛さんが開腹手術を選択した理由をあなたはご存知だったはずだ。何故黙っていたんですか？　その理由を明かすと、ご主人の病名を明かすことに繋がるからですか？」

もちろん、何を俺に話そうが話すまいが、彼女の勝手であり、取材させてもらっているこちらが偉そうに言うことではない。しかしやはり解せない。俺の取材に積極的に協力してくれた彼女が、こと夫の病状だけは隠し通すのは不自然だ。

『愛が死んで、医療ミスではないかと騒がれていることは知っていました。それでも私の所に来たマスコミはあなたが初めてです。あなたは行動力がある方です。現に一日で夫の所まで辿り着いてしまった。きっと私たち家族の秘密にも辿り着くでしょう。それが怖かったんです』

「秘密――？　それは愛さんが溶血になった理由ですか？」

『医学的なことは分かりません。でも愛は私たちの罪を一身に背負った結果、血が溶けたんです。それで死んでしまった』

「――これからそちらに伺って良いですか？　詳しいお話を伺いたいのですが」

再び沈黙が流れた。それはいつまでも続くように感じられた。たまりかねた俺は口を開きかけたが、相手が言葉を発する方が早かった。

『それを拒否しても、あなたはきっと私たちの秘密を突き止めるでしょうね』

俺は——。

「その通りです」

と答えた。すると香苗は、やはり少しの沈黙を置いてから、

『いつか、あなたのような方が来るのを私は待っていたのかもしれません。すべてを終わらせる方が現れるのを』

と言った。やはり羽鳥圭一がアルツハイマーであることは、彼女にとって隠し通さなければならない秘密だったのだろう。それを知られてしまうと、自分たち家族の秘密がすべて知られてしまうほど重要なことなのだ。やはり父娘の、アルツハイマーと溶血という一見無関係に思える二つの症状には関連性があるのだ。

「これから、そちらに伺います——よろしいですか？」

『——はい』

消え入りそうな声で香苗は言った。そしてそのまま、向こうから電話を切った。

アウディの助手席に乗り込んで、聡美を見やった。

「どうだった？」

俺は頷いた。

「やはり、香苗はすべてを知っている。今回の仕事は意外と早く終わりそうだ」

聡美は不安そうな顔で言った。

「本当に？」

「ああ。もしかしたら愛のスキャンダルを暴くという方法でなしに、君を助けることができるかもしれない。愛が彼女自身の落ち度で溶血になったことが証明できれば、君の潔白は証明できる」

しかし、まだ聡美は不安そうだった。

「どうした？　また病院に復帰できるかもしれないんだぞ。嬉しくないのか？」

「違う、そういうことじゃないの。自分で言うのもなんだけど、私は医師よ。あなたよりも、綿貫さんよりも、彼女のお母さんよりも、医学的な知識を持っている。そんな私ですら綿貫さんが溶血になった原因が分からないのに、香苗さんにどうしてそれが分かるっていうの？」

「とにかく羽鳥家に愛が溶血になった遠因が何かあるのは間違いない。それが医学的にどうなのかは、後で君が精査すればいいいさ」

「何かね」

と聡美は呟いた。俺はシートベルトを締めた。

「平塚駅で降ろしてくれ。そこから伊勢原に向かう」

「電車で行くの？　このまま伊勢原まで行くわよ」

　正直、その聡美の提案を素直に受け入れることはできなかった。伊勢原まで一緒に行ってしまったら、恐らく聡美は香苗に会いたいと駄々を捏《こ》ねるだろう。彼女は医師だ。純粋に医学的な興味として香苗の話を聞きたがるに違いない。そしてなし崩し的に香苗に謝罪してしまうかもしれない。

「そりゃ伊勢原駅まで乗せてくれたら嬉しいさ。でも、そこで待っていてくれるか？　いや、君はもう帰ってもらっても構わない。後は俺がやる」

「――そんなにまでして私を香苗さんに会わせたくないのね」

　俺はあえて何も言わなかった。聡美は、会って母親に謝罪したいという気持ち以上に、当事者の自分が与り知らぬ所で事態が動くのが我慢ならない様子だった。

　しかし、聡美は一瞬唇を噛み締めるような素振りを見せた後、すぐに、

「分かったわ。訴えを起こされている私自身が、あちこち関係者に会いに回るのは良くないものね」

　と言った。聡美は大人だった。聞き分けのない子供とは違う。

「香苗さんとの話は、いつもみたいに録音するんでしょう？」

「ああ、もちろん」

「じゃあ、後で聞かせてくれない？　それくらいは良いでしょう？」

「分かった」

　俺は頷いた。交渉成立だ。


　聡美が運転するアウディは、三十分ほどで伊勢原駅に到着した。それほど陽の落ちていない伊勢原駅は、昨日とはまたずいぶん印象が違った。学生らしき若者が目立つ。夜は過疎のように思えても、ある意味学生の街なのだろう。

「どうやって香苗さんの家まで行ったの？」

「バスを教えてくれたけど、急いでいたからタクシーを使ったよ」

「――道は覚えている？」

　ここで待つつもりはないようだ。だが俺を降ろしてタクシーなりバスに乗せるのは薄情だと思ったからだろう。無理矢理、香苗に面会しようとする素振りはなさそうだった。

「ああ、大体。取りあえず大山に向かって走ってくれ」

　昨日降りたバス停の名前を言うと、聡美はカーナビを頼りにアウディを発進させた。巨大な闇そのものに思えた大山も、夕焼けに染まった今は中々雄大で目を楽しませてくれる。今回のことが全部終わったら、あの山でハイキングでもしないか――そんな言葉が思わず口をついて出そうになるが、自制する。聡美は別れた妻だ。確かに救ってやりたいと思うが、それは前夫ゆえの情でしかない。今回の取材で聡美の潔白を証明できれば、俺の株も上がり新しい仕事が舞い込んでくるようにもなるだろう。

それでいいんだ。

物思いにふけりながら、聡美の運転に身体を任せていると、羽鳥家に続く横道が見えて来た。

「あそこで降ろしてくれ」

「バス停まで行かなくて良いの？」

「ああ、昨日もバス停から戻ってあの道に入ったんだ」

聡美は俺が言った場所で車を停めてくれた。俺はアウディから降りて、運転席の聡美に言った。

「もしかしたら長居するかもしれない。待っていてくれるか？　もし待ちきれなかったら先に帰ってもらっても構わないけど――」

「待ってるわ。香苗さんの話を私もすぐに聞きたいから。どこか車を停められる場所を探して、そこにいるわ。終わったら連絡して」

俺は頷いた。聡美はアウディをゆるゆると発進させた。走り去って行くアウディを暫く見送ってから、俺は羽鳥家に向かった。夜は表札を見つけるだけでも一苦労だったが、まだ陽が高い今は何てことのない住宅地だ。

俺は羽鳥家のインターホンを押し、暫く待った。応答はまるでなかった。外出しているとは考え難い、さっき電話してから一時間も経っていないのだ。

俺は羽鳥家のドアを叩きながら、

「羽鳥さん？　いらっしゃるんでしょう？」

と声をかけた。やはり応答はない。借金取りの気持ちが少しだけ分かった。もしかしたら居留守を使っているのかもしれない。だが話をしたくないのなら、顔を出すなり何なりして、それを説明すればいいだけのことだ。俺とて、話を聞かせてくれるまで居座るといった、スマートでない方法を取るつもりはないのだ。

香苗に対する訝しい気持ちを胸に、俺は無意識の内にドアノブに手をかけた。鍵がかかっていると信じて疑わず。

鍵はかかっていなかった。

「羽鳥さん？」

俺はドアを開けた。昨日と同じ玄関先の風景が、そこにはあった。ただ人の気配というものがまるで感じられなかった。やはり留守にしているのだろうか。だが鍵もかけずに？

俺はいったんドアを閉め、庭の方に回った。そして本当に何気ない気持ちで窓から中を覗《のぞ》き込んだ。そこはちょうど、昨日俺が香苗の話を聞いた居間になっていた。

引かれたカーテンの隙間から、香苗が空中に浮いているのが見えた。その瞬間、俺は最悪の事態が起こったことを悟り、思わず窓に手をかけた。だが窓には鍵がかかっているのか開くことはなかった。再び玄関に回って、三和土に靴を脱ぎ捨てるようにして家の中に上がり込んだ。そのまま脇目も振らず、転がり込むように居間に踏み入ると、まるで羽鳥香苗はハンガーにかけられたジャケットのように、押し入れだろうか、開いた引き戸の框《かまち》にぶら下がっていた。

衝動的に香苗の身体を抱えて下に降ろそうとした。だが首に巻き付いている真っ白なワイシャツが邪魔をして上手く行かない。早く降ろさなければと急いでも、こんなものでも首が吊れるのか、と冷静に考えている自分がいた。

ようやく床に横たえることに成功した香苗は、薄く開いたまぶたから白目をさらし、口を汚しているよだれの跡が痛々しかった。

「羽鳥さん⁉　聞こえますか！」

香苗の身体を揺さぶりながら声をかけたが、彼女は何の反応も見せなかった。俺はすぐさま携帯電話を取り出した。１１９に連絡するという発想はなかった。すぐ近くに医者がいるのだ。だがまだ車を運転しているのだろう。彼女はすぐに電話に出てはくれなかった。

『もしもし――どうしたの？　車を停めるところが中々見つからなくて――』

「早く来てくれ！　羽鳥香苗が首を吊ったんだ！」

聡美は、はっ、という息を呑むような音が聞こえた後、

「今行くわ」

そう言って電話を切った。応急処置のやり方などを聞く間もなかった。俺は心臓マッサージや人工呼吸の真似事のようなことをやりながら、聡美が来るのを待った。だが内心、もう手遅れだと感じた。よだれはもうすっかり乾いている。首を吊ってから大分時間が経ってしまったのだろう。

彼女が自殺したのは間違いなく俺の電話のせいだ。彼女を死なせたくない願いと、後一歩で愛の溶血の謎に辿り着けたのに、という悔しさが綯《な》い交ぜになった。だからこそ聡美を待ち続けた。医者の聡美なら何とかしてくれる、そう信じて。

聡美がやって来たのは俺が電話をして五分ほど経った頃だった。家の外から、銀次郎さん？　と呼びかける聡美の声はどこか緊迫感に欠けていて恨めしくなった。

「ここだ！」

俺はほとんど絶叫するかのように叫んだ。ゆっくりと、まるで恐る恐るといったふうに廊

下を歩く、静々とした聡美の足音が余計に焦燥感を煽《あお》り立てた。やがて姿を現した聡美は、まるで殺人現場を覗き込むように首だけ出して、決してこちらに足を踏み入れようとしなかった。

何ののんびりしているんだ！　そう叫びたいのを必死でこらえて、

「聡美！　助けてくれ！」

と俺は叫んだ。その俺の言葉で、ようやく聡美は居間に足を踏み入れた。そして香苗の隣に座り込み、ゆっくりと彼女の首に手をやった。聡美は香苗の睫毛《まつげ》に軽く指で触れた。しかし何の反応も示さない。

「いつ首を吊ったの？」

と聡美が訊いた。

「分からない。俺が来た時にはもう――」

「多分、もう駄目だと思うけど、念のため救急車を呼んで」

そう聡美は冷たい声で言った。

「もう駄目？　どうして分かる？　彼女が死んだら君の潔白は証明できないんだぞ！」

「分かるわよ！」

その聡美の叫び声で、俺は我に返った。

「誰も人が死ぬ所なんか見たくない。だけど、仕方がない。人は死ぬ時は死ぬのよ」

そうどこか呆然としたような声で聡美は言った。

愛が死んだ時も、同じことを思ったのだろうか。


駆けつけた救急隊員によって、羽鳥香苗の死亡が確認された。正直、警察沙汰になるのは望ましい事態ではなかったが、死体を発見したのにもかかわらず通報しなかったらもっと面倒な事態になるのは目に見えていた。

到着した伊勢原警察署の刑事たちは、第一発見者がフリーのライターだと知ると、案の定、俺を上から下までまるで不審者を見るような目で睨め回した。組織に属していない人間に対して警察がどんな態度を取るかは経験上分かっていたから、今更腹が立ったりはしなかった。ただこの場に大病院の医師である聡美がいなかったら、対応はもっと酷いものになっただろう。

俺はたっぷり一時間以上かけて、今までの経緯を包み隠さず刑事たちに説明した。良い機会だからと、刑事の誰かと顔なじみになって、愛が過去に起こした自動車事故について教えてもらおうと思ったが、とてもそんなことを頼める雰囲気ではなかった。聡美が訴えられていることについて、彼等は少し興味を示したようだが、医者が患者の遺族とトラブルになって殺人事件に発展するという可能性はあまり前例がないこととして、可能性は薄いと考えているようだった。むしろ疑われているのは俺の方だと感じた。

聡美は小山田総合病院をクビになった訳ではないのだから、身分は簡単に証明できた。俺が聡美の前夫であることも本人同士がここにいるのだから証明できると思ったのだが、警察はそれだけでは飽き足らないらしく週刊標榜の編集部にまで電話を入れていた。記者クラブにも入っていないフリーの記者など、警察にとっては蛇蝎《だかつ》にも等しい存在なのだろう。身分がしっかりとしている医師とは対応そのものが異なる。

だが検死をすれば自殺であることは明らかだろうし、そもそも俺はずっと聡美と一緒にいたのだからアリバイは証明できる。元妻の証言には証拠能力がないというのなら、大野医師がいる。コーヒーブレイクを計算に入れても、死体発見の一時間ほど前に俺たちは彼女と会っていたのだ。俺たちに犯行は不可能だとして、すぐに容疑者圏内から外れるに違いない。そもそもライターが取材相手を殺すメリットは一つもないのだ。

医療ミスで死んだと思われる患者の母親が自殺。今回の事件の報道は沈静化してきた感があったが、これでまた少しは過熱するのは間違いないだろう。もしかしたら俺と同じように、愛に非があったという前提で取材する者も現れるかもしれない。しかし俺は訴えられた聡美の元夫であり、死んだ香苗の発見者というアドバンテージがある。そして今回の香苗の自殺は、聡美に有利に働くのではないか。何故、医療ミスで死んだ患者の母親が自殺するのだろう。被害者側の人間なのに。何か後ろめたいことがあるからではないか。そう世間に思わせることができれば、こちらの勝ちなのだ。

――しかし。

刑事の事情聴取からいったん解放されて、俺は羽鳥家の塀にもたれ掛かって呆然としていた。警察官が何人も羽鳥家に出入りしている。向こうに停車しているパトカーの数も尋常ではない。野次馬も少なくないが、ただし都内で事件が起こったらこの比ではないだろう。

「大変なことになったわね」

と聡美が言った。

俺はゆっくりと彼女を見やった。そしておもむろに言った。

「君の気持ちが分かったよ」

「――どういうこと？」

「俺はこういう仕事をしているから、いろんな人間に恨まれている。傷つけた人も大勢いるだろう。でも、人を死なせたことはなかった」

証券会社に勤めていた時も、株で失敗して自殺した客なんていなかった。いたとしたら、必ず俺の耳に入るはずだ。

聡美はゆっくりと俺の手を握った。

「あなたのせいじゃないわ」

「いいや、俺のせいだ。電話なんかせず、さっさとここに来れば良かった。そうすれば自殺を食い止めることもできた」

聡美は愛が死んだことをいつまでも引きずっているが、俺とて今日のことは忘れられそうにない。一瞬の判断のミスで人を死なせてしまうのは、これほどまでに後味の悪いことだったのか。聡美の場合は、薬の処方の匙加減一つだからなおさらだろう。謝り続けて正式な罰を受けない限り、罪悪感は消えないと考えているのではないか。

だが香苗の場合、自殺だから、どう転んでも俺が罰せられることはないのだ。俺は、たとえ人を殺しても平気でいられる無神経な人間になれるまで、この後味の悪さと共に生きなければならないだろう。

「――あなたがここに来て香苗さんと会ったところで、彼女はその後に自殺したかもしれないでしょう？」

「だが、その時に彼女に話を聞けたら、少なくとも君の潔白は証明できたかもしれない、愛のスキャンダルを暴きたてるという手段でなしにだ」

そしてもし彼女が語るその真相が、俺の想像を絶するほど異常なものであったならば、もしかしたら俺は香苗に同情こそするが、決してこんなふうに罪の意識に苛《さいな》まれなかったかもしれない。だからいずれ香苗が自殺という手段で人生の幕を下ろしてしまうにせよ、彼女がどんな秘密を抱えているのか俺は知らねばならなかったのだ。

でも、もうそれはできない。

結局二時間以上引き止められて、もうすっかり辺りは暗くなってしまっていた。俺と聡美は、今後また話を聞かなければならないかもしれないから旅行などは控えるようにとのお達しを受けて、ようやく解放された。ただ、中目黒から湘南、伊勢原に向かうのは旅行のうちに入るのだろうかとぼんやり考えた。ただ、今後そういった取材に回るのかどうかは、まったく分からなかった。綿貫孝次と洋に、愛の母親が自殺したことを発見者の俺の口から知らせた方が良いのかも、と考えたが、それで事態が新しい局面を迎えることはないだろう。

若干後味の悪い結末を迎えたが、とにかく愛には後ろ暗いことがありそうなことは分かった。聡美を助けるという目的の大部分は、これで達せられたことになる。週刊標榜の中田には改めて俺から連絡を入れて、今回の出来事を報告しなければならない。当然、記事には愛の母親が自殺した件《くだり》も含めなければならないから、少しボリュームアップするだろう。

そんなことを考えて、思わず俺は自嘲した。もう俺は香苗を死なせたことに慣れ始めている。もしかしたら俺はすでに、誰を死なせようと平気な人間になってしまっていたのかもしれない。

周囲の野次馬たちの好奇の視線を振り払うように、俺と聡美は道路に停車しているアウディに向かった。

「駐禁は免れたみたいだな」

冗談のつもりだったが、聡美は笑わなかった。

その時、俺は野次馬の中に見知った男の顔を見つけた。

秋葉輝彦だ。

彼は俺と目が合うと後ろめたいように、視線を逸らした。そして向こうに歩み去ってゆく。だがその足取りはとてもゆっくりしていて、まるで声をかけられるのを望んでいるかのようだった。

「ちょっと待っててくれ」

俺は聡美に言い残して、秋葉の後を追った。

「秋葉さん！　待ってください！」

彼は俺の声に素直に立ち止まった。やはり俺に何か話があるのだろう。

振り返った彼の顔は、昨日、俺を馬鹿にし、迷惑がっていたそれとは明らかに違っていた。

困惑と後ろめたさが入り交じったような顔だった。

「羽鳥のお母さんは——死んだのか？」

　周囲を窺うように小声で、彼は言った。まだ周囲には野次馬や警察関係者が大勢いる。俺も辺りを見回し、こっちで話しましょうと、現場から少し離れた場所に移動した。秋葉は拒否する素振りも見せずに、思い詰めたような顔のまま俺についてきた。

　道路沿いに畑が並んでいる場所で、俺は立ち止まった。

「あんたは、ずっと伊勢原にいるのか？」

　とガードレールに身体をもたせかけながら秋葉が訊いて来た。

「いいえ、昨日はいったん帰宅しました。今日は湘南にいる愛さんのお父さんに面会してから、こちらに来たんです」

　彼が何か知っていると見込んで、あえて鎌をかけてみた。すると案の定、秋葉は黙り込み何かを考えている様子だった。昨日、あれだけ偉そうに俺に啖呵を切った彼とは、まるで別人だった。

「何か、仰りたいことがあるんじゃないですか？」

　すると秋葉はまるで請うような目で、

「昨日も言ったと思うが、俺は来年結婚するんだ。あんたはフリーだそうだけど、情報源の秘匿は絶対なのか？」

「もちろんです。それは大前提ですから」

「録音はしないと約束してくれ。約束してくれなきゃ話さない」

俺は後ろを見やった。聡美が不安そうにこちらを見つめている。だが俺たちのただならない空気を悟ったのか、こちらに近づいてこようとはしなかった。

俺は秋葉と向き合って、

「約束します」

と言った。どうせ、もう香苗が自殺した時点で取材を終えようとしていたのだ。駄目で元々だし、記事に色をつけるぐらいにはなるだろう。

「私の推測を話していいですか？　愛さんは聖蹟桜ヶ丘のアパートで暮らしていました。夫の綿貫洋さんは大家の孝次さんの息子で、それが縁で二人は結婚しました。結婚の目的は、平たく言うと、綿貫家の財産目当てです。高校は卒業したものの、勘当されて家を追い出された愛さんにとって、自分の住むアパートの大家は裕福な人間に思えたんでしょう」

俺の話を、秋葉は黙って聞いていた。

「愛さんは父親の治療費を欲していた。彼は若くしてアルツハイマーを患い、継続的な治療や介護を続けるにはそれなりのお金が必要です。しかし足しげく父親の見舞いに向かう愛さんを洋さんが不審に思い、離婚危機にまで陥った。愛さんは父親の存在を隠しておきたかったんでしょう。もし離婚してしまったら、彼の父親が持っているアパートの家賃収入は見込めなくなる。それで再婚相手の候補として、あなたに白羽の矢を立てた。あなたが将来有望な人間と見込んでです」

「嬉しいね」

と彼はポツリと呟いた。

「愛さんの方から、あなたに接触して来たんでしょう？　愛さんは新山ミカさんから、あなたが自分の建築設計事務所を持って独立するという噂を聞いたんだ。このチャンスを逃す手はない」

「新山ミカ？　さあ、誰から聞いたか知らないが、どいつもこいつも噂好きだからな。久しぶりに羽鳥と再会して俺も気持ちが靡《なび》きかけたが、でも悪いが彼女と結婚するなんて考えもしなかった」

「愛さんは結婚相手には相応《ふさわ》しくないと？」

「ああ、そうだよ。俺にだって選ぶ権利はある」

将来有望な建築士の妻として、若い頃に非行に走っていた妻では体面が悪いと考えたのだろう。高卒という学歴も気にしたのかもしれない。だから玩《もてあそ》ぶだけに止めた。そのことについては彼を責めまい。愛こそ、彼が将来蓄えるであろう資産目当てに近づいたのだから、お互い様みたいなものだ。

「羽鳥のお母さんは何で死んだんだ？」

「自殺です。私が死体を発見しました」

「本当に自殺か？　殺人とかじゃないんだな」

俺は思わず苦笑した。

「サスペンスドラマならそういう展開になるでしょうけど、違いますね」

そんなことは調べればすぐに分かるだろう。だが先ほどまで散々警察の事情聴取を受け、彼等の現場検証の様子も漏れ聞こえてきたが、香苗の死体に特別変わった様子はなさそうだった。

少なくとも俺が疑われないのであれば、正直、殺人の方が良かった、と思わなかったと言えば嘘になる。俺のせいで香苗が死んだ、という現実は回避できるのだから——。

「自殺の原因は？」

俺はゆっくりと首を横に振った。

「現場には遺書のようなものは残っていませんでした」

もちろん今後の捜索で思わぬ所から発見されないとも限らない。だが恐らくそれはないだろうと俺は踏んでいる。遺書があるとすれば、その内容は愛が溶血になった原因以外にないだろう。だが香苗は俺がそれを暴こうとしたから自ら命を絶ったのだ。死んでまで守り抜こうとした秘密を、わざわざ遺書にして残すとは思えない。もちろん、それ以外の当たり障りのない内容の遺書なら出て来るかもしれないが、それは俺の書く記事にとっては何も価値がない。

「――俺だって、羽鳥のお母さんが何故死んだのかは分からない。だが想像はできる」

「心当たりがあるんですか？」

秋葉は小さく頷いて、

「羽鳥は妹と血が繫がっていなかったそうだ」

と言った。

「愛さんと瞳さんとがですか？」

「ああ、羽鳥は母親の連れ子だったが、妹の瞳は父親の方の連れ子だったそうだ」

思わぬ新情報に、俺は一時言葉を失った。綿貫孝次や洋の口からそんな話は一言も出なかった。そしてそれは俺の、愛はアルツハイマーの予防の副作用で溶血になったという推測を根底から覆す事実だった。羽鳥圭一との間に血の繫がりがないのであれば、遺伝的傾向の強い若年性アルツハイマーを愛が恐れる理由はない。

だが確かに二人の姉妹に血の繫がりがないのであれば、納得できることがある。それは愛が非行に走った際に、羽鳥圭一が愛のことを真剣に考える義理はない、と口走ったという事実だ。喧嘩の勢いで言ってしまったのだろうが、あれは愛は自分の実の娘ではない、という意味だったのか。

「どうしてあなたがそれを知ってるんですか？」

「は？　俺だけじゃない。昔っから、皆知ってることだ。父母っていうのはそういう噂が好きだからな」

昨日、澤田敦子や馬場育子ともう少し話をしていたら、その情報を聞き出せたかもしれない。綿貫家の二人は愛が両親と絶縁状態で、結婚式も挙げなかったから、妻の生い立ちについて深く知らなかったのだろう。

「それで、愛さんのお母さんの自殺の心当たりとは――」

「羽鳥が不良になった原因だよ。羽鳥の妹は父親から虐待を受けていたんだ」

そう、なんでもないことのように、あっさりと秋葉輝彦は言った。

「つまり瞳さんが、圭一さんに虐待を受けていたってことですか？」

「ああ、そうだよ。羽鳥はその現場を目撃してしまった。思春期の彼女にとって、それは信じられない事態だっただろう。だから、グレた」

「それも皆が知ってることなんですか？」

「いや、流石に知らないと思う。羽鳥家の人たちにとって、隠し通しておきたい秘密だったはずだ」

「じゃあ、どうして秋葉さんがそれを——」

秋葉は小さな声で、羽鳥に聞いたんだよ、と答えた。寝物語で彼に話したんだな、と俺は考えた。秋葉が愛との結婚を考えられなかった本質的な理由は、もしかしたらそういう家庭環境にあったからかもしれない。それを含めて彼女を受け入れてあげれば良かったのに——そんな非難めいた言葉が口をついて出そうになったが、柄にもないことだと思って止めておいた。

「じゃあ、愛さんが瞳さんを攫ったのは、父親の虐待から助けるためですか？」

「そう彼女は言っていた」

「でも、小中学校時代ならともかく、その当時、愛さんは高校生だった。しかも、無免許運転の車で瞳さんを連れ去るという、もちろんそれ自体は決して褒められたものではありませんが、行動力もある。警察なり児童相談所なり訴えることもできたはずじゃないですか？」

「俺もそう言ったよ。でも羽鳥が警察を頼れない理由は二つあって、一つは彼女が元々悪さばかりして警察の厄介になっていたからだ。警察や学校はもちろん、児童相談所みたいな役所の類いには足を踏み入れたくもないと思っていたようだ」

「ああ、なるほど」

もちろん、非行の原因は父親の妹に対する虐待の現場を目撃したせいなのだろうが、非行に走る青少年は、往々にして言葉で論理的に説明するよりも先に手が出てしまうものだ。自分の話を誰も聞いてくれない。誰も分かってくれない。そういう絶望が彼女にはあったのではないか。

「もう一つは、羽鳥の妹がそれを拒否したそうだ。お父さんは悪くない。お父さんは何もしていないの一点張りで、虐待の事実を告発することを頑に拒んだんだ。家庭が崩壊するぐらいなら、自分一人が犠牲になった方が良い。そういう気持ちが羽鳥の妹にはあったんじゃないだろうか」

虐待を受けた子供の典型的なパターンだ。幼い子供にとって親は世界そのものだ。親を告発して世界が終わってしまうのなら、自分が少しの我慢をするべきだと考えてしまう。自分が被害者だという認識がない。

「恐らく再婚する前から、羽鳥の父親は妹に虐待を続けていたんだろう。これは羽鳥の話だから信憑性《しんぴょうせい》はどうか分からないが、医者としてもそれほど優秀ではなかったらしい。確かなことは分からないが、診察をすっぽかしたりして患者からもクレームが来たことがあったそうだ。もちろんその話を全部鵜呑《うの》みにすることはできないが、信憑性は低くないと思うよ。

だって彼は――」

「若年性アルツハイマーだった」

そう俺は秋葉の言葉を引き継いだ。

「そうだ。かなり早い段階からアルツハイマーの症状が出ていたのかもしれない」

「じゃあ、もしかしたら圭一さんに瞳さんを虐待していたという認識はなかった――そういう可能性もあるってことですか？」

「さあ、そこまでは俺も分からない。ただ羽鳥が勘当されたのも、不良になって妹が死ぬきっかけを作ったから、という単純な説明では片付けられないかもしれないな。羽鳥は、妹が虐待されていることを知る証人だ。だから父親に追い出された。羽鳥にしても、そんな人でなしの父親と同じ家で暮らすのは耐えられなかったから、良い機会だと家を出た。そんな所じゃないだろうか」

羽鳥圭一が愛を勘当したのは、彼女を憎んでいたからではなく、彼女を恐れていたから――なるほど、ありえるかもしれない。だがそう考えると一つ分からないことがある。自分の妹を虐待していたようなろくでもない父親の見舞いに、愛が足しげく通う理由はいったいどこにあるのだろう。もし何の後ろめたさもなかったとしたら、綿貫家の人々に父親の見舞いに行くために家を留守にした、と素直に本当のことを話すはずだ。

やはり彼に対する復讐だろうか？　具体的に何をしたのかは分からないが、殴るにせよ蹴るにせよ明るみに出ることはないだろう。何しろ彼は重度のアルツハイマーなのだ。

しかし、もしそうだとしたら、彼女が何の目的で綿貫孝次のアパートの家賃収入や、秋葉が将来築くであろう財産を狙ったのかがまるで分からない。復讐したいほど憎んでいる父親の治療費などどうでも良いではないか。

だが金を持っていそうな男を結婚相手に選ぶことに、動機なんか必要ないのかもしれない。誰だって金は欲しい。金さえあれば老後の心配をしなくて済む。それが動機か――。

その時、

「――あ」

俺は思わずそんな声を漏らした。

「何だ？」

秋葉は訝しげな顔で、俺を見やった。俺は言った。

「先ほど圭一さんのお見舞いに行った時、誰かに似ているなと思いました。今、分かりました。あなたです」

「俺？」

「あなたも圭一さんも、目鼻立ちが整っていて、まるで芸能人のように二枚目です。似ているというには漠然とし過ぎているかもしれませんが」

「羽鳥の親父さんも、俺も、格好良いってことか？　そいつは光栄だね」

と興味がなさそうに言った。

そう、本当にどうでもいいことなのだ。この程度似ている顔立ちの人間はいくらでもいる。まさか顔の造りが似ているだけで、実は秋葉輝彦と羽鳥圭一は親子関係にあるなどといった、荒唐無稽な推理を持ち出すつもりもない。

ただ、何故、愛は秋葉と再会したのだろう、と考えたのだ。もちろん将来性を見込んでというのが大きいだろうが、重要なのは二人が小学校時代から仲が良かったということだ。幼い愛が、父親の面影を秋葉に見たとしても不思議ではない。つまり――。

「愛さんは、もしかしたら圭一さんのことが好きだったのかもしれませんね。父親と言っても、香苗さんの再婚相手で血の繋がりはない。はっきりとした恋愛感情かどうかは分かりませんが、大人の男性に対する憧れのようなものを、圭一さんに向けたのかもしれません」

だからこそ、似た顔立ちの秋葉と仲良くなったのだ。彼に決して叶わない父親への憧れを抱きながら。

そう、決して叶ってはいけないのだ。

しかし、羽鳥圭一の方は、そのルールを易々《やすやす》と乗り越えて、あろうことか血の繋がりがある瞳と通じた。もしかしたらその当時からアルツハイマーの兆候が出ていたのかもしれないが、愛にそんなことが分かるはずがない。中学に上がり、高校に入り、その衝撃的な光景は綿貫愛にとってトラウマとなり、非行に走った。

「あんたが、あちこち嗅《か》ぎ回っているから、父親が羽鳥の妹を虐待していたという過去も明かされるかもしれない。それを恐れて、羽鳥のお母さんは自殺したんだろう」

一応筋が通っている。だが自分の責任を認めない訳では決してないのだが、本当にそれが自殺の理由なのだろうか。

瞳はもう十年以上前に死んでいる。愛も死んだ。そして当事者の羽鳥圭一はアルツハイマーだ。瞳が虐待されていたなどという証拠はどこにも残っていない。そもそもその話の根拠は、愛が秋葉に語った寝物語だけなのだ。あくまでも結果論だが、香苗が自殺しなければ、秋葉は俺にこの話をしなかっただろう。結局明るみになってしまったのだ。完全な無駄死にではないか。

昨日会っただけだが、彼女は自分の意思をちゃんと持っている女性のように見えた。虐待の事実を隠し通したいのであれば、俺が何を訊こうと黙って口をつぐんでいればいい。やはり自殺はもっと別の理由があるとしか考えられない。

「納得していないようだな」

考え込み言葉少なになった俺の顔を見ながら、彼は言った。

「ええ——もちろん自殺の理由は人それぞれだから、今、秋葉さんが仰ったことが正しいのかもしれません。私が彼女の家族のことをあれこれ暴こうとしたから——それに関しては忸怩《じく》たる思いがあります。ただ私は愛さんが溶血になった原因を探るために彼女に会いに行ったんです。だとしたら香苗さんが自殺した原因は、愛さんが溶血になった原因を隠したかったから——そう考えるのが妥当なように思います。確かに愛さんの妹の瞳さんが、父親の圭一さんに虐待されていたという事実はショッキングです。でも、それと溶血とはどう考えても無関係です」

そもそも、俺が調べているのは愛がどんな人間だったかだ。生い立ちは彼女の人格形成を知る上で重要なことかもしれないが、家族はそれほど関係ないと思う。若年性アルツハイマーとは逆に、溶血は遺伝的な要素はないのだ。溶血の原因はあくまでも愛個人にあるはずだ。

俺の言葉に、今度は秋葉が言葉少なげになった。俯き、何かを考えている様子だった。

そしておもむろに言った。

「あんたは昨日、俺に病院で検査を受けろと言ったな」

「はい。万が一、あなたとの性交渉が原因で愛さんが溶血になったのだとしたら、あなたの健康も心配です。婚約している女性にも感染する危険性がある」

「そんな可能性は百に一つもない」

「どうしてそう言い切れるんです？　信じたくないのは分かりますが――」

その俺の言葉を遮るように、秋葉は言った。

「俺は、羽鳥が溶血になった原因を知っている」

俺は一時、言葉を失った。

しかしすぐに我に返る。彼が語った羽鳥香苗の自殺の動機は、俺には到底受け入れ難いものだった。それと同様に、彼が知っているという愛の溶血の原因も、ぬか喜びに終わるかもしれない。

「どういうことですか？」

秋葉は声を潜めた。

「本当に、俺のことは記事にしないんだな」

「どんな記事を書くにせよ、情報提供者があなただと分かるような書き方は絶対にしません」

その俺の言葉に、意を決したように彼は言った。

「羽鳥は薬をやっていたんだ。羽鳥だけだぞ、俺はやってない」

そう秋葉は言ったが、怪しいものだった。愛と不倫関係にあった秋葉だけが、愛が薬物を摂取していることを知っていた。脱法ドラッグの類いだろう。ならばパートナーの秋葉もそのドラッグに手を染めたと考えるのは極めて自然だ。

「それはいつのことですか？」

「もう半年前になるかな。羽鳥と最後に会った日だよ」

だとしたら溶血になる前だ。そもそも彼は愛の黄疸を知らないと言っていた。

「その日、俺は羽鳥と海老名のホテルで会っていた——」

そう、絞り出すような声で、彼は言った。

「いつから羽鳥の腕に痕があったのかは分からない。もしかしたら再会した時にはなかったのかもしれないし、あったとしても少ないから気付かなかったかもしれない。とにかく確かなのは、その痕に気付いたから、俺は羽鳥と付き合うのを止めたってことだ」

「痕？　痕って何ですか？」

「だから注射針の痕だよ！　まるで斑点だよ、自分で注射したからあんなになったんだ。俺は羽鳥が何かヤバい薬をやっていると思った。それで問い詰めたんだ。俺だってヤク中と付き合って、あらぬ疑いをかけられたくはないもんな」

「——それで、愛さんは何て答えたんですか？」

「いけない薬なんかやっていないと彼女は答えたよ。病気の予防で自分で注射を打っているって。でもそんなもん信用できるもんか。普通、注射っていうのはちゃんとした資格を持った医療関係者が打つもんだろう？」

いや、そうとも限らない。たとえば血友病の治療などは患者自ら注射薬を打つ場合もあるはずだ。もし愛が溶血になる前に、何らかの病気治療のために薬を打っていたとしたら。その副作用のために溶血になったとしたら。そしてその事実を溶血の治療の際に聡美に黙っていたとしたら——間違いなく聡美の無実は証明されるだろう。

「何の病気の治療だと言っていました？」

「だから治療じゃない。予防だ。羽鳥は親父さんと同じ病気になるのを恐れていたんだ」

「え？　アルツハイマーですか？」

「ああ、はっきりとそう言った」

妙だ。若年性アルツハイマーには遺伝的な要素が強いのだ。血の繋がりのない愛が羽鳥圭一と同じ病気を恐れる理由はないはずだ。

だがそれは一先ず置こう。愛がアルツハイマーの正確な知識を持っていなかったと考えれば、すべて説明がつく。何らかの理由で、彼女は母親の再婚相手と同じ病気になるのを恐れ、自分なりにアルツハイマーを予防しようとした。その結果溶血になったのだ。これ以外に答えはない。

「それで、愛さんは何の薬を自分で注射していたんですか？」

　秋葉は薬の名称はうろ覚えだったが、彼の言った言葉の断片を繋ぎ合わせて俺がある一つの固有名詞を思い出すのにはそう時間はかからなかった。俺はその固有名詞を秋葉に告げた。彼も、そう、それだ！　と納得したような声を上げた。

「本当にそうですか？　間違いないですか？　半年前のことですよ。私に話を合わせる必要はないんです。違うなら違うと仰ってください」

「違うもんか！　間違いなく羽鳥はそう言っていた。もちろんそれが本当かどうかは怪しいね。だってアルツハイマーを予防する薬なんかあるのか？　アルツハイマーは治療が困難な病気だってことは俺だって知っている。薬で予防できたり治療できたりするんだったら、もっとそれが広く知られていても良いんじゃないか？」

「そうですね。だから愛さんが嘘をついているとあなたは思った」

「ああ、羽鳥のお父さんがアルツハイマーであることは俺も知っているから、口からでまかせを言ったんだろう。確かに羽鳥が結婚していたことは知っていた。俺はまだ婚約していなかったが、それなりに罪悪感はあったさ。でも薬をやるとなったら、これはもう完璧な犯罪者だ。俺はそんなことで人生を潰したくない」

「それで愛さんと別れた。薬を勧められると思ったから」

「ああ、そうだ」

秋葉は自分がどれだけ重要な証言をしたのか分かっていないようだった。彼は愛が嘘をついていると思ったようだが、恐らくそれは――違う。

俺の誘導尋問によって、秋葉が無意識の内に半年前の記憶を改竄《かいざん》したという可能性はないだろう。何故なら秋葉の証言を信じれば、愛が溶血になった理由はものの見事に説明がつくからだ。それはあまりにも単純で、盲点とすら言ってもいいものだった。まるで数式が解けたかのような感慨を俺は覚えていた。

――なぜ、もっと早くその可能性に気付かなかったのか。

だが仕方がない。そもそも羽鳥圭一がアルツハイマーであるなど今日初めて知ったことだし、愛に溶血をもたらしたその物質がアルツハイマーの予防に効果があるなど夢にも思わない。

つまり愛はアルツハイマーの予防の副作用で溶血になり、その溶血の治療の副作用で死んだのだ。もちろんこれで聡美は責任を免れる。愛は薬を摂取していたせいで溶血になったのに、それを主治医の聡美に黙っていたのだから。それで溶血の症状を治せというのが無理だ。

「お話しして頂いてどうもありがとうございます。お約束通り、あなたから聞いたということは誰にも話ししません」

と俺は秋葉に言った。一刻も早く、聡美にこの情報を伝えたかった。だが彼は、どこか不安な面持ちだった。多分、彼は愛が死んでホッとしていたのではないか。そんな折り、俺が訪れた。秘密を暴きに来たと思ったのだろう。ましてや俺は、彼が性交渉で愛に病気を移し溶血に至らしめたと疑っている。病気を持っているなどとあらぬ中傷を受けたら結婚にも差し支える。そして今日は、愛の母親の自殺だ。自分の周りで何かとてつもないことが起こっていると感じたのだろう。才能ある設計技師で、小学校時代の同級生との火遊びに興じるような男ではあるが、元々小心な人間なのかもしれない。

「警察が俺のところに来るようなことはないかな」

「私には警察の捜査のことは分かりませんが、少なくとも香苗さんの自殺と、愛さんが亡くなったことに関して因果関係を認めているようではないです。娘を亡くしたことが、自殺の原因の一つと捉えているかもしれませんが、万が一警察が愛さんの死を捜査するようなことがあっても、調べるのはあくまでも病院であって、秋葉さんのところにまで来るとはちょっと考えられないです」

と俺は適当なことを言った。だが実際、自殺と分かりきっている事件の動機まで執拗《しつよう》に捜査するほど警察は暇ではない。

「今更こんなことを言うのは何だが、羽鳥のお父さんはアルツハイマーで良かったのかもしれないな。娘も奥さんも亡くなった。もし現状をちゃんと認識できる状態だとしたら、あまりにも惨《むご》い」

　自分に火の粉が降り掛からないと分かって一安心したのか、彼はそんな殊勝なことを言った。半年前に身体を重ねた愛との思い出は、もう彼にとって遥か過去のことのようだった。

　まったくですね、と俺も適当なことを言った。俺は秋葉とその場で別れた。去って行く彼の後ろ姿を見届けるのももどかしく、すぐさま聡美のもとに引き返した。

　聡美はアウディの運転席で待っていた。俺は助手席に滑り込んで、言った。

「待たせたな」

「――あの人、誰？」

「愛の幼なじみだ。昨日は門前払いを食ったが、こんな事件が起こって気が変わったらしい。そんなことより朗報だ。君の無実が証明されたぞ」

「え――」

「もちろん、裏を取らなきゃいけないが、ほぼ間違いないと思う、これ以上の答えはないだろう」

　俺は今、秋葉に聞いた、愛が自分もアルツハイマーになることを恐れて、予防のために薬を注射していたという事実を簡潔に告げた。

「血の繋がりがないのに父親と同じ病気になると恐れていたことも、医者に頼らずに自分で何とかしようと考えたのも、いいわ。愛さんはそういう女性なんでしょう。でも具体的に何の薬を注射したっていうの？　アルツハイマーが簡単に予防できるなら苦労はないわ」

「確かに、君の言う通りだ。だが愛は何らかの理由で、その薬がアルツハイマーに効くと考えたんだ」

「何なの？　その薬って」

　俺は聡美を見つめ、そして言った。

「免疫グロブリンだ」

　一瞬、聡美は俺の言葉の意味が分からない様子だった。

「三日前、君は何て言った？　何らかの理由で免疫グロブリンが増加して、結果溶血になった――そう言ってたよな？　しかしその原因は終《つい》ぞ分からなかったと。でも何てことない。愛は自分で免疫グロブリンを注射していたんだ！　だから溶血になった。それだけのことだったんだ！」

　だからこそ、愛は会社の健康診断で引っかかっても、すぐに病院には行かなかったのだ。溶血の原因は自分でも良く分かっていたからだ。しかし黄疸が出始めたので、何とかしなければならなくなった。その時点で薬の投与を止めるという発想は、果たして彼女にはなかったのだろうか。

「免疫グロブリンを注射するって何？　免疫グロブリン製剤を注射したってこと!?　あれは血液製剤よ！　そんなもの一般の患者さんが手に入れられるはずがないわ！」

「必ずそう言えるか？」

「言えるわよ！　免疫グロブリン製剤は処方箋医薬品なのよ。処方箋がなければ絶対に購入できない。もし処方箋なしで売ったら販売店は厳しい罰則を受けるわ」

「何らかの抜け道があるんだろう。金を積めば、処方箋なしに医薬品を流してくれるサイトがないとも限らない」

「抜け道ね」

と聡美は少し呆れたかのように言った。そんなのは子供の発想だと言わんばかりだった。

「もしかしたら愛があんなに金を欲したのは、継続的に免疫グロブリンを手に入れられる環境を作るためだったのかもしれないな。もし処方箋もなしに独自のルートで手に入れたとしたら保険も利かないだろう」

聡美は小さく頷いた。

「免疫グロブリン製剤は高価よ。正規の価格は一本三万円もする。保険が適用されて三割を患者さんが負担するとしても、九千円。免疫グロブリンの投与が有効な病気としては、たとえばＣＩＤＰがあるわ。慢性炎症性脱髄性多発神経炎。免疫の異常で末梢神経に炎症が起きる病気で、手足の運動に支障を来してしまう。原因ははっきり分かっていないんだけど、免疫グロブリンを静脈に大量点滴するのが効果的と言われているわ。その場合、患者さんは五日間かけて四十本以上の免疫グロブリンを点滴しなければならない」

「最低でも三十六万円を自己負担するってことか。それは確かに厳しいな。治療を複数回受ければ、もちろん負担額は増大する」

「そうよ。だから高額医療費の制度を利用する患者さんが多いわ。そうすると自己負担はぐっと少なくなる」

「だが愛は病院にかかって免疫グロブリンを手に入れた訳ではないだろう。病気でもない人間に薬を処方する医者はいないし、もし愛が溶血になる前に何らかの病気にかかっていたとしても、今の今までその事実が発覚しないとは考えられない。第一、君にそれをちゃんと言ったはずだ。しかし黙っていた。愛に何か後ろめたいことがあった何よりの証拠じゃないか。何れにせよ、これですべては解決だ」

「解決？」

「ああ、そうだよ。君の無実は証明された」

聡美は考え込むような素振りを見せ、そして言った。

「綿貫さんが何故、免疫グロブリンを手に入れて、それを自分で打っていたのか、その動機が分からなければ、解決したとは言えないわ」

「だからそれはアルツハイマーの予防のためだ」

　暫くの沈黙の後、聡美はおもむろに言った。

「――確かに、免疫グロブリン製剤の投与がアルツハイマーに効果があるという説は聞いたことがあるわ」

「そんな説があるのか⁉」

　俺は驚きと共に叫んだ。

「アルツハイマーは確実な治療法や予防法が確立していない病気なんだけど、脳で分泌されるβアミロイドというタンパク質が蓄積することによって発病すると考えられているの。免疫グロブリン製剤に含まれる抗体が、βアミロイドを抑制するという研究結果もある。ただ何故そうなるのかがはっきりと分かっていないから、アルツハイマーの治療法としての決定打になっていないのが実情よ」

「そのβアミロイドっていうのは、何かの原因で分泌されるのか？」

「原因というか、βアミロイドの分泌は生理現象だから、今こうしている間にも、私の脳にも、あなたの脳にも分泌されている。でも普通はきちんと分解されるから、蓄積されるようなことにはならない。ただ何らかの理由でβアミロイドの分解が上手くいかなくなると、まるでゴミが溢《あふ》れるように、どんどん脳に溜まってしまう。それがアルツハイマーの引き金になると言われているわ」

「じゃあ薬理作用はまだ不明だが、免疫グロブリン製剤の投与が、βアミロイドの蓄積を防ぐ——そう理解して間違いないか？」

「確実にそうだ、とは言えない。今はまだ治験、つまり臨床試験の段階だもの」

「愛はその臨床試験を受けていたんだ！　きっとそうに違いない。だからこそ、免疫グロブリン製剤の投与の副作用で溶血になったんだ！」

「そんなことがあるわけないわ。臨床試験の結果溶血になったのなら、その溶血は臨床試験を行っている医師が対処する問題でしょう。どうして小山田総合病院を受診するの？」

俺の推理は聡美によって否定されたが、しかし些末《さまつ》な問題だと思った。アルツハイマー、免疫グロブリン、そして自己免疫性溶血性貧血。動機があり、手段があり、そして結果がある。これ以上の解答を俺は見いだせそうにない。

「医師を介さず、綿貫愛は自分自身を実験台にしたんだ。自分も父親のようにアルツハイマーになるのを恐れたから」

「確かに理屈は通るわ。でも現実的ではないと思う。さっきも言ったけど、処方箋なしに免疫グロブリン製剤を手に入れる方法はないわ」

　やはり医師だからだろうか、聡美は杓子定規にものを考え過ぎる嫌いがある。愛が免疫グロブリンを自分で静脈注射していたことは確実だ。入手手段など、探せば絶対に見つかるはずだ。

「俺はもう一度、聖蹟桜ヶ丘に行ってみるつもりだ。綿貫洋の自宅にその、免疫グロブリン製剤のパッケージでも残っていたら完璧だ」

　だが聡美は俺の言葉にすぐには答えなかった。何かを考え込んでいるようだった。

「確かに、腕をちゃんと見たことはなかったけど、そんな注射の痕が斑点みたいにあったら、流石に気付いていたわ――」

　そう一人呟くように言った。

「斑点になっていたのは、注射に不慣れだったからだろう。だから失敗してあこちこち刺して傷が残ったんだ。でも溶血が始まった頃は失敗せずに打てるようになっていたから、注射の痕も目立たなかったんだ。君が直接、愛の採血をしたことはないんだろう？」

「そうね。採血自体は検査室の技師がやるわ。私はデータを見るだけ」

「当然、愛は左腕の静脈に免疫グロブリンを打ったんだろう。万が一、慢性的にその部分に注射の痕が残っていたとしても、病院での採血の際は右腕で行えば傷に気付かれることはない。仮に君が左腕の注射の痕を目撃してしまったとしても、左腕で採血したんだと思うだけなんじゃないか？　もし愛が左利きだとしたら、その逆だ」

「そうね。採血も普通は静脈からするから、注射の痕を見ただけで、それが採血の痕なのか静脈注射の痕なのかは分からないわ。そもそも病院なんだから、私を含めて皆、患者さんの腕の注射の痕なんて気にしないと思う」

　俺は頷いた。

「とにかく東京に戻ろう。遂に光明が見えて来たぞ」

　そう自分に言い聞かすように言った。俺の中の香苗を死なせてしまったという後ろめたさは、溶血の謎を解き明かしたという興奮ですでに塗り潰されてしまっていた。やはり俺はとっくの昔から誰を死なせても平気な人間になっていたようだった。だがそれの何が悪いのだろう。所詮、香苗は他人だ。やはり俺は前妻の聡美を救いたい。そして良い記事を書いて社会的な評価を得たい。それだけのことだ。

　だが、聡美はあまり喜んでいないようだった。

「どうした？　愛は免疫グロブリンを注射して溶血になった。自業自得みたいなもんだ。その事実を隠して君の病院を受診したんだから、治療が上手くいかなくても仕方がない。それでもまだ、君は自分が愛を殺したと言うのか？」

「違うわ。確かに免疫グロブリン製剤の副作用で溶血になったと考えればすべて説明がつくもの。確かに状況証拠は揃っている。その秋葉という人が責任逃れのために嘘をついたという可能性は低いでしょう。だって免疫グロブリン製剤なんて医療関係者や特定の患者さん以外の人間が知っているとは思えないから。それはいいのよ。でもどうして医学的知識があるとは思えない愛さんが、アルツハイマーの予防に免疫グロブリン製剤が効果があるかもしれない、ということを知っていたの？」

聡美は、あるかもしれない、という所を強調した。まだ確実な予防法ではない、という所に引っかかっているのだろう。だが効き目のあるなしはこの際関係ない。重要なのは、愛がその治療方法を信じていたということだ。

「羽鳥圭一に教えられたんだろう――彼がアルツハイマーになる前に」

聡美はしばらく沈黙し、やがてこうポツリと呟いた。

「だから綿貫さんは血栓症になったのね――免疫グロブリン製剤には血小板を増加させる作用があるから」

「そんな作用があるのか！」

聡美は頷いた。

「思えば最初っから綿貫さんの血小板と免疫グロブリンは増加傾向にあったわ――免疫グロ

ブリン製剤を静脈注射していた結果と考えるなら、すべて説明がつく――でも、まさかそんな――」

聡美も未だに信じられないようだった。確かに患者が主治医の与り知らぬ所で血液製剤を注射していたなど、前代未聞の事態だろう。

「愛が脾臓を摘出した後も免疫グロブリン製剤を注射していたとすると、血栓症になったのも納得がいく。血小板が増加する原因が二つも重なっているんだ。君の処方した抗血小板剤だけでは追いつかなかったんだろう。とにかくこれで事件は解決だ！」

聡美はアウディで俺を中野駅まで送ってくれた。彼女はアパートまで送ると言ってくれたのだが、それは丁重に断った。聡美が住む中目黒のマンションとはほど遠い質素なアパートを見られるのが嫌だったということもあるが、変な期待をしていると思われたくなかったのだ。駅前に降り立ち、俺はアウディで去ってゆく聡美を見えなくなるまで見送っていた。その横顔はやはり不安げな面持ちだった。俺が彼女を救ってやらなければならない。そう強く思った。

自宅に戻り、俺はまず中田に連絡した。週刊標榜の編集部に警察から連絡が行ったことに対する謝罪だった。迷惑をかけて申し訳ありません、と言ったが逆に中田は興奮しているようだった。新たな事件が起こり、俺がその現場に居合わせた。少なからず話題になるだろう。そうだ。俺も中田も、他人の不幸が飯の種なのだ。取材した相手が自殺したぐらいで落ち込むならば、こんな仕事は即止めるべきなのだ。

中田との電話を終えて、俺は愛が免疫グロブリン製剤をどうやって入手したのかを考えた。何か手がかりを得ようとネットで調べると、免疫グロブリン製剤は処方箋医薬品に指定されているのが分かった。医師の処方箋によって薬局から購入する薬のすべてが、実は処方箋がなければ買えないという訳ではない。だがこの処方箋医薬品は、処方箋がなければどうあがいても手に入らない。俺は落胆しかけた。やはり聡美は正しかったのかもしれない、と思い始めた。しかし、どんな手段であれ、愛が免疫グロブリン製剤を手に入れなければ、彼女自身の落ち度で溶血になったという推理は成立しなくなる。

自分だったらどうするかと考えた。どうしても手に入れたい医薬品があるが、医師に処方箋を書いてもらうことはできない。薬局を襲撃するとか、処方箋を偽造するとか、そういう犯罪行為でなしに合法的に処方箋医薬品を手に入れるにはどうすればいいか——。

その時、ある考えに思い当たった。他の手段は見当たりそうにない。もうこれしかないだろう、という確信があったが、念のため検索サイトに『処方箋医薬品』と一緒に、今思いついたある言葉を入力してみた。ヒットしたページを二、三眺めたが、どうやら俺の考えは間違ってはいないようだった。

　俺は綿貫孝次に連絡した。彼は俺からの電話を面倒くさがることなく、むしろ心待ちにしていたと言わんばかりの声を出した。彼も香苗のように俺のことを自分の息子と同じように感じているのかな、と思った。

　挨拶もそこそこに本題を切り出した。

「愛さんが使っていたパソコンを拝見することはできませんか？　もしかしたらそのパソコンに、愛さんが亡くなった手がかりがあるかもしれないんです」

5

　翌日の夕方、俺は聖蹟桜ヶ丘に出向いた。洋の目を盗んでパソコンを持ち出すので、彼が外出している時間を指定されたのだ。どうやら女友達と飲みに出かけるらしい。妻の訴訟の最中だというのに良い気なものだと思ったが、それを記事にするのは止めよう。こっちはもっと決定的な情報を摑んでいるのだから。

　午前中から昼過ぎにかけては、昼食もそこそこにずっと記事を書いていた。四日前に聡美と再会してから今日までの間は、フリーライターを始めてからかつてないほどの充実した仕事ができたと感じた。もちろん香苗の自殺という悲劇的な事件もあり、そもそもの発端はその娘の愛の死なのだから、充実したというのはあまりにも酷い言いようかもしれないが、感覚的にはそうだった。特に昨日、愛が免疫グロブリン製剤を静脈注射していた事実を知った時の興奮をどう読者に伝えようかと、文章を書いては消し、書いては消しを繰り返していたから、ずっとパソコンの前に座っていたのだが、それほど原稿の枚数は稼げなかった。

一昨日、この街に出向いた時に立ち寄った、駅前の通りの向こう側にあるコーヒーショップで孝次が来るのを待った。あのゲームセンターの方が良いかとも思ったが、少し作業をしなければならないのでカフェを指定したのだ。俺の推理が正しければ孝次がここに、愛が自ら免疫グロブリン製剤を静脈注射していたという証拠を持って来てくれるはずだった。

約束の時間から五分ほど遅れて、孝次は訪れた。トートバッグを肩に下げて、まるで高尾山の登山客のように息を吐いている。俺は軽く手を上げた。彼も俺にすぐに気付いて、こちらに近づいて来る。

「いやー、重い重い！」

ノートパソコンの一台ぐらいでオーバーなと思ったが、確かに自分の体力と、中高年のそれを同じように考えてはいけないだろう。俺は、

「わざわざ、ご無理を言って申し訳ありません」

と深々と頭を下げた。

「いや、いーんだ。これであんたさんの仕事の役に立つのなら」

孝次は席につき、トートバッグから愛のパソコンを取り出した。どこにでも売っている大手メーカーのパソコンで、筐体の色は女性が好みそうなワインレッドだった。

「愛さんのメールを拝見したいのですが、良いですか？」

「それは要するに、義娘のプライバシーの侵害になるってことか？」

「平たく言えばその通りです。もちろん、調査に必要な情報以外には一切目を通しません」

と俺は当たり障りのないことを言って、孝次の返事を待たずにノートパソコンを開き、電源を入れた。孝次はそんな俺の様子を見て、飲み物を買うためにレジに向かった。

暫く待つと、愛のデスクトップの画面が現れた。壁紙はデフォルトのものだった。パソコンとは別に購入したソフトなどもインストールされていないようだ。メールとインターネットをブラウジングする以外には使っていなかったのだろう。これは脈があると俺は思った。

まずメールをチェックしてみたが、会社の同僚や友人からのものが大半だった。他人のメールを読むのは罪悪感があったので、特に関係ないと思われるものは無視した。秋葉からのものは一通もなかったが、これは不倫の証拠になるのですぐに削除したか、あるいは携帯メールを使ったのだろう。むしろ友人たちとのちょっとしたやりとりには携帯メールの方が一般的かもしれない。愛が使っていた携帯電話も持って来てもらった方が良かったかと思ったが、そちらもとうに削除されているだろうし、今更秋葉と愛が密会していた証拠を掴んでも仕方がない。

俺は愛がこのパソコンからネットに接続して免疫グロブリン製剤を購入した確信を強くした。通販サイトからの、細々とした家庭用雑貨の購入確認や、発送完了のメールが届いていたからだ。携帯の画面でちまちま商品を選ぶより、パソコンの大きな画面で買い物を楽しみたいのだろう。食料品などまとめ買いすると驚くほど安い。綿貫洋にとっては家を頻繁に留守にする不出来な妻だったが、家庭の主婦としての役目はちゃんと果たしていたようだ。

「何か見つかったのかい？」

孝次がアイスコーヒーを片手に戻って来た。

「はい、今探している所です」

「探しているといやあ、愛さんの小学校時代の卒業アルバムだが、あれからずっと探しているんだが、一向に出てこない。あんたさんには悪いが、もうありゃ見つからないよ」

「そうですか、残念です。でもお気になさらないでください」

と俺はつれなく言った。流石に自分から探してくれと言った手前、もうあれは必要ないとは言えなかった。

メールをすべてチェックしたが、愛がこのパソコンから免疫グロブリン製剤を購入した記録は出てこなかった。見逃したかと思い『免疫グロブリン』やその英語名『immunoglobulin』等のキーワードで検索をかけたが徒労に終わった。念のためと、メーラーのゴミ箱を覗いてみたが何もなかった。綿貫愛は一度捨てたメールはいつまでもゴミ箱に残さず、即座に削除する主義のようだった。

削除したハードディスクのデータを復旧するサービスはあって、成功する可能性もそれなりに高い。だがそれは削除してすぐにパソコンを持ち込んだ場合だ。愛がメールを削除した後も頻繁にこのパソコンを使っていたとしたら成功率はかなり低くなるし、そもそもデータ復旧にかかる時間を考えたら、とても締め切りには間に合わない。

メールの方は潔く諦めることにする。次の手段は、愛がこのパソコンで免疫グロブリン製剤を販売しているサイトを閲覧していた証拠を探すことだ。

ブックマークにはそれらしいサイトは登録されていなかった。ブラウザの履歴を調べたが、死んだ数週間前のものしか残っていない。恐らく履歴もこまめに削除していたのだろう。彼女が黄疸を起こして小山田総合病院を受診する前に、免疫グロブリン製剤を手に入れたという証拠がなければ意味がない。

では残るのはCookieだ。通販サイトで商品を購入する際は、ＩＤとパスワードが必要だ。

購入の度にいちいちパスワードを入力するのは面倒なので、ブラウザに記録させるユーザーが多い。その際、記録されたファイルをCookieと言う。履歴はブラウザのメニューバーから簡単に削除できるが、Cookieを削除するのは少し面倒だ。もちろん慣れた人間なら大したことではないのだが、綿貫愛がそれほどパソコンに詳しいとは思えない。Cookieという概念すら知らなかったのではないか。

俺はブラウザの設定からCookieの一覧を呼び出した。それほど多くはなかったが、それでも数百のサイトのCookieが保存されていた。これをしらみ潰しに当たって、もし綿貫愛が免疫グロブリン製剤を入手したサイトが見つからなければ、お手上げだ。

俺は自分のパスワードを使って、このコーヒーショップに完備されているWi-Fiに接続した。Cookieからはアドレスしか分からないので、一つ一つブラウザに入力してゆく。

「これは、違う——これもだ」

この店のWi-Fiは速くないので、読み込む時間がもどかしかった。大手通販サイトだと明らかに分かるアドレスは除外できるのだが、それ以外のものが膨大で、もし徒労に終わったらどうしようと不安になった。

「何をやっているのか知らんが——大変そうだな」

と孝次が言った。

「申し訳ないです。少し時間がかかるかもしれません。飲み物が足りなければもう一杯注文してください。もちろんお代は私が払いますから」

「いや金のことは良いんだが――」

彼はどこか不安げに言った。一心不乱にキーボードを叩く俺が、もしかしたら義娘の醜聞を暴きたてるのではないか、と不安に感じているのではないか。その通りだったが、彼の心配をなだめる余裕は今の俺にはなかった。

本当にこんな手作業で見つかるのだろうか？　もっとパソコンに詳しい人間に教えを請うた方が良いのかもしれない。Cookie のアドレスから自動的にブラウジングできるような裏技が何かあるのではないか――そう思い始めた矢先、問題のサイトは見つかった。


『医薬品個人輸入代行』

はやる気持ちを押さえながら、そのサイトに血液製剤も販売していないか調べてみる。すると呆気ないほど簡単に見つかった。しかも免疫グロブリン製剤は主要な医薬品の一つとして、血液製剤のページの一番目立つ場所に置かれている。聡美は一本三万円と言っていたが、このサイトではそれ以上の金額で売られていた。薬を客の代わりに輸入し、利鞘《りざや》を稼ぐだけにしては良い商売をしている。

　サイトにログインする。するとCookieに愛のパスワードとＩＤが保存されていたので、簡単に購入履歴を見ることができた。ちゃんとしたサイトなら、たとえCookieの機能があっても、最低限パスワードは定期的に入力を求められるものなのに。だが胡散臭いサイトだけあってセキュリティに対して無神経なのが功を奏したと言える。俺は感慨を禁じ得なかった。ここ数日ずっと探し求めていたものは、愛が使っていたパソコンにCookieによって保存されていたのだ。

　俺は自前のＵＳＢメモリをパソコンに挿入し、購入履歴が表示されているブラウザのページを、プリントスクリーンの機能を使ってそのままJPEG形式でメモリに保存した。

「終わりました」

　と孝次に言った。

「用は済んだのかい？　必要な情報は見つかったのか？」

「ええ。証拠は手に入りました。誰も否定できない動かぬ証拠です。何故、そんなことをしたのか、その動機までは分かりませんが――」

　孝次は不安げな顔で俺を見つめている。俺は彼にちゃんと説明するのが、協力してくれた彼に対する誠意だと思った。彼を絶望させる結果になるだろうが、仕方がない。

「愛さんが溶血になった原因が分かりました。愛さんは海外から薬を購入し、それを自分で使っていたんです」

孝次は俺の言っていることが分からない様子だった。

「愛さんは溶血の治療のために病院に通っていたぞ。ちゃんと薬も貰っていたはずだ。それなのにどうして外国から薬を買う必要があるんだ？」

「違います。溶血になる前に薬を購入していたんです。そしてその薬の副作用で溶血になった」

そう俺は言葉を切った。彼が理解しているかどうかは怪しかった。

「どういうことだ？　薬の副作用で溶血になった？　じゃあ愛さんは何のためにそんな薬を使っていたんだ？　別の病気だったのか？　ならどうしてわざわざ外国から薬を買う？」

「私は愛さんが病気だったとは考えていません。病気なら医師に受診して処方箋を書いてもらい、薬局で薬を買えばいいだけです。その方が簡単だし、ずっと安上がりです。だけど愛さんはそういう普通の方法で薬を買うことができなかった。病気ではなかったからです。病気でない人間に薬を処方する医者はいません。医師法違反になります。ましてや愛さんが購入していた免疫グロブリン製剤は処方箋医薬品だから、処方箋がなければ絶対に買えません
――国内では」

「海外では買えるってことか？」

　俺は頷いた。

「個人で使用する場合に限って、麻薬、覚醒剤、およびその原料、また向精神薬以外の医薬品は、税関の確認さえパスすれば処方箋なしに手に入れることができます。処方箋医薬品の場合は一ヶ月分しか輸入できないなど数量に規定がありますが、現状処方箋なしに薬を購入する方法はこれしかありません。まったくの個人で、しかも医薬品を輸入するのはハードルが高いので、仲介業者を挟んだはずと睨みましたが――正解だったようです」

「つまり愛さんは病気でもないのに薬を飲んで、それで溶血になったたって言うのか⁉」

　俺は頷いた。

「正確には経口薬ではなく注射薬ですが、理屈ではそう考えて頂いて間違いないと思います」

「何故だ⁉　何故そんなことをした⁉」

「それはまだはっきりと断定できませんが、私の調べで愛さんのお父さんはアルツハイマーで治療中であることが分かっています。もしかしたら愛さんは自分もアルツハイマーになるかもしれないと考え、そしてその予防に免疫グロブリンが効果があると考えたのでしょう」

「アルツハイマー？　じゃあ、ひょっとして愛さんが頻繁に家を留守にしていたのは――」

「お父さんの見舞いのためだったんでしょう」

「ああ！　何てことだ！」

と孝次は大きな声で言った。店内の客たちが、今の声でこちらをちらりと見た。

「浮気なんかしていなかったんだな？　実の父親に会いに行っていたんだな？」

俺はこくりと頷いた。実際は見舞いに行くと同時に、秋葉とも不倫関係にあった訳だが、言わずに済むに越したことはないと思って黙っていた。

「だったらそれを言ってくれれば良かったのに！」

言えなかったのだろう。自分の家族に介護が必要な人間がいることを黙って、愛は洋と結婚したのだ。もちろん、介護費目当てで結婚したという側面もあるから、余計に言い出せなかった。ましてや、愛と洋は離婚の危機にあった。愛が要介護の家族を抱えていたという事実を黙っていたことは、離婚訴訟でも不利に扱われるかもしれない。

「じゃあ、洋があの女医さんを訴えたのは筋違いだったってことか！」

その孝次の言葉には、俺はあえて頷かなかった。

ただ、言った。

「私はこの事実を記事にしなければなりません。恐らく、今後の裁判の行方を大きく左右するでしょう。洋さんを唆《そそのか》した村沢太郎が勝ち目がないと判断したら、訴えが取り下げられる可能性もある。これは誰にとっても良いことです。裁判はお金と時間がかかります。勝訴したとしても、それに見合うだけの賠償金を勝ち取れる保証はどこにもない。争いは一刻も早く止めるべきです。亡くなった愛さんも、いつまでも洋さんと自分の溶血を治そうとしてくれた主治医が争うのを喜ぶはずがありません」

と俺は歯の浮くような台詞を吐いた。だがある種の情緒的な人間は、こういう単純な理屈に心動かされやすいことを俺は知っていた。

「──そうだよな。いつまでも争っていても、愛さんが生き返ってくるわけもない。そりゃ、明らかに病院の方に落ち度があったのなら別だよ。でも俺も最初っから怪しいと思っていたんだ。溶血の原因が分からないまま、愛さんは脾臓を摘出する羽目になった。でも溶血も脾臓摘出も、普通は死に繋がるような大げさなものじゃないって言うじゃないか。だからこそ洋は病院を訴えたんだろうが、俺は愛さんの方に原因があるんじゃないかと思った。病院の治療に落ち度があったようには思えなかったし、第一、愛さんは明らかに俺たちに隠れてあちこち出歩いていたんだからな。何かやらかして血が溶けたんじゃないかと疑ったよ。どうやらそれはその通りだったようだな」

俺は頷いた。そして彼をしっかりと見つめ、言った。

「私はこの事実を記事にします。それは少なからず、綿貫さんたちにとって都合の悪いことになるかもしれません」

「裁判に負けることか？　そんな心配は無用だ。あんたさんの書く記事を読んだら、あいつも訴えを取り下げるだろう」

そんな簡単にいくだろうか。あれほど自信たっぷりに聡美の方に落ち度があると言い立てた男なのだ。それが実は落ち度があったのは愛の方だと分かったら、自暴自棄になって何か仕出かすのではないか。俺はそれが心配だったが、考えないようにした。俺は決して中立の立場ではない。聡美の味方なのだ。

「いいえ。裁判云々ではありません。愛さんの人となりを記事にしたら、必ず綿貫さんたちの陰口を叩く人間が現れるでしょう。今では愛さんは医療ミスによって殺された悲劇の女性という認識です。皆、愛さんに同情しています。でも、実は愛さんの方に病気の原因があったとなったらどうでしょう？　反動で同情がみんな中傷になって跳ね返って来ても、決して不思議ではありません」

「どうしてだ？　愛さんは死んだんだぞ。どうであれ、犠牲者だ」

「しかし、本来処方箋がなければ手に入らない薬を海外から輸入し、それを医師の指示によらずに自分で静脈注射したんです。愛さんが覚醒剤のような違法薬物を摂取しているとイメージする読者は少なくないと思います」

「何だと？　あんたさんは、さっき輸入できる薬は麻薬や覚醒剤以外のものに限ると言ったじゃないか！」

周囲の客たちが聞き耳を立てているのが分かる。いったいこの二人は何を話しているのだろうかと詮索しているのだ。綿貫洋が起こした医療訴訟が、この街の人々にどれだけ知れ渡っているかは分からないが、これ以上ここで話し続けると火に油を注ぐことになりかねない。たとえその火が小さな噂であっても。

「――ゲームセンターに行きましょうか？　あそこなら内密に話ができる」

「いや、いい！　ここで話をつけようじゃないか。その免疫グロブリン製剤っていうのがどんなものだか知らんが、麻薬の類いじゃないんだろう？」

「どんな薬であっても、薬物依存になる可能性はあります。ましてや愛さんは海外から輸入してまで薬を手に入れたんです。それが何を意味するのか――」

「要するに、息子の嫁がヤク中だとあんたは言いたいのか」

「別にそんなことは言いません。私の推理を聞いてください。愛さんは父親と同じように自分もアルツハイマーになることを恐れた。免疫グロブリン製剤がアルツハイマーの進行を食い止める働きがあると知っていた愛さんは、その免疫グロブリン製剤の静脈注射を行った。予防のためと思ってのことだったのでしょうが、皮肉にも副作用で溶血になって亡くなってしまった――その裏付けが取れれば良いんですが、今は時間がありません。状況証拠のみの段階ですが、私はその推理を記事にするつもりです。しかし読者は、そんな裏付けの取れない推測より、愛さんが自分で自分に怪しげな薬を注射していたという事実の方を重視します。大衆は、そういうものです」

孝次は暫く黙って、そして言った。

「そんな記事を書かんでくれ、と言っても書くんだろうな」

はい、と俺は頷いた。

「だったら、俺に何でそんな話をする？　余計なことは言わないで、さっさと家に帰って記事に取り掛かったらどうだ。これから自分の書く記事で、あんたに迷惑がかかるよ、なんて嫌らしいことを言わんでも良いじゃないか」

俺はその孝次の問いかけに、答えることはできなかった。

彼はどんな思いで愛のパソコンをここまで運んで来たのだろう。俺に協力したいという一心ではないか。息子の嫁は死んだ。息子との間にも恐らく会話はあまりない。そこに息子と同年代のライターが現れた。死んだ嫁について話を聞きたいと言う。一も二もなく彼は俺に協力した。新山ミカと俺は、孝次にとっては同じ存在だった。孤独を紛らわす相手だったのだ。

俺の仕事は聡美に貼られた医療ミスを犯した女医、というレッテルを剝がすことだった。それは前回彼に会った時にも散々話したのだが、その意味を彼は良く分かっていなかったのだろう。しかし今、ようやく彼は理解したのだ。俺が綿貫家の敵であることに。息子の嫁のパソコンを俺に差し出すという自分の行動が、息子の嫁、ひいては自分たちの評判をどん底にまで落とすことに。

孝次は俺を見つめている。俺が口を開くまで、見つめ続けるだろう。仕方がないから俺は言った。

「取材に協力してくれたあなたに、誠意を見せたいと思ったからです」

「自分のやったことで、俺たちが面倒を被ることをまったく考えていない訳ではない、と言いたいのか？」

「平たく言うと、その通りです」

「だがどの道、その面倒を回避しようとはしない訳だろう？」

その通りです、と俺は再び答えた。心の中で。

孝次は、まるで俺の心を悟ったかのように、唇を嚙み締めながら、小刻みに何度も頷いた。

「分かった！　よおく分かった。俺がお人好しだったんだ」

「私もまさか、ここまではっきりと愛さんが薬物の副作用で溶血になったという証拠が見つかるとは思いませんでした。残念です」

「残念？　どうして残念なんだ？　良い気なもんだな！　他人の家の秘密を暴いておいて！」

そう怒鳴って立ち上がった。そして俺に背を向けて無言で店を出て行こうとした。思わず俺は叫んだ。

「綿貫さん！」

「何だ？」

彼は振り返った。まだ何かあるのか！　と今にも怒鳴り出さんばかりの表情をしていた。

俺は言った。

「パソコンを、お忘れです」

俺は閉じたノートパソコンを、彼に差し出した。彼はバツの悪い表情をしながら、こちらに戻って来た。そして無言で、トートバッグにパソコンを放り込み、肩から下げて店から出て行った。

まだコーヒーの残っているカップを見つめながら、仕事がこれで一段落ついたという虚脱感にも似た思いと、また人に嫌われてしまったという空《むな》しさでいっぱいになった。こんなことには慣れたと思っていたのに。確かに孝次を裏切ってしまった形になったが、香苗のように彼女を自殺に追い込まなかっただけ、こちらの方がマシだと考えるべきなのだろうか——。

　その時、ふと顔を上げると、店を出て行ったはずの孝次が再びこちらに近づいて来た。何も飲み物を買わずに、さっきまで座っていた席に再び腰を下ろす。言い忘れたことでもあるのだろうか。

「あんたさんは記事に、俺が持って来たパソコンを調べて愛さんが妙な薬を打っていたことが分かった、と書くのか？」

「いいえ——そこまでは。できる限りぼかして書くようにはします」

「つまり、俺が愛さんの秘密をばらした、というふうには書かないってことか？」

「はい、その通りです」

　と俺は断言した。

　すると孝次は俺に深々と頭を下げた。

「どうかお願いします。悪い噂が広まるのは仕方がないかもしれん。外国から買った薬を勝手に注射していたんだから。普通の人間がそんなことをするはずがない。身から出た錆《さび》って奴だろう。だからそれで愛さんがろくでもない人間だってことが世間に広まるのは仕方がないかもしれない。ただ、俺がそれに協力したってことが洋に知れたら、俺はあいつに酷い目に遭わされる。俺のことは記事には書かないでくれ、な？」

俺は何度も頷きながら、

「分かりました。分かりましたから、頭を上げてください」

と孝次に言うので精一杯だった。後ろめたさは大きくなる一方だった。たとえ彼の名前を出さずとも、洋は父親が俺に協力したことに薄々勘づくのではないか。自分ですら知らなかった、妻が外国から医薬品を輸入していた事実にどうして一介のフリーライターが辿り着くことができるのだろう。家族内に協力者がいると考えるのが自然ではないか。

今回のことで、彼は息子をできるだけ刺激させたくないと考えているに違いない。だが俺の書く記事は世に出る。どうあがいてもそれを止めることはできない。もう彼と会うこともないかもしれない。だからこそ洋が父親に暴力を振るうような事件が起きなければいいのだがと案じた。

孝次は立ち上がり、再び俺に背中を向けて店を出て行った。その背中は先ほどまでの怒りに満ちたものではなかった。その背中に満ちているのは、俺に裏切られ、結果的に息子と義娘を裏切ってしまったという寂しさだった。

彼にとっては真実などどうでも良かったはずだ。聡美の医療ミスによって愛が殺されたとなった方が、義娘の、ひいては綿貫家の名誉は守られる。一昨日《おととい》、洋に追い返された俺に話しかけてくれたのも、愛を失った寂しさを埋めるためなのだろう。だからこそ俺に協力してくれた。でも俺は、彼を利用し、守られるはずだった愛の名誉を踏みにじったのだ。

仕方がない。俺は仕事でやっているのだ。それに、俺のような何でも屋のフリーライターにも正義の心はある。ジャーナリズム精神というと大げさだが、聡美は無実の罪を着せられて苦しんでいたのだ。彼女自身は潔くその汚名を受け入れていたようだが、本来そんなことはあってはならない。自業自得で死んだ愛が祭り上げられ、彼女を必死で救おうとした医者が責任を取らされて社会的に糾弾されるなど。

用事が済んだのだから、さっさと帰れば良いのだが、先ほど店を出た孝次と再び顔を合わせるのが気まずかったので、コーヒーをお代わりして、それを飲んだら帰ろうと思った。仕事で成果を出したのだから、コーヒー一杯分の時間を無駄にするのも許されるだろう。

二杯目のコーヒーを半分ほど飲んだ時、携帯が鳴った。ディスプレイを見ると知らない電話番号だった。何だろうと訝しみながら電話に出ると、何と馬場育子からだった。愛の小学校時代の友人、麻衣の母親だ。俺は育子に少し待ってくださいと言って、帰り支度を始めた。コーヒーを半分飲み損ねたが、これも仕事が一段落したからといって時間を無駄にするな、という天からのお達しなのかもしれない。

「もしもし――お待たせしました。どうされました？」

と俺は店を出て育子に言った。

『見つかりましたよ』

と彼女は言った。

「え？」

意味が良く分からなかった。

『麻衣の小学校時代の卒業アルバムですよ。お探しになっていたんでしょう？』

ああ、と思った。確かに俺は二日前に香苗を訪ねた時、彼女の目の前で澤田敦子と馬場麻衣に電話したのだ。澤田敦子は脈なしで、馬場麻衣はもうすでに家を出ていた。だが麻衣の母親の育子は俺に協力的な素振りを見せてくれたので、彼女に卒業アルバムが見つかったら連絡してほしいと、俺の電話番号を伝えたのだ。

『家中引っ掻き回したんですけど、押し入れの奥から、使っていた教科書と一緒に出て来ました』

「それはご面倒をおかけして申し訳ないです」

『いえいえ、まあ大掃除をしたと思えば良いですから。それでこの卒業アルバムはどうしましょう？』

彼女は愚直に俺の頼みを聞いてくれたようだ。今更、もうそのアルバムは必要ないなどと言うのも心苦しく、必要になったら連絡するとだけ伝えた。彼女はどこかホッとしたような声を出した。送ってくれとでも言われたらどうしようと思っていたのだろう。いくら彼女が人が良くとも、赤の他人の俺に娘の大事な卒業アルバムを渡すとは思えない。戻って来ないのではないか、と心配するのが普通だろう。

礼を言って電話を切った。週刊標榜の名前を出してしまった手前、彼女にはお礼の手紙と菓子折りでも送った方が良いかと考えた。ライバル誌が嗅ぎ付けて、慇懃《いんぎん》無礼な取材をしたとして週刊標榜をバッシングしないとも限らない。余計な仕事が増えたな、と思ったが、そもそも俺が頼んだことなのだから文句を言える筋合いではない。

俺は通話を終えた携帯電話を暫く見つめていた。そしてふと思い立って、聡美にかけてみた。彼女はすぐに出た。

「今、大丈夫か？」

『ええ、大丈夫よ。どうしたの？』

「今さっきまで、綿貫孝次と会っていた。綿貫愛の義父だ。彼が愛のパソコンを持って来てくれたんだけど――ビンゴだったよ」

『どういうこと？』

「愛のパソコンに、彼女が医薬品個人輸入の代行業者に免疫グロブリン製剤を注文していた記録が残っていた。画面のコピーも押さえた。これで君は名実共に無実だ」

聡美は感慨深げに小さく息を吐いた。安堵《あんど》のため息だと感じた。

『確かに、海外で買ったという可能性も考えたわ。ただサプリメントを買うのとは訳が違うから、個人でそこまで――と思ったけど、今は代行業者に頼めば血液製剤も気軽に買えるのね』

「ああ。何故、愛がそこまでアルツハイマーを恐れていたのかは不明だが、これで君は仕事に復帰できるぞ。どうであれ彼女が自分の独断で血液製剤を注射していたのは間違いないんだ。そんな患者が死んだ責任を君が取る必要はない」

聡美は黙っていた。

「何だ？　まだ彼女に同情しているのか？」

『ううん、そうじゃないの――ただ、どうしてアルツハイマーを恐れて免疫グロブリンを打っていたのか教えてくれなかったのかって――だって不倫相手の秋葉さんには言っていたんでしょう？』

「下手くそな注射の痕を秋葉に見られたから、打ち明けざるを得なかったんだろう。黙っているに越したことはないと考えたに違いない。それに溶血というのは、普通は命にかかわるほどの病気じゃないんだろう？」

『もちろん一概には言えないけど――そうね』

「多少顔が黄色くなるより、アルツハイマーの予防の方が大事だと愛は考えたんだ。それに脾臓さえ摘出すれば、溶血の症状を緩和しつつ免疫グロブリン製剤を打ち続けられると思ったのかもしれない」

『でも、そこまでの意志はいったいどこから来たのかしら――そんなにアルツハイマーを恐れているのなら、素直に病院に行けば良かったのに』

聡美はまだ納得がいっていないようだったが、俺に言わせれば些末なことだ。世の中には訳の分からない理由で訳の分からないことをする奴らが大勢いる。愛の場合、アルツハイマーの予防のため、という動機があるのだからまだマシではないか。

だから俺は、

「なあ。お祝いに今度どこかで飯でも食わないか？　復職するまで時間は自由に使えるんだろう？　場所は目黒が良いな。久しぶりに駅前の映画館で、二本立てでも観ようぜ」

と言った。ほとんど勢いで出た言葉だった。聡美の冤罪を晴らしたお祝いのつもりだった。しかし聡美はすぐに返事をしなかった。

「聡美？」

と俺は声をかけた。だが聡美は、

『――ごめんなさい』

と消え入るような声で言った。何故、謝られるのか、まったく意味が分からなかった。

『確かにあなたにはお世話になったわ。私を助けてくれて本当に感謝している。でも、そういうつもりはなかったの』

「――そういうつもりって？」

『もっと早く言えば良かったけど、言いそびれてしまって』

「何がだ？」

『私、今回のことが落ち着いたら再婚するつもりなの』

俺は聡美に見えるはずもないのに、小さく頷いた。

「何よりだ」

『だから――』

聡美は言葉を詰まらせた。

「どうしてそんなに真剣に考える必要があるんだ？　ただ俺はお祝いに食事でもしようって言っただけだぜ？　それがそんなに大層なことか？　別に下心なんてないよ！」

はっとした。ムキになって怒鳴ってしまい、自ら下心があると認めているようなものだった。

「ゴメン――怒鳴って」

『ううん。いいの』

「ただ、これだけは分かってくれ。俺は食事でもして、君の冤罪が晴れたことを喜びたかったんだ。本当に、ただそれだけなんだ。それ以上のことなんて望んでない。でも君がそれに何かシリアスなことを感じてしまうんだったら、もう誘ったりはしない」

俺はそう言って言葉を切った。何か聡美が言って来るかと思ったが、聡美は黙りこくっていた。言うべき言葉が見つからない様子だった。

だから俺から言った。

「記事が雑誌に載る時はまた連絡する。じゃあ、さよなら――」

聡美の返事を待つ前に電話を切った。

大したことじゃないんだ、俺はそう自分に言い聞かせた。これは仕事でやっているのだ。つまり金のためだ。しかも今回の取材は自分でも納得が行く仕事ができた。可哀想だが羽鳥香苗の死というドラマティックな要素もある。必ず次へ繋がる仕事だ。つまり自分のためだ。決して聡美を救うためなんかじゃない――。

何故、そんなことを自分に言い聞かせる必要があるのだろう。仕事のためにやっているのは当たり前のことではないか。誰がボランティアで、聖蹟桜ヶ丘や伊勢原を行ったり来たりするのか。仕事だからやるのだ。金のためにやるのだ。それ以外の目的はない。決して――。

気がつくと、俺はコーヒーショップの前で呆然としていた。コーヒー一杯の休憩さえも貴重な時間のはずだった。にもかかわらず今の俺は、目の前を流れて行く時間を見送ることしかできない。

俺はふらふらと、一昨日、新山ミカと対戦したゲームセンターに向かった。何故そんなところに行かなければならないのか、自分でも分からなかった。孝次と出くわすかもしれないという不安も、頭の中からは消えていた。

ゲームセンターは相変わらず喧《やかま》しい電子音の洪水で、まるで自分の存在を世界から包み隠してくれるような、そんな錯覚がした。俺はまるでそうすることが当然のように、一昨日と同じ筐体の前に立った。再びこんなゲームをするとは夢にも思っていなかった。

俺は小銭を投入した。曲も一昨日とまったく同じものだった。俺はダンスを踊りながら、パットを叩いた。しかし意識はまるで別のものに向けられていた。

仕事だからやるだって？　嘘だ。俺は聡美を忘れられなかった。だからこそ、伊勢原やら湘南やらを駆けずり回ったのではないか。確かに良い仕事をしたと自負している。愛の溶血の謎を解いたという充実感もある。でもそれは偏《ひとえ》に、聡美の無実の罪を晴らせば、彼女と縒りを戻せるかもしれないという意地汚い欲望があったのではないか？　だが聡美にはすでに結婚を約束した恋人がいた。患者を殺したという汚名を被ったまま結婚はできない。だからこそ、事件を解決する探偵の役割として、俺に白羽の矢を立てたのだ。

俺ならば、必ず無実を証明してくれると信じて。

それは俺を信じているからとか、俺が有能だからとか、そんなことではない。ただ単に、縒りを戻したい一心で、一生懸命に無実を証明してくれるだろう、という考えが彼女にあったからなのだ。良いように利用された。そういう気持を俺は強く持った。彼女のために一生懸命になったのに、役目を終えたら用済みとして捨てられる、俺はそれだけの男だったのだ。

否《いや》、違う――そんなことは聡美は一言も言っていない。確かに少しは考えにあったかもしれないが、それくらいの打算は誰にでもある。俺は聡美のためじゃない、自分のために仕事をした。だったらそれで良いじゃないか。

それでも、裏切られたという気持ちは消えない。

仕事のためなんかではなかった。金や出世などどうでも良かったのだ。俺はまだ聡美を愛していた。聡美と縒りを戻したいと思っていた。香苗を自殺に追い込んでまで溶血の謎を解き明かそうとしたのも、聡美を救って彼女に見直されたかったからだ。見直してくれるはずだと、信じていた。でも違った。この五日間の努力はすべて、聡美の再婚をお膳立てするものでしかなかった。俺は一生懸命、聡美と聡美の新しい夫のために足を棒にしてきたのだ。

馬鹿だった。聡美を救っても彼女は決して俺に心からの感謝をしてはくれないのに、それでも俺は聡美が微笑んでくれると信じて——。

それなのに。

『GINJIRO ／ SCORE 82600 ／ RANK C』

ゲームが終わっても、俺は筐体の前から微動だにできなかった。一昨日、新山ミカと対戦した時は『RANK A＋』を叩き出した。あれはミカから情報を引き出そうと必死だったからだ。だがすべてのモチベーションを失った今の俺は『RANK C』がせいぜいだった。

ゆっくりと筐体の前から離れた。そしてフードコートに向かいベンチに腰を下ろした。この気持ちが、探偵のように偉そうに他人の秘密を暴きたて、孝次を騙し、香苗を自殺に追いやった罪だと知った。

聡美への憎悪が沸き上がってくるのが押さえられなかった。分かっている。聡美は何も悪くはない。聡美を憎むのはお門違いだ。そんなのは俺の只のわがままだ。俺だって証券会社時代、そしてフリーライターになった今も、あらゆる手練手管で人を騙し、自分に有利になるようにことを進めて来たじゃないか。その逆のことをされただけだ。

でも理屈では分かっていても、理不尽さは消えない。

もちろん、いくら憤ったとしても、仕事を放棄する訳にはいかない。そんなことをしたら、俺は中田からの信用を永久に失うだろう。第一、仮にそうしたとしても、聡美はすでに愛が免疫グロブリン製剤の副作用で溶血になった事実に気付いているのだ。俺が聡美への協力を止めたとしても、自分で自分の無実の罪を晴らすだけのことだろう。

俺は自販機でクリームソーダ味のアイスを買って、おもむろに食べた。こんなものを食べたのは久しぶりだった。とても懐かしい味がした。

その時、ふと顔を上げると、そこにはミカがいた。

一昨日と同じように、ジージャンにジーンズ姿だ。そしてさっきまで俺がプレイしていた筐体の前で、一心不乱にダンスを踊っている。俺はまだ少し中身が残っているアイスのカップをゴミ箱に捨てて、ふらふらとそちらに近づいて行った。

彼女は俺が近づいてくるのにも気付かない様子で、無我夢中といった様子でゲームを続けている。俺は踊る度にゆらゆらと揺れる彼女の長い髪を見つめていた。彼女は友達である愛が免疫グロブリン製剤を投与していたことを知っていたのだろうか、とふと思ったが、そんな考えを俺は頭から振り払った。

もう終わったことだ。これ以上、愛のことについて考えるのは止めよう。記事にするだけの情報は、もう十分手に入った。だからもう良いんだ。

プレイが終わると、画面にミカの得点が表示され、彼女は満足げに肩で息をしていた。

『MIKA ／ SCORE 113200 ／ RANK A＋』

俺はおもむろに拍手をした。それでミカは、今初めて俺に気付いたというふうにこちらを向いた。

「ようやくランクA＋を出したな」

と俺は言った。自分でも、義務的な声だと思った。何故彼女に話しかけたのかは分からなかった。強いて言えば、このゲームセンターに入ったのと同じ理由だ。食べたくもないアイスを買ったのと同じ理由だ。できるだけ中野に帰る時間を引き延ばして、記事を書くのを後回しにしたかった。一分たりとも無駄にしたくない、いつもの俺からは考えられない行動だった。私情が入るとまともな仕事ができないことを、漸く俺は理解した。

声をかけても、ミカは俺のことが分からない様子だった。

「だあれ？」

「忘れたのか？　桑原銀次郎。銀ちゃんだよ」

するとミカは満面の笑みを浮かべて、

「銀次郎⁉　あはははは！　何⁉　どういうつもり⁉　時代劇⁉」

と言った。俺は啞然《あぜん》とした。

「――一昨日も同じことを言ったな。冗談のつもりか？」

「銀次郎って名前の方が冗談だと思うわ」

俺は唇を嚙み締めた。銀次郎という名前がそんなに滑稽なのだろうか。そりゃ一回笑われたぐらいで腹を立てるほど俺は心の狭い人間ではない。だが新山ミカは俺を二度も馬鹿にしたのだ。しかも一度目とまったく同じやり方で。

「もういい――」

俺は背中を向けた。声をかけた俺が馬鹿だった。俺は聡美の無実を証明した結果、縒りを戻して欲しいと勝手な期待をかけた自分の愚かさを痛感することになった。でもまさかミカに話しかけても同じ気持を味わうと思わなかった。別に何の下心もない。ただ少し他愛もない会話を交わそうとしただけだ。たったそれだけの期待すら、俺には許されないのだろうか？

もうこんな街には二度と来ることはないだろう、そう思った。早く中野のアパートに帰って、酒でも飲もう。原稿は明日適当に書いて中田に渡せば良い。俺は電子音の洪水を背中に受けながら、ゲームセンターを出るために出口に向かって歩き出した。こんな喧しい音にもかかわらず、俺はそれをまるで知覚できなかった。

「——待って」

だから電子音の向こうから聞こえてくる、俺を呼び止めるその声にもすぐには気付かなかった。

「待ってよ！」

ミカが俺の腕を摑むのと、俺がゲームセンターから外に出るのはほぼ同時だった。俺は追いかけられていたという実感もなかったので、腕を摑まれてびっくりしながらそちらを見やった。

「どうしてわざわざ声をかけたのに行っちゃうのよ？」

「いや、俺のことなんか覚えちゃいないようだったからさ」

と俺は嫌みたっぷりに答えた。

「どうしたの？　何だかいつもと様子が違うみたいだけど」

「いつもと様子が違うって、二回しか会ったことないだろ——」

しかしミカは、俺の言っている言葉の意味が分からないような、きょとんとした顔をしている。俺は小さくため息をついた。三十過ぎているのに、昼間っからゲームセンターで遊び惚けているような女だ。もちろんそれは彼女の勝手なのだが、こちらの常識で推し量ってはいけないのは確かかもしれない。

ミカは覗き込むようにして俺の顔を見つめていた。

「今日は、コーちゃんとは遊ばないのか？」

その質問に答えずに、彼女は、

「対戦する？」

と逆に訊いてきた。だが俺は首を横に振った。

「いや、いいよ。さっき一人でやったけど散々だった。もうモチベーションがなくなったから」

「モチベーションって、何？」

「溶血の原因を見つけることだ。一昨日は、君と対戦しなかったら綿貫愛のことを教えてくれなかっただろう？　だから俺は一生懸命頑張った。でももうあのゲームをやる動機はない」

「何だか分からないけど、大変そうね」

「ああ、大変なんだよ」

果たして彼女は、いったい何のモチベーションでもってRANK A＋のスコアを叩き出したのだろうか。興味がなくはなかったが、しかし、やはりどうでもいいことだった。すべては終わったのだから。

「俺の話を聞いてくれるか？」

「いいわ。その代わり、晩ご飯を奢ってちょうだい」

俺は思わず苦笑した。この間はアイスで、今度は晩飯か。金額が段々高くなるのは気になったが、このジージャンにジーンズのスタイルからするに、高級ブランドをねだられるようなことはないだろう。晩飯を奢るくらいは大した出費ではない。辺りはそろそろ薄暗くなって来たし、俺だってアパートに帰って酒を飲んで寝ようと思っていたのだ。最後に晩飯を食って帰るのもいいかもしれない。どうせこんな街にはもう二度と訪れないのだから。

「どこがいい？　ファストフード？　ファミレス？　それとも居酒屋？」

高名な人間を取材したり接待する時はそれなりの店を探すのが常だが、プライベートの食事はもちろん経費で落ちないので、とても高級な店には行けない。

「居酒屋ってお酒を飲むの？」

「そうだよ。嫌だったら良いけど」

女を酔わせて良からぬことをすると思われたらたまらない。それにミカのようなざっくばらんな女は俺のタイプではないのだ。

「ううん！　私お酒飲みたい！」

とミカは大きな声で言った。周囲の通行人が驚いてこちらを見やるほどだった。

俺たちは駅前の、安さだけが売りのチェーン店の居酒屋に向かった。まだ飲む時間には早いのか、店内の客はまばらだった。生ビール二つと適当に料理をオーダーしてから、俺は改めてミカと対峙《たいじ》した。まさか彼女と二人っきりで酒を飲むなんて思いもしなかった。

「それで話って何？」

俺は証券会社をクビになってからフリーライターをやっていることや、内科医の妻がいたが離婚したことなどをゆっくりと話し始めた。ミカは俺が話している間は、時々相づちを打つ以外には話しかけて来ない。こうして真向かいで対面すると意外にも整った顔立ちをしている。身なりがラフなだけ、余計に奇麗な顔に感じる。

誰かに似ているなと思ったが、羽鳥圭一と秋葉輝彦を似ていると感じたのと同じ理屈だろう。整った顔の人間同士に共通項を見いだすのは難しくない。きっとテレビのタレントや女優を想起しただけだろう。

しかし、こちらを見つめるミカの顔はまるで彫刻のようで、教会で告解するかのような、どこか荘厳な雰囲気を醸し出していた。孝次が彼女は聞き上手と評した意味が分かるような気がした。

注文した生ビールが早速運ばれて来たので、話を一時中断して、俺はミカと乾杯した。ゴクゴクと冷たいビールを飲み干した。美味かった。聡美に絶望したあれやこれやも、この一瞬、忘れることができた。でも、

「不味い！」

とミカが大声で叫んだので、俺はびっくりしてしまった。

「なあに、これ⁉　ビールってこんなに不味いの？」

俺はちょっといいか？　と断ってから彼女のビールのジョッキに口をつけた。俺のビールとまったく同じ味がした。

「変な味はしないぞ」

「不味いわよ！　とっても苦い！」

「ビールっていうのは苦いもんだよ」

ミカが大声を出したので、何か不手際があったのかと平身低頭しながら、店員がこちらにやって来た。俺は、いやビールには何も問題はないと説明した。

「ようするに、ミカさんはビールが好きじゃないってことか？」

「みんな美味《おい》しそうに飲むから私もと思ったけど、苦いばかりでまったく美味しくないわ」

「初めてビールを飲んだようなことを言うなよ――」

ミカは甘い飲み物が良いとのことで、俺はカシスオレンジを注文してやった。暫く待ってやって来たカシスオレンジに口をつけながら、これなら美味しいわ、と彼女は言った。

俺は話を再開させた。ミカは時々グラスを傾けながらも、やはり彫刻のように俺の話を聞いている。前妻と縒りを戻したいから助けたのに、彼女の方にはそんな気はさらさらなかった——そんな自分の深層心理まで踏み込むような話を、俺はためらうことなくミカに吐露した。不思議と話せば話すほどに気持が軽くなっていった。俺は取材でいろんな人間の話を聞いて来たが、俺の話を聞いてくれる人間はいなかった。ミカが初めてだったのだ。

俺が話し終わっても、ミカは暫く何も言わなかった。俺が言葉を促すように見やると、ミカは、

「愛ちゃんは死んだの？」

などと言った。それは大前提だろ！　と思ったが、こんなことで憤っていたら彼女とは話せないことに俺は気付き始めていた。

「自分で自分に免疫グロブリン製剤を注射したんだ。その副作用で溶血になった。それを知っていて隠していたんだから、聡美には罪はない——なあ、君は愛と仲が良かったんだろう？　腕の注射痕には気付かなかったのか？」

ミカは、ゆっくりと首を横に振った。

「私が知るわけないじゃない。そんなの」

「そうか——」

長袖を着ている分には、そんなものに気付くはずがない。秋葉輝彦はベッドで彼女の注射痕に気付いたのだ。

「良く分からないけど、あなたにとって良かったって話なんじゃないの？　記事も書けるし、前の奥さんも助けることができた」

そう——ミカの言う通りだ。この五日間で当初の目的は達成できたはずなのだ。そもそも最初は、聡美と縒りを戻すなんて発想はなかったのだから。そういう考えが頭に浮かんだのは、今さっきのことだ。聡美に婚約者がいると知ったからだ。つまり失敗して初めて、そういう動機が存在することに俺は気付いた訳だ。もし聡美に婚約者がいることを知らないままだったら、俺は今頃、中野のアパートで、愛をろくでもない人間と読者に印象づけるような記事を必死に書いていただろう。

「人間ってのはそんな単純な生き物じゃない。邪念も入るし、よけいな期待もしてしまう」

「邪念って何？」

「だから、聡美と縒りを戻せたかもしれない、という邪《よこしま》な考えのことだよ」

「邪ってどういう意味？」

俺は小さくため息をついた。

「帰ったら辞書でも引けよ。子供みたいな質問は止めてくれ」

するとミカはヘラヘラと笑いながら、

「だって私、子供だもん」

などと言った。ピーター・パン症候群という言葉を俺は思い出した。いつまで経っても大人になりきれない男のことをそう言うが、女で同じような人間がいても決して不思議ではない。

「確かに子供だな。ビールが苦くて飲めないなんて言うし」

「こんな不味いの良く皆飲むわね」

「君も大人になれば分かるよ」

と俺はミカに話を合わせた。

「――そうか愛ちゃん、死んじゃったんだ」

などと彼女は言った。

「いつか私をこの街から連れ出してくれるって、そう愛ちゃんは言っていたのに」

どういう意味で言っているのだろう。まさか本当に今の今まで愛の死を知らなかったとは考えられない。一昨日、それについては散々話したではないか。それでなくともミカは孝次と親密なはずだ。孝次の口から愛の死はとっくの昔に語られていただろうに。

その時、耳慣れない着信音が鳴り響いた。ミカのものだった。彼女は、ジーンズのポケットから折りたたみの携帯を出して、開いた。着信音は鳴り止んだが、しかし彼女は電話に出ることなく、再び携帯電話を閉じた。保留にしたのだろう。

「出なくていいのか？」

「いいわよ。ちょっと帰りが遅くなっただけで、ぎゃあぎゃあうるさいんだから」

彼女の両親だろう。実家に暮らしていると言っていた。

「門限は何時だ？」

「門限？　そんなものないわよ」

俺は肩をすくめた。いくら子供っぽくても、三十過ぎの大人の女であることを、俺は思い出した。

「子供だからあると思ったよ」

と俺は冗談を言った。

結局、俺は生ビールを数杯飲み干し、ミカはカシスオレンジをお代わりした。楽しかった。俺だって女の子——愛の同級生だから三十歳だが——と話して楽しいという男としての普通の感情はあるし、酔うと聡美に良いように利用されたという恨みつらみも薄れてきた。だが取りあえず今回の仕事のあれこれを、今だけは考えなくて良いということが一番大きいだろう。もちろんまだ原稿書きは残っているのだが、猶予は明日と明後日の二日ある。記事を書くには十分だ。

「今日は、ありがとうな。付き合ってくれて」

俺はそう言って立ち上がった。

「もう行くの？」

「散々食べて飲んだだろ？　記事を書く時間はあるが、二日酔いになって倒れでもしたらヤバい」

ハイハイ、と生返事をし、ミカはテーブルに両手をついてゆっくりと立ち上がった。

「大丈夫か？」

「大丈夫よ、このくらい――おっとっとっと」

ミカは立ち上がるのに失敗したらしく、再び椅子にドスンと座り込んだ。

「大丈夫じゃないじゃないか。カシスオレンジ二杯でそんなに酔うなんて、やっぱり子供だな」

「馬鹿にしないで」

ミカは、再びテーブルに手をついて、今度は立ち上がることに成功した。そしてジージャンのポケットから二つ折りにされた千円札の束を取り出した。どうやら財布は持たない主義のようだ。

「いくら？」

「いや、いい。俺が誘ったんだから」

「いいわよ、払うわよ――」

そう、今にも倒れ込みそうなフラフラとした仕草で、新山ミカは札の束を広げた。

その時、札の間からカードほどの大きさの白い紙片が、ヒラヒラとテーブルの上に落ちた。

名刺かと思ったが、手書きで何か書かれているようだ。しかし目を細めてその文章を読み取るより先に、ミカはさっと紙片を拾い上げた。

そしてマジマジと見つめ、

「ふんっ」

と鼻で笑った。

「何だ？　それ」

「あの人たちからのお小言よ」

「あの人たち？　両親か？」

「そうよ」

何が書いてあるのだろうと興味を抱いたが、詮索するのは止めようと思った。もう取材は終わったのだ。ただそのカードが、屈託のないように見えるミカにも、両親との間に何らかのイザコザがあるのだろうな、と想像させ、俺は複雑な気持になった。

お札をポケットにしまえ、と促してから、俺はレジで会計を済ませた。ミカは足取りのおぼつかない様子でこちらにやって来る。

「おい、本当に大丈夫か？」

「大丈夫、大丈夫だから——」

口ではそう言いつつも、ミカは俺の身体に撓《しな》垂れ掛かる。ミカを支えるようにして店を出た。駅前を行き交う人々は、そんな俺たちをいったいどんな関係なんだろう、と言わんばかりに一瞥するが、かかわり合いになりたくないのか、すぐに視線を逸らす。

「家はどこだ？　送るよ」

その俺の言葉にミカはケラケラと笑った。

「銀ちゃん、送り狼になるつもり？」

「何言ってるんだ、実家暮らしだろ？　歩いて行けるか？　それともタクシー拾うか？」

するとと彼女は俺から、ぱっと身体を離して、

「歩いて行けますよーだ」

そう子供っぽい台詞を吐いて、まるでスキップするかのように向こうに歩いて行った。通行人に身体がぶつかってもお構いなしだ。フラフラと車が行き交う大通りの方に歩いてゆくが、途中ではっと気付いたように向きを変える。危なっかしくて見ていられない。

俺は慌ててミカの後を追い、腕を摑んで、

「やっぱり、送って行くよ」

「やめてよ。あの人たち、私の友達を見ると良い顔をしないのよ」

「そりゃ悪い友達の影響で娘がゲームセンターなんかで遊んでいると思っているんだろう。家の前まで送るだけだ。挨拶もしないで帰る、それでいいだろう？」

これでミカが車に轢《ひ》かれでもしたら目も当てられない。酒を飲ませた俺の責任になる。しかし、まさかここまで弱いとは思いもしなかった。居酒屋ではなくファミレスにすれば良かったと、俺は心底後悔した。

ミカは嬉しそうに俺の腕に手を回した。

「銀ちゃんって男らしいのね」

「分かったからちゃんと歩いてくれ。家までの道は分かるんだろ？」

「馬鹿にしないでよ。あっ、こっちよ。こっちの道を歩くの」

「はいはい、仰せのままに」

駅前はまだ人が沢山いるが、少し駅から離れると人が少なくなるのは伊勢原と同じだった。ただ行き交う車の量は伊勢原より多いように思う。俺はもうシャッターを閉めた商店や、住宅や、郵便局の前を、ミカと寄り添いながら歩いた。

「いろは坂に住んでいるって言ってたな。こっちで良いのか？」

その俺の質問にミカは答えなかった。聡美のことを思い出した。付き合っていた頃は、こうして目黒の街を二人して歩いた。あの頃は二人どこまでも歩いて行けると思った。そして今回、俺は聡美の車で湘南や伊勢原に向かった。あの頃のように二人同じ目的で同じ場所に向かったのだ。だから取材が終わった後も、ずっと二人で一緒に歩けると思った。でもそれはただの幻想だった。やはり俺たちはもう終わっていたのだ。二度と元通りにはならない。

歩き続けると向こうに川が見えて来た。聡美と歩いた目黒川のことを何となく思い出した。だがミカは川に向かう前に立ち止まった。そして言った。

「ここよ。ここが私の家」

俺はミカの視線の方を見やった。そこはマンションのような建物の前だった。俺は一瞬、本当に彼女がここに住んでいると思った。でもすぐにそうではないことに気付く。建物の屋上に大きな看板が聳えていたからだ。

「待て、ここは不味い」

「何が不味いの？」

俺は立ち止まった。

「からかってなんかいないわよ。さあ早く中に入ろう！」

ミカは小走りに建物の入り口の中に姿を消した。俺は暫くその場所で立ち止まっていた。どうして良いか分からなかった。何の下心もなかった。なかったはずだ。服装はざっくばらんだし、何より子供っぽい。俺のタイプじゃない。聞き上手なのは良いと思ったが、それだけだ。

逡巡《しゅんじゅん》していると、向こうから声がした。

「銀ちゃん？　何してるの？　早くおいでよー！」

ミカなど無視して、そのまま駅に戻っても良かったはずだ。実際、身体はほとんど今来た道を戻りかけた。でもためらわれた。足取りのふらつくミカの姿が脳裏から離れない。今ここでミカと別れたら、それこそ別の男に襲われかねない。

俺は思い切って中に入った。ミカはフロントでしおらしく俺を待っていた。

「どうするつもりだ？」

「何が？」

「休憩か？　それとも泊まるのか？」

　ミカは微笑んだ。

「銀ちゃんが決めなよ」

　俺は適当な部屋のボタンを押し、休憩で、とフロントに告げた。とにかく部屋の中に入ればミカも満足するだろう。

　聡美と冗談で目黒川沿いのラブホテルに入った時の思い出が脳裏に蘇《よみがえ》る。まるでヨーロッパの古城然とした大仰なホテルだった。こういうホテルを利用するのは後ろめたい気持もあり、だからだろうか、ホテルの部屋にいる時はまるで世界に自分たち二人だけになったような気分がして、余計に深い思い出が築けたような気がする。

「さ！　早く行こう！」

　ミカは絡み付くように、俺の腕に手を回して来る。たったカシスオレンジ二杯でここまで酔うだろうかと改めて思う。もちろん体質があるから人それぞれなのは違いないが、しかし一昨日会った時も彼女はこんなふうに捕らえ所のない女だった。今の状態が普通であって欲しかった。俺はミカに誘われて、仕方がなくこんな場所にいるのだ。女に酒を飲ませてホテルに連れ込むような不名誉は願い下げだった。

　ダブルベッドがある以外は、これといって特徴のない、まるでビジネスホテルのような部屋だった。ラブホテルの取材も以前したことがあるが、一昔前は天井が鏡張りだったり、回転ベッドがあったりなど、まるで遊園地のような部屋も珍しくなかったが、近年はそのようなギミックは段々と影を潜め、女性が喜ぶようなセンスの良い部屋が主流だ。一流の建築デザイナーが設計したホテルも決して珍しくはない。だが今は、この部屋のような奇をてらっていないシンプルな部屋がありがたかった。俺にはそんな気はないのだから。

ミカは部屋に入った途端に、一目散にダブルベッドにダイブした。

「わー、凄い！　ふかふかだよ！」

俺はもう、そのミカの言動に呆れて言葉も出なかった。

「ねー、ヨットの絵があるよ！」

ミカが指差す先には、立派な額に入れられた絵が飾られていた。どうやらヨットハーバーを描いた絵のようだった。どうせ印刷だろう。

「私、海に行きたいなー。ねえ、銀ちゃん連れてってよ」

「ああ、また今度な」

と適当にあしらいつつ、電気ポットとカップがあったので、俺はティーバッグを開けて紅茶を淹《い》れることにした。

「これを飲んだら帰るぞ。終電を逃したくはないからな」

「帰るの？　泊まって行けば良いじゃない」

「休憩で入ったんだぞ。泊まれるもんか」

「フロントに電話して泊まりますって言えばいいじゃない」

「――そういう問題じゃないよ」

ミカはこういうホテルに行き慣れているのだろうか、と考えた。当然、行き慣れているだろう。だからこそ俺を連れ込んだのだ。

ミカはベッドに備え付けてある照明のボタンやダイヤルを弄《いじ》り始めた。部屋が暗くなったり明るくなったりして、せわしないことこの上ない。

「あんまり暗くするなよ」

その気になるから、という言葉を俺は飲み込んだ。

「銀ちゃん。私と泊まってよ。そうしたら訊きたいこと何でも教えてあげるわ」

「もう仕事は終わった。君に訊きたいことはないよ」

そう言うと、ミカはむっくりとベッドの上に起き上がった。

「じゃあ、もう私に会う必要もないってこと？」

「まあ、そういうことだな」

「嘘」

急に真顔になって、ミカは言った。

「あなたには私が必要なはずよ」

「何でだよ」

「だって私、銀ちゃんの話を聞いてあげたよ？」

俺は言葉に詰まった。見抜かれていた、そう思った。彼女に愚痴を零《こぼ》しているだけで、聡美に対する恨みつらみも少しは癒《い》えたことを。

「男の人はみんなそうよ。コーちゃんもそう。私の話なんて何一つ聞きやしない。その代わりに自分の話したいことだけ話す。私はそれを黙って聞いているだけ。それだけでコーちゃんは私に感謝した」

息子の洋は構ってくれず、また義娘の愛はあからさまな秘密を抱えている。確かにミカは孝次の愚痴を聞くだけの役割として存在し得たのだろう。しかし――。

「まさか、綿貫孝次ともここに来たのか？」

「綿貫孝次って誰？」

「誤摩化すなよ。コーちゃんだ」

「さあ、どうでしょうね」

孝次は俺にとってはほとんど老人だった。その老人がミカを蹂躙《じゅうりん》する光景を脳裏に思い浮かべた。息子夫婦と同年代のミカと仲良くなるのは、孝次にとってもそれなりに楽しかっただろう。そのまま一線を越えてしまっても決して不思議ではない。

しかしそれはないな、と俺は思った。もしそんなことがあったなら、孝次の口調からその事実を感じ取れるはずだ。自分から言い出すことも十分考えられる。彼はアパートを持つまでの成功者だが、どちらかというと豪放磊落《らいらく》なタイプのそれであり、決して権謀術数に長《た》けた人間ではないのではないか。言われるがままに、愛が免疫グロブリン製剤を自分で注射していたことを示す証拠のパソコンを俺に差し出したのだから。義娘の死は彼女自身にあるという明確な証拠を。

「私がそのコーちゃんって人に抱かれていたらどうなの？　嫉妬《しっと》する？」

「馬鹿なことを――」

俺は呟きながら、紅茶のカップをミカに差し出した。ミカはそれを両手で受け取り、ああ美味しい、と大げさに言った。俺も椅子に座って紅茶を飲んだ。何てことのないティーバッグの紅茶でも、確かに酒を飲んだ後には美味かった。

「そんな女のことなんか、忘れちゃいなよ」

「そんな女って誰だ？　聡美のことか？」

「うん、そんな名前だったかな」

「忘れられるか。今書いている記事の当事者だ」

「じゃあ、その記事を書いたら、忘れちゃいなよ」

「忘れられるか——前の奥さんだぞ」

「私は何でも忘れるわ。嫌な思い出も、良い思い出も。あなたのことも明日になれば忘れちゃうかも。だから生きて行けるのよ。人間には過去も未来も存在しないのよ。あるのは現在だけだもの」

「だからその時その時の気分で、いろんな男に抱かれるのか?」

「いろんな男じゃないわ。抱かれるのはあなただけよ——」

ミカは急にしおらしくなってそう言った。そして紅茶のカップを持ったままベッドを降りて、ゆっくりとこちらに近づいて来た。

何をする気だろうと考えた。そんなことは分かっているつもりだった。でも考えずにはいられなかった。ミカは紅茶のカップをテーブルに置いた。そして椅子に座っている俺の前に跪《ひざまず》くようにしてキスをして来た。拒否することはできたはずだった——いくらでも。でもできなかった。孝次が愛を失った寂しさをミカとゲームセンターで遊ぶことで埋めていたように、俺も聡美の代わりに彼女と口づけを交わした。ミカの唇を感じながらも、どうして彼女を抱いてはいけないのだろうと考えた。でも抱いてはいけない理由など一つもないのだ。

彼女は言動が子供のようなだけで、決して子供ではない。両親は彼女を心配しているのだろうが、もう良い歳をした男と女がお互いの意思で抱き合っているのに、何の問題があるのだろう？　ライターが取材の対象者と関係を持つのは不味い？　だが彼女は愛の小学校時代の同級生というだけだ。それに、もう取材はすべて終わった。

俺はミカのジージャンとジーンズを脱がせた。ジージャンの下は白いタンクトップだった。俺はそのふくよかな胸を揉《も》みしだいだ。ミカはブラジャーをしていなかった。タンクトップの上から指先がミカの乳首を擦《こす》る度、ミカは女の声を上げた。それが普段の子供のような彼女からは想像もつかない声だった。この瞬間、確かに俺は聡美のことを忘れた。ミカを抱え上げ、ベッドの上に放り投げた。そしてタンクトップをめくり上げた。少年のような格好で子供のような言動をしても、ミカは確かに女だった。俺は豊かなミカの胸に顔を埋めた。聡美のことを思い出し、目をつぶった。こうしているだけで過去に戻れるような気がした。世界で聡美と二人っきりだった、あの頃へ。

でも今は、ミカと二人だけ。

俺はゆっくりとミカの乳房を口に含んだ。ミカの乳首は、彼女のあえぎと共にたちまち硬くなった。

そのまま静かに、舌をミカの白い肌に滑らした。

そして、その時、彼女の身体に存在する、あるものに気付いた。

本当は、タンクトップをめくり上げた瞬間に、気付いても良かったのだ。でも部屋はミカが照明をいじったせいで薄暗かったし、なにより彼女の胸に気を取られてしまい、気付くのが僅かに遅れた。

もしかしたら、もう古い傷だから、ぱっと見には分からなくなっていたのかもしれない。

ミカの左胸の下、腹の左上辺りに、まるで脇腹を切り裂くようにして、一直線の傷跡があった。

そこは大野医師が自分の服をめくり上げて、羽鳥圭一に示した部分と、丁度同じ場所だった。

俺はゆっくりとミカから身体を離した。そしてそのままベッドから降りた。信じられない思いでミカを見つめながら、後ずさりした。

「何？　どうしたの？」

「——肺炎で瞳が死んだと言っているのは、羽鳥香苗だけだ。俺は裏を取らなかった」

ミカに話しているという意識はなかった。しかし口に出さずにはいられなかった。愛が秋葉輝彦に妹の話をしたかどうかは分からない。それでも、俺はもう少し彼に瞳のことを尋ねるべきだったのだ。秋葉でなくても、澤田敦子でも、馬場育子でもいい。チャンスはいくらでもあったのに、俺は瞳のことを訊くなど考えもしなかった。

「――だから愛はこの街に住むことにしたんだ。君と一緒にいるために」

そして洋と出会い、結婚し、溶血になり、死んだ。すべては妹への罪滅ぼしのために。

俺はミカをまっすぐに見つめて、今度こそミカと話すという明確な意思でもって、彼女に訊いた。

「君は綿貫愛の妹の、羽鳥瞳か？」

大野医師は羽鳥瞳が死んだと思っている様子だったが、それはアルツハイマーの羽鳥圭一の口から瞳という名前が頻繁に出て来るので、香苗が大野医師に瞳はもう死んだと嘘をついたのだろう。俺を騙したように。

誰かに似ていると思った。たった今、気付いた。ミカは羽鳥圭一に似ているのだ。それは羽鳥圭一と秋葉輝彦が似ていたように、単純に顔立ちが整った人間に共通項を見いだすといった、あやふやなものではない。二人が親子だからだ。

そう考えればすべて説明がつく。そもそも、越した街にたまたま小学校時代の同級生がいたなど、そんな偶然がありえるのだろうか。ミカに会うために愛がこの街にやって来たと考える方がよほど自然だ。ミカが愛の同級生というのも怪しくなる。どんなに仲の良い友達同士だからといって、一緒の街に住むという発想にまでは、なかなかならないのではないか。

もちろんそういうことが絶対にないとは言えない。だが何故ミカの身体には瞳と同じ手術をした痕があるのだろう——彼女こそが瞳だからだ。何故、彼女が新山ミカなる名前を名乗っているのかは分からないが、それ以外の答えなど俺は見いだせそうになかった。

「羽鳥瞳？　誰なの？」

　とミカは言った。

「君は綿貫愛の妹の瞳だ。そうじゃないのか？」

「私が愛ちゃんの妹？　何言っているの？　他の女と間違えてるんじゃない？」

　ミカは俺が何を言っているのか心底理解できない様子だった。その彼女の態度で、俺の確信も揺らぎ始めた。しらばっくれているようには見えなかったからだ。

「お姉さんが君とゲームセンターにいる時、偶然、綿貫孝次と出会った。君を隠し通しておきたかったお姉さんは、とっさに君を小学校時代の友人だと紹介した。当時、小学校時代の同級生の秋葉と不倫関係にあったから、そういう発想が出てきたんだろう」

　そう考えると、愛の小学校時代の卒業アルバムが終ぞ発見できなかった理由も説明できる。万が一卒業アルバムが孝次の目に触れるようなことがあれば、自分の嘘が発覚してしまう。だからどこかに隠したのだ。思い切って処分したのか、それが忍びないのであれば第三者の友人に預かってもらったのかもしれない。

そして彼女自身も秋葉と面識があったとしたら？　羽鳥圭一と香苗が再婚した時、愛と瞳の姉妹は小学生だったのだろう。姉の友達とも遊ぶようになったとしても何の不思議もない。だから俺は彼等三人が同級生だと勝手に勘違いしてしまったのだ。

「お姉さんが死んだ後も、君は綿貫孝次の前では新山ミカとして通した。知り合いだと言っても、たまにゲームセンターで遊ぶ仲に過ぎないんだろう。しかも孝次は愚痴をこぼす目的で君と会っていたから、君の正体などには関心がなかった」

「お姉さん？　お姉さんって誰なの？」

俺はミカに近づいた。ミカは手を伸ばして来たが、俺はその手を取りながら照明のダイヤルを回し、室内を明るくした。ミカの美しい四肢が露になった。唯一の瑕疵《かし》といってもいい、左脇腹の傷も。

聡美から脾臓摘出の手術の話を聞いた時は、特に何も思わなかった。だがミカの手術痕はかなりの大きさだ。二十センチはあるのではないか。痛々しかった。確かに、愛が内視鏡手術ではなく開腹手術を選択したことを、聡美が疑問に思う気持も分かった。この手術痕を見たら、誰だって、費用がかかろうが、多少のリスクがあろうが、内視鏡手術を選択するだろう。開腹手術を選択した結果、自分の身体にこれだけの傷が残ることを、愛が理解していなかったとは思えない。聡美にせよ、微に入り細を穿ち説明しただろう。それでも愛は、自分の身体に、このミカと同じ傷を刻むことを選んだのだ。何故ならこの傷は愛の手によって、ミカの身体に刻まれたからだ。

もちろん、脾臓摘出を狙って愛が自分に免疫グロブリン製剤を注射していた可能性はほぼない。それは聡美とも話し合って結論づけたことだ。あくまでも免疫グロブリン製剤の注射は、若年性アルツハイマーの治療、ないし予防が動機だ。だが結果自己免疫性溶血性貧血になり、その治療として脾臓摘出が必要となった時、愛は運命的なものを感じたかもしれない。それこそ神が自分に贖罪を求めているとでも感じたのではないか。開腹手術を選択しない理由はなかった。

「君はどうしてこの街に住んでいる？　誰と住んでいるんだ？　何故、お母さんと暮らしていない？」

「暮らしているわよ！　さっきから銀ちゃん、何を言っているの？」

まったく要領を得ない。あまりの話の嚙み合わなさに、俺は自分の方が間違っているのではないかと不安になった。

だが、決してそんなはずはないのだ。

俺は携帯電話を取り出して、馬場育子にかけた。

「誰に電話しているの？」

「――君の正体を証明してくれる人だよ」

と呟くと同時に馬場育子が電話に出た。

『はい？』

「先ほどはお電話ありがとうございます。桑原です。すいません、卒業アルバムの件ですが――」

『――必要になりましたか？』

「はい、実はそうなんです。申し訳ありませんが、アルバム、今、お手元にありますか？」

『はいはい、今目の前にありますよ』

「申し訳ありませんが、そのアルバムに、新山ミカ、という生徒の写真は載っていますか？いえ、写真を確認する必要はありません。名簿を見て、新山ミカ、という名前が載っているかどうかを知りたいんです」

『新山ミカ？　どなたですか？』

俺はその質問には答えず、ただ、お願いします、とだけ言った。

『新山ミカ、新山ミカ、新山ミカ――』

馬場育子がすべてのクラスの名簿をチェックするのには、そう時間はかからなかった。

『ありませんよ。その方の名前は』

「失礼ですが、それは確かに愛さんと麻衣さんの小学校時代のアルバムですか？」

たとえ麻衣に兄弟姉妹がいたとしても、自分の娘の卒業アルバムを間違えるとは思えないが、念のため訊いてみた。

『ええ、そうですよ。ちゃんと麻衣の名前も、愛さんの名前もあります。でも新山ミカさんという名前はありません』

「そうですか。ありがとうございました」

丁重に礼を言って電話を切り、俺はミカに向き直った。

「愛と同年度の卒業アルバムを持っている人に確認した。君の名前は、卒業アルバムには載っていない。当然だ。君は愛の同級生ではなく、愛の妹なんだから」

ミカは黙っていた。黙して語らないというより、俺が何を言っているのかまったく分かっていない様子だった。

「じゃあ訊く。君のその身体の傷は、何の痕だ？」

「これは事故の傷よ」

「事故というのは、愛が起こした追突事故のことだろう。お姉さんは君を攫おうとした。君が父親の羽鳥圭一に虐待を受けていたからだ」

「羽鳥圭一？　誰？」

「湘南に入院している。アルツハイマーで――」

はっとした。アルツハイマーという言葉が脳裏を過った。

そもそも、分からないのは、何故愛がアルツハイマーを恐れているのかだ。若年性アルツハイマーは遺伝性の傾向が強いから、羽鳥圭一と直接の血の繋がりのない愛がアルツハイマーを恐れる理由はないはずだ。

でも、瞳は違う。彼女は羽鳥圭一と血の繋がりがあるのだ。

まさか、そんな――聡美も二十代や三十代のアルツハイマーの患者の存在は、論文を書いて学会に発表できるレベルだと言っていた。だがいないとは言い切れないはずだ。医学に絶対はないのだから。

俺は床に落ちている、先ほど俺が脱がしたミカのジージャンを手に取った。そして胸ポケットをまさぐった。

「待って――」

ミカは俺を制止しようと声を上げたが、ベッドから降りてジージャンを奪い返すようなことまではしなかった。ジージャンの胸ポケットの中には先ほど居酒屋で彼女が出しかけた、折り畳まれた数枚の千円札があった。

俺はゆっくりと、その千円札を開いた。彼女が居酒屋で落として拾い上げたカードが、そこにはあった。カードには、持ち主が認知症である旨と、もし保護されるようなことがあったら、以下の電話番号まで連絡してくれと書かれていた。

　俺は大きなため息をついた。俺は顧客が認知症だと気付かずに株を売りつけ、その責任をとって会社をクビになった。あんな失敗は二度と繰り返さないと心に誓ったが、そんな誓いは何の意味もなかった。ミカが認知症であることに気付かずに、いけしゃあしゃあと彼女と一緒にホテルにまで入ったのだから。

「このカードをコーちゃんには見せたのか？」

「誰にも見せないわ。このカードを見ると、みんなあの人たちを呼ぶのよ。そして私は連れ戻される。どうして？　私は自由に好きな所に行っちゃいけないって言うの？」

「君は特別だからだ。だから君は大事にされている。自由を奪った訳じゃない」

　ミカの認知症のレベルがどの程度のものかは分からない。ただ家を抜け出して、駅前のゲームセンターに行き、そしてまた家に帰ることはできるのだろう。もちろん彼女を現在保護しているこの番号の持ち主は心配でならないだろうが。

「ひょっとしたら、君がゲームセンターに足しげく通うようになったきっかけは、その人たちに勧められたからか？」

　ゲームセンターのゲームが、認知症の予防や、リハビリとして注目されているのは良く知られているところだ。もしかしたら易々と彼女がRANK Aのスコアを叩き出せるということは、アルツハイマーが改善、あるいはその進行が止まっている前兆なのかもしれない。

「愛ちゃんに連れて来られたのよ。あそこに行くと、頭の体操にも身体の運動にもなるって」

俺は跪き、ミカと目線を合わせて言った。

「愛ちゃんというのは、君のお姉さんだ」

「お姉ちゃん？　嘘よ。だってあの人たちの子供は私一人だけだもの」

「きっと何か事情があるんだろう。とにかく、この人たちに連絡してみる」

「止めてって言っても、連絡するの？」

「ああ——俺にはその義務がある」

俺はミカのジージャンからミカの携帯電話も取り出した。初めて見た時はまるで子供向け携帯のようだと思ったが、本当にそうなのかもしれない。GPSがついているから、持たせておけば迷子になる心配はない。

だからか、と納得した。だから彼女は愛が死んだことを知らなかったのだ。何度説明しても、明日になれば忘れてしまうのだ。

だが明日になれば姉の死を忘れてしまうのなら、それは幸せなのかもしれない、と俺は思った。

もう仕事は終わった。愛の妹がアルツハイマーであることは本質的な問題ではない。もちろん、以前の俺なら、これで記事に厚みが出ると喜び勇んだだろう。だがもう聡美に協力する義理はなくなった。この街でひっそりと暮らしている彼女の秘密を暴きたてることはない。

俺は散乱している服を拾い上げ、再びミカに着せてやった。ミカはされるがままになっていた。

それからカードに書かれていた番号に連絡した。発信すると、新山信子とディスプレイに表示された。あなたの娘さんと一緒にいると告げると、ヒステリックな甲高い声で、今から迎えに行きます、と叫んで向こうから唐突に通話を切った。あの人たちに会いたくない、というミカの気持がほんの少しだけ分かった。


ホテルから少し離れた場所で、新山信子を待った。いっそのこと駅まで戻った方が誤解を招かずに済むかもしれないと思ったが、ホテルに入ったのは事実だし、相手はＧＰＳでミカの居所を把握しているだろうから、今更逃げ隠れしても仕方がない。

新山信子はすぐにやって来た。サンダルを突っかけ、まるで家事仕事の途中に抜け出して来たといった様相だった。俺を見ると、

「この度は娘がご迷惑をかけて申し訳ありません」

　と甲高い声で深々と頭を下げた。

「何も迷惑なんかかけてないよ！」

　とミカは怒鳴った。困惑した表情で信子はミカの顔を見た。彼女もミカの扱いに困っている様子だった。

　俺は向こうのホテルを見やり、

「ミカさんが中に入っていったから仕方なく私も追いかけましたが、間違いはありませんでした。それは信じてください」

　と言った。だが信子はそんなことにはまるで関心がなさそうだった。

「分かっています。良からぬ目的で娘に近づく男なら、決して連絡はしてくれないでしょうから」

　俺は唐突に質問した。

「あなたはミカさんのお母さんではありませんね？」

「――な」

　そう言って口をつぐんだ。なぜそれを？　と言いかけて黙ったんだな、と俺は勝手に解釈した。

「ミカさんの本名は羽鳥瞳。羽鳥圭一先生の娘さんです。違いますか？」

信子は顔面蒼白《そうはく》になっていた。

「あなたはミカさんとどういうご関係ですか？　何故、羽鳥先生の娘さんを引き取って育ててるんですか？」

「あの、失礼ですが、あなたは——」

俺は信子に自分の名刺を手渡した。

「桑原銀次郎と申します。ミカさん——瞳さんのお姉さんの愛さんが血栓症で亡くなった医療事故について調べている者です」

信子は俺のその言葉を聞いているのか、いないのか、俺の渡した名刺に視線を落としたまま、凍り付いたように動かない。

「昨日、羽鳥香苗さんが亡くなりました」

その言葉で、はっとしたように信子は顔を上げた。

「自殺です。もしかしたら私があちこち嗅ぎ回ったから自ら命を絶たれたのかもしれない。忸怩たる思いはあります。ただ、果たして自殺するほどか？　という疑問もあるんです。もしかしたらミカさんのことに関係しているのかもしれません。何かお心当たりはありますか？」

信子は、香苗さんは死んだの——とどこか人ごとのように呟いた。

そして言った。

「香苗さんは、あなたをミカに会わせたくなかったんでしょう。だから自ら命を絶った。そうすればミカの存在を永久に隠し通せると考えたのかもしれません。にもかかわらず、あなたはミカに辿り着いた。きっと有能な方なんでしょうね」

「いえ、そんな——」

ミカと出会い、彼女の正体が愛の妹の瞳であることに気付いたのは、ほとんど偶然のようなものなのだ。

「ずっと隠せるものとは思っていなかった——いつかあなたのような人が来ると思っていました」

香苗も同じことを言っていた。

「瞳をミカに仕立てて一緒に暮らしていることに、後ろめたい気持がないわけじゃありません。でも少なくとも、ミカと一緒に暮らす権利はあります」

「その権利というのは、どういう——」

信子は、俺の顔をしっかりと見つめて、言った。

「私は、羽鳥圭一の前妻です。ミカは——いえ、瞳は、私の実の娘です」

　はっとした。そうだ。瞳は羽鳥圭一の連れ子だったのだ。俺は間違っていた。先ほど彼女が何を言いかけたのかは分からないが、少なくとも、なぜそれを？　ではなかったのだろう。俺が見当違いのことを言ったから、何ですって？　とでも言いかけたのではないか。

　ミカは向こうで、ホテルの前の植え込みの木々の葉を、退屈そうにちぎっては投げている。

「よろしければお話を聞かせてもらえませんか。確かに私はライターですが、取材はもう終わりました。記事も半分はでき上がっています。あなた方の秘密を暴くようなことは一切しませんん」

「じゃあ、どうして話を聞きたいんですか？　あなたの仕事の役には立たないんでしょう？」

「それは――」

　言葉に詰まった。確かにその通りだったからだ。

　考えた末、俺はこう答えた。

「香苗さんが自らの命を賭《と》してでも、隠したかった秘密が知りたいからです」

「香苗さんが、死んでまで隠しておきたかったことを、どうして私があなたに話さなければならないんですか？」

　もっともな理屈だった。前妻と後妻という関係だが、恐らく二人はミカ――つまり瞳を通じた絆《きずな》のようなものがあったのだろう。それは愛を巻き込み、彼女を自己免疫性溶血性貧血に至らしめたのだ。

「私たちのことを知らないこの街に越して来て、今は上手くいっています。もちろん、こんなことをいつまでも続けていられるとは思いません。いつかは発覚するでしょう。でも世間様に瞳をミカだと偽って育てているからといって、それで例えば税金とか福祉の面で不正をしている訳では一切ありません。そういう意味では後ろめたいことはないんです」

「別にあなた方を告発しようと思っているのではありません。でも――知りたいんです、仕事とは関係なしに。ここまで首を突っ込んだのだから、最後まで見届けたい」

信子は迷いに満ちた目で俺を見やった。そして数秒間の沈黙の後、こう言った。

「調べるのは勝手です。自然に明らかになる部分もあるでしょう。それで私たちの秘密が暴かれたら、それはもう仕方のないことです。だけど、私が手を貸す訳にはいきません。あなたは私に連絡してくれました。信用できる方なんだろうと思います。私の話をオフレコで聞いてくれるというのであれば、そうなのでしょう。でもだからといって、私がミカのことをペラペラ喋ったら、亡くなった香苗さんに申し訳ありません。だからそれはできません」

そう信子は断言した。香苗が自殺した事実を告げたのは失敗だったか、と俺は思った。だがこの期に及んで、孝次を騙したように、彼女を騙してまで真実を暴きたくはないと思った。

もうこれは仕事とは無関係だ。だからこそフェアでいたいと思った。彼女が話したくないのであれば、それはもう仕方のないことだ。

「何かお話ししたいことがあれば、いつでもその名刺の番号に連絡してください」

と俺は言った。

「分かりました。今日は本当にありがとうございました」

と信子はおざなりに言った。彼女の方から俺に連絡することなど決してないだろう、と思った。

「さあ、おいで——ミカ」

退屈そうにしていたミカをなだめるようにして、信子は娘と共に歩き出した。ミカは不安そうにこちらを振り返った。俺はただそれを見送ることしかできなかった。

「銀ちゃん——」

ミカは呟いた。

「もう会えないの？」

俺はその言葉に否定も肯定もしなかった。先ほど目にした、ミカの豊かな乳房が、痛々しい手術の痕が、目に焼き付いて離れなかった。彼女の人生を見届けたいと強く思った。誰と、どんなふうに彼女はその生涯を過ごすのだろう。彼女の携帯には俺の番号が登録されているはずだ。明日目覚めても、彼女が俺のことを覚えていたら、きっと連絡してくるだろう。もし連絡がなかったらそれきり、俺と彼女は別々の人生を歩んでゆく。

だから、連絡があればいいな、と思った。

それから中野に戻った。アパートに戻ると、そのままベッドに倒れ込んだ。何も考えたくなかった。だけど思考を止めることはできない。俺にできるのはただ、泥のように眠ることだけ。

翌朝、起きると、すぐに俺は記事を書き始めた。羽鳥圭一と直接血の繋がりがない愛がどうしてそこまでアルツハイマーを恐れたのかは分からずじまいだったが、どうとでも書きようはあった。病気を恐れることに理由は必要ない。重要なのは愛が免疫グロブリン製剤を輸入し、静脈注射したことだ。たとえ他が釈然としなくても、その事実だけで聡美の潔白は証明できる。

もちろん、聡美と縒りを戻せるかもしれないというモチベーションが意味をなさなくなった今、果たして自分の書いている記事が、良いものなのか悪いものなのかを客観的に判断できなくなっていることは否定できない。要は惰性で仕事をしてしまっているかもしれない、ということだ。仕方がない。本当はもうこんな仕事は投げ出したい。だが中田の手前、それはできない。だから記事を書く。それだけのことだ。

しかしそれでも午後には書き終え、ざっと推敲してから中田にメールで送った。

中田の返事はその日の内に返って来た。缶ビールを飲みながら夕食のインスタントラーメンを啜《すす》っていると、携帯電話が彼からの着信を伝えた。電話に出ると挨拶もそこそこに中田は捲《まく》し立てた。

『俺は銀ちゃんをライターとして信用しているからこの仕事を任せたんだが、いやあ期待通りの仕事をしてくれたよ』

「綿貫愛が免疫グロブリン製剤を注射していた動機が少し弱いと思ったんですが」

『いや、弱くはないだろう。アルツハイマーの治療に免疫グロブリン製剤が効果があるのは事実だろうし、またその副作用で溶血になるのも事実だろう。これで溶血の謎は奇麗に解けた。自分の父親と妹が同じ病になっているんだ。たとえ二人と血が繋がっていなくても自分も——と考えたとしても不思議じゃないよ』

そうだ。世間はきっとそう考える。真実よりも、世間がどう考えるかの方が重要だ。この記事は世間を煽動《せんどう》し、必ずや聡美の濡れ衣は晴らされるだろう。俺の仕事はこれで終わった。

中田は、さして喜んでいるふうではない俺の態度を訝しんだようだが、疲れていると思ったのだろう、

『とにかく、お疲れさま。ゲラが出たらまた連絡するわ』

そう短く言って会話を切り上げた。

「はい、よろしくお願いします」

通話を終えてからも、俺は暫く携帯電話を玩んだ。電話帳から新山ミカの番号を呼び出し、暫く見つめたが発信することはなかった。彼女は今頃どうしているだろうと考えた。もちろん会おうと思えばいくらでも会えるのだが、そこまでする気は、もう俺にはなかった。何れにせよ、タイムリミットの一日を残し、この仕事はもう俺の手を離れた。以前ならば、締め切りギリギリまで取材を続けたり記事の推敲をしたりするのが常なのだが、今回に限ってはそんな気力もなかった。

神は七日で世界を作ったという。だが実質は六日で、最後の七日目は安息日だ。それが日曜日の由来でもある。六日間で聡美の潔白を証明し、最後の一日、俺は休んだ。

6

それでも、今回の取材が完全に俺の頭を離れることはなかった。記事としては完成したものの、まだ納得できない部分が少なくなかったからだ。

やはり一番の疑問は、何故、愛がそこまでして免疫グロブリン製剤を静脈注射し続けたのか？　という点だろう。確かに、溶血は命にかかわるほどの病気ではないとされている。脾臓を摘出すれば、溶血も治まるだろう。つまり愛は、免疫グロブリン製剤を静脈注射し続けるために、取りあえず溶血の治療を受けたとも言えるのだ。しかも彼女はそのことを主治医の聡美に一切説明しなかった。これはよほどのことではないか。その意志はいったいどこから出て来たのだろう。結局、その意志の強さが、溶血の治療から脾臓の摘出、結果として血小板の数値が上昇し血栓症で死亡、という悲劇をもたらしたのだ。

だが愛の動機を突き止めるために、またあちこち取材に出向くという気力はもう俺にはなかった。仮に、また聖蹟桜ヶ丘や伊勢原や湘南を行き来して真相を明るみに出したとしても、好奇心を満たす以外に得るものはない。もう仕事は終わったのだから。

それに一つの仕事を終えたからといって、いつまでも休んでいられるほどフリーライターは暇ではないのだ。

次に俺に舞い込んで来た仕事は、横浜みなとみらいの観光スポットを紹介するという、自己免疫性溶血性貧血の謎を解き明かすという探偵じみたものに比べれば、遥かに容易いものだった。俺は機械的に仕事をこなしたが、潮の香りが漂う港町の観光スポットを取材して回ると、殺伐とした心もずいぶんと癒された。あの子供のようなミカと、この街でデートしたら楽しいだろうな、という気持が一瞬心を過ったが、考えないようにした。

二週間後、発売された週刊標榜に俺の記事が掲載された。一部ではセンセーショナルな話題を呼んだと聞く。そしてそれを境に、愛の医療訴訟の報道がぴたりと止んだ。愛は自分自身の落ち度によって溶血になった。自業自得のようなものだ。しかも彼女はその事実を黙って治療を受けていたのだから、聡美に何の落ち度もないことは明白だった。

そして綿貫洋は小山田総合病院と聡美への提訴を取り下げた。週刊標榜の売り上げを伸ばし、聡美の無実の罪を晴らすという当初の二つの目的は、これで達成されたことになる。

しかし俺は少しも嬉しくなかった。むしろ今回の仕事の成功は、俺は愛する者と歩むことを許されず、ただひたすら仕事をして生きるしかないことを実感させるものでしかなかった。

週刊標榜のライバル誌の週刊クレールは、俺の記事に対する反証記事を掲載した。綿貫家への取材の際に芋羊羹を持って行った雑誌だ。愛の母親が自殺したことをあげつらい、週刊標榜の過剰な取材が彼女を殺したと告発した。また、個人で高価な薬を輸入してまでアルツハイマーを予防するなんて普通は行わないだろうとも主張した。アルツハイマーが怖いなら、まず医者に行くはずだと。まったくもってその通りだった。

訴えは取り下げられたとは言え、その週刊クレールの記事によって、再び聡美へのバッシングが起こらないとも限らない。しかし俺にはもう関係ないことだった。記事を書いたことで名前を売り、週刊標榜の売り上げも伸ばした。今後、聡美がどうなろうともう俺の関与するところではない。思った通り、中田は俺に、週刊クレールへの反証記事を書いてはくれないか、と持ちかけて来たが、少し考えさせてくださいと言葉を濁した。これ以上聡美を救う義理はないということもあるが、別の仕事で手がいっぱいだったからだ。

それはあの、村沢太郎が犯人を弁護した、五年前に起こった横浜の通り魔殺人の取材だった。そんな昔の事件が今また脚光を浴びたのは、遂に犯人の死刑が執行されたからだ。思い出したように世間では死刑制度の是非を問う議論が活発となった。俺も駆り出され、ネットのとある有料ニュースサイトで記事を書くことになった。五年前の事件の取材、そして有識者へのインタビューだ。

もちろん、それはもう終わった事件であり、愛の溶血の謎を解き明かすような労力を使うものではなかった。俺にとっては死刑囚が死刑になっただけという話題であり、テーマが死刑制度の是非というシリアスなものであっても、ライターに個人の思想はいらないので、ただ機械的に仕事をこなした。みなとみらいの観光名所の記事を書くのと同じだった。

ただ、一つ興味深いこともあった。それは被害者の名前だった。通り魔殺人の犠牲となった四人の男女の中に、俺は『新山ミカ』という名前を見つけたのだ。彼女は事件当時二十四歳の大学院生だったという。

羽鳥圭一と離婚した後、新山信子は再婚し、子供を儲けた。それがミカだ。だがミカは通り魔によって命を落としてしまう。夫婦は深い悲しみに暮れただろう。だがそんな折り、羽鳥香苗に瞳を引き取ってもらえないかという連絡が届く。聖蹟桜ヶ丘で信子は、この街に越して来た、と言っていた。通り魔殺人で娘を亡くす以前は別の街で暮らしていたのだろう。当然、近所の人間たちは、夫婦が娘を亡くしたことを知っている。だから引っ越したのだ

——瞳をミカとして育てるために。

思えば、愛の卒業アルバムを探していた時、ミカは、どっかに行っちゃったから、もう残ってないわ、と俺に答えた。もちろん認知症の彼女の証言を鵜呑みにする訳にはいかないし、彼女がどこまで俺の話を分かっていたかも疑わしい。ミカの言っている卒業アルバムとは瞳のアルバムのことだろうが、そのアルバムを見れば、ミカと瞳が同一人物であることにすぐに気付くことができたはずだ。写真が載っているのだから。

しかしどうであれ、ミカの線から卒業アルバムを手に入れることは不可能だったかもしれない。信子は瞳をミカとして育てるために、瞳と本物のミカが別人だと断定できる写真の類い、瞳のアルバムにせよ、ミカのアルバムにせよ、決して表に出さなかったはずだ。他人には、特に俺のようなマスコミには隠し通すに違いない。

何故、彼等はそこまでして、瞳を隠そうとしたのだろう。いったい何のために？

聡美から連絡が来たのは、そんな折りだった。

正直、また彼女の声を聞くとは想像もしていなかった。もう二度と彼女と会うこともないと思っていたのに。聡美が憎かった。忘れようとしているのに、何故また俺の心をかき乱そうとするのだろう。

「どうした?」

『記事を読んだわ——ありがとう。私、また小山田総合病院で働けることになりそうよ。そのことをあなたに伝えたくて』

「そうか、それは良かったな」

そして結婚し、新しい家庭を築くのだろう。俺にはもう関係のないことだ。

『後もう一つ、話しておきたいことがあるの』

「何だ?」

聡美からの電話に、俺はほとんど気乗りしておらず、早く終わってくれないかな、とすら思っていた。しかし次に聡美が発した言葉に、俺の心は揺り動かされた。

『綿貫さんが免疫グロブリン製剤を静脈注射していた理由が、分かったような気がする。証拠は何もないけど、これ以外考えられないから』

「分かった？　どうして？」

『羽鳥圭一先生がどんな手法でアルツハイマーの治療に取り組んでいたのか論文を当たっていたの。羽鳥圭一先生は、もう二十年以上前からアルツハイマーの治療に免疫グロブリン製剤の投与が有効だと主張していたわ。でも結局その治療法が確立しなかったのは、どういうメカニズムでβアミロイドを減少させてアルツハイマーの症状を改善するのか分からなかったからだと思う』

「結局今も分からずじまいなんだろう？　やはり免疫グロブリンとβアミロイドの減少の間には因果関係はなかったんじゃないか？」

『でも明らかに改善の症状を示した臨床結果もあるのよ。要するに因果関係が不明な上に、個人差が大き過ぎて、実用的な治療には至っていない』

「羽鳥圭一は夢破れて、自分がアルツハイマーに倒れたということか」

『ねえ、銀次郎さん』

聡美が結婚していた時のように俺の名前を呼んだ。俺は聡美がまだ俺を愛していると錯覚した。違う、もう聡美は俺から心が離れたのだ。俺はそう自分に言い聞かせる。

『これは私の推測よ。羽鳥先生はどうしても免疫グロブリン製剤でアルツハイマーが治療できることを証明したかったんじゃないかしら。日本にはアルツハイマーの患者さんが百万人いると言われているわ。溶血よりも圧倒的に数が多く、また深刻な病気よ。にもかかわらず、未だに確実な治療方法が見つかっていない。羽鳥先生のお父上も、若くしてアルツハイマーに苦しんでいたと言うわ。だからこそ羽鳥先生はどうしてもアルツハイマーという病を根絶したかった。でも銀次郎さんが言う通り、自分が若年性アルツハイマーを発症してしまった。恐らく早い段階でその前兆のようなものに気付いたんでしょう。羽鳥先生が自分自身で治験した可能性も少なくないと思う』

「まあ――そうだな。でも羽鳥圭一は溶血にはならなかったのだろうか」

『だって羽鳥先生は医師だもの。溶血の副作用が出ないように、十分注意していたと思うわ』

溶血の症状が出たこと自体が、医師ではない愛が自ら免疫グロブリン製剤を注射したという証明――そう聡美は言いたいのだろうか。

『自分にお父上と同じアルツハイマーの症状が出始めた――。なら、実の娘の瞳さんにも同じ症状が出たとしても不思議じゃない。少なくとも羽鳥先生はそう考えた』

俺はミカを思い出した。結局、彼女の存在は記事では伏せたから、彼女と母親の信子の身に何か不都合が起こる可能性は低いだろう。確かに若年性アルツハイマーには遺伝性の要素が強いという。しかしだからといって、親子三代で発病するケースなどあるのだろうか。アルツハイマーの患者が百万人もいるのなら、まったくないこともないのだろう。だが――。

　免疫グロブリンを静脈注射した結果、愛は脾臓を失うことになった。自分が妹から奪った脾臓を。そこに彼女が運命的なものを感じたのは想像に難くない。ならば祖父と、父と、娘が、皆同じアルツハイマーという病に苦しむのもまた運命。こんな皮肉な運命はない。

『羽鳥先生はどうしても瞳さんをアルツハイマーにさせたくなかったんだと思う。そのために瞳さんも治験の対象にしたんじゃないかしら』

「だが当時の瞳はまだ学生だろう。交通事故で脾臓を失った時も中学生だった。それほどの若さでアルツハイマーなど、いくらなんでも――」

『そうね。その時はまだ瞳さんはアルツハイマーを発症していなかったと思う。羽鳥先生は、まだアルツハイマーを発症する前から免疫グロブリン製剤を投与し続け、アルツハイマーを未然に防ごうとしたんじゃないかしら。そういう治験のデータはないわ。だって人体実験みたいなものだから。羽鳥先生はそれをやった』

「ちょっと待ってくれ。それで羽鳥瞳がアルツハイマーにならなかったとしよう。でもそれが長年免疫グロブリン製剤を投与していた結果なのか、それとも最初っからアルツハイマーになる素質を持っていなかったかどうかを、どうやって判別する？」

『素質はあったわ。自分の血の繋がった娘であるということで十分。その娘が若年性アルツハイマーを発病しなかったら、自分の考えが正しかった結果――羽鳥先生にとってはそういうことなのよ』

俺は聡美の知り得ない情報を持っている。それはもちろん、瞳がミカとして生きているということだ。よほどそのことを聡美に打ち明けようと思ったが、ためらわれた。ミカのことはできるだけ隠し通しておきたい。だからこそ記事にも書かなかったのだ。そっとしておきたいという以上に、自ら命を絶った羽鳥香苗に対する、それが罪滅ぼしのような気がした。

『香苗さんと再婚してからも、羽鳥先生は瞳さんへの免疫グロブリン製剤の注射を続けた。それは当然愛さんの知る所となった。子供の頃からずっと免疫グロブリン製剤を注射され続けて来た瞳さんは、もちろんそのやり方に反抗する気持はあったんでしょうけど、親に押し通されてほとんど服従するような気持になっていたんだと思う。でも綿貫さんは瞳さんが忍びなくてたまらなかった。もちろん必要ならば仕方がない。でも効果があるかどうか分からない注射を子供の頃から延々と打ち続けられるのは、もの凄いストレスよ』

「そうか――だから愛は瞳を攫ったんだな」

愛は秋葉輝彦に、車で瞳を連れ去ったのは、羽鳥圭一の虐待から助けるためだったと言っていた。秋葉はそれを性的虐待だと思っていたようだが、そうではなく免疫グロブリン製剤の注射のことだったのかもしれない。

『綿貫さんが非行に走ったのも、羽鳥先生が前の奥さんと離婚したのも、すべて瞳さんが遠因だと思う。アルツハイマーの予防というと聞こえは良いけど、要するに娘が将来、早い段階で認知症になると決めつけているってことでしょう？　しかも、その根拠は、羽鳥先生のお父上もアルツハイマーになったということ、そして若年性アルツハイマーは遺伝的傾向が強い、という通説だけよ。羽鳥先生の前の奥さんも、綿貫さんも、まるで羽鳥先生が瞳さんにアルツハイマーになって欲しい、と望んでいるように感じたんじゃないかしら』

羽鳥圭一は正しかった。彼の予想通り、瞳はアルツハイマーを発病したのだから。そしてそれは、子供の頃から続けていた免疫グロブリン製剤の静脈注射がまったく無駄であったことを意味している。

『香苗さんは、羽鳥先生が以前勤めていた病院の看護師だったらしいの。自分の親族にもアルツハイマーで苦しんでいた人がいるから、羽鳥先生にシンパシーのようなものを感じていたんだと思う。それで彼女も、羽鳥先生の自分の娘に対するアルツハイマーの臨床試験に理解を示し、結婚にまで至った。綿貫さんは——婚外子だったようよ。もちろん、だからどうとかは言わないわ。でも香苗さんは夫と綿貫さんの父親を求めていたんじゃないかしら。だから羽鳥先生との結婚のチャンスを逃すことはできなかった』

「しかし、発病するかどうかも分からないアルツハイマーのために、免疫グロブリン製剤を注射し続けるなんて――普通に考えれば、親の方が先に死ぬだろうから、その結果を見届けることもできないだろうし――」

『そうね。普通の考えじゃない。だから羽鳥先生はアルツハイマーに取り憑かれた男として、周囲の人たちから白い目で見られていたらしいわ』

非難する者も多かっただろう。きっと羽鳥圭一は厳しい意見を言われれば言われるほど、意固地になっていったのではないか。

その時になって、漸く俺は、羽鳥香苗や新山信子がミカの――つまり瞳の存在をなぜひた隠しに隠していたのか、朧げながらに分かり始めた。羽鳥圭一はアルツハイマーの治療方法として免疫グロブリン製剤の静脈注射を推奨していた。それも自分自身や、自分の娘を治験の対象にするほどの苛烈なものだ。結果として羽鳥圭一自身もアルツハイマーを発病してしまったが、それは予期されていたことだったのだろう。

問題は、娘の瞳だ。まだ幼い娘には当然アルツハイマーの症状は出ていなかった。にもかかわらず羽鳥圭一は、彼女が将来アルツハイマーを発病するのを恐れて、幼い頃から免疫グロブリン製剤を投与した。しかし結局、彼女はアルツハイマーになったのだ。それもあんなに若くして。香苗や信子が、どこまで羽鳥圭一の体面を気にしていたのかは分からない。だが彼女たちは、瞳の存在を隠すことを選んだ。何故ならアルツハイマーを発病した瞳は、羽鳥圭一の失敗の象徴だからだ。

免疫グロブリン製剤がアルツハイマーの治療の鍵であることは確かかもしれない。だが羽鳥圭一の失敗が明るみに出たら、その鍵の役割を否定することになる。アルツハイマーの研究は十年、いや何十年も遅れてしまうかもしれない。

だからこそ、香苗は自殺したのだ。俺が瞳を探し出すことを恐れて、自ら口を封じたのだ。羽鳥瞳――いや、新山ミカという羽鳥圭一の『失敗』を、ずっと聖蹟桜ヶ丘の街に隠すために。

「子供の頃から免疫グロブリン製剤を打ち続けたら、かえってそれがアルツハイマーの原因になってしまうことはないのか？」

聡美は数秒黙って、そして言った。

『もちろん、健康な患者さんに必要でない薬を投与するのは望ましいことじゃないわ。余計な副作用で病気になってしまう場合もある。綿貫さんはまさにそれで溶血になってしまった。だけどアルツハイマーはどうだろう。こういう言い方は語弊があるかもしれないけど、免疫グロブリン製剤の静注療法は比較的副作用が少ないとされている。もちろん血液製剤だから危険性はゼロではない。でも、前にも話したと思うけどＣＩＤＰの治療には免疫グロブリン製剤の大量静注が有効だけど、これは副作用が少ないからこそ可能な治療なのよ。免疫グロブリン製剤の副作用でアルツハイマーになるなんてことがもしあったら、論文を書いて学会で報告できるわ』

「その比喩《ひゆ》、前も聞いたな」

『つまり、それほどありえないってことよ』

　恐らく聡美が正しいのだろう。いささかやり過ぎの感はあったかもしれないが、羽鳥圭一は娘の瞳にアルツハイマーが発症するのを防ごうと努力した。だが失敗した。事実はそれだけだ。しかしその事実が明るみに出たら、羽鳥圭一のアルツハイマーを根絶するという情熱が、翻《ひるがえ》って瞳をアルツハイマーに至らしめた、と考える者も少なからず出てくるに違いない。俺は今までジャンルを問わず様々な記事を書いて来たから良く分かる。一般大衆は科学的な視点よりも、感覚や情念を優先するものだ。

「だが、それと愛が自分で免疫グロブリン製剤を注射していたこととは、どう繋がるんだ？」

『私は最初、綿貫さんが羽鳥先生の治療のために免疫グロブリン製剤を購入したと考えたわ。彼女も免疫グロブリン製剤がアルツハイマーの治療になるという羽鳥先生の考えを信じていたのかもしれない』

「だが免疫グロブリンの静脈注射をしていたのは、愛だぞ？　羽鳥圭一じゃない」

『そうね。私も愛さんが、直接羽鳥先生に免疫グロブリン製剤を打っていた可能性は低いと思う。医師でもない人間が、言ってみれば目分量で打つんだもの。だからこそ、愛さんは溶血の症状を引き起こしてしまった。もし羽鳥先生に溶血の症状が見られたら大野先生が気付かないはずはないわ』

「じゃあ――」

『これは私の推測よ。綿貫さんは羽鳥先生に免疫グロブリン製剤を打っていない。それどころか、自分自身にも打っていなかったんじゃないかな』

「何――？」

俺は自分の耳を疑った。

「そんなことがあるか。愛の溶血は、免疫グロブリン製剤の副作用だ。それが大前提だろう？　それに秋葉が見たという、愛の腕の注射の痕は――」

聡美はその俺の言葉を遮るように言った。

『腕には沢山の注射の痕があったという話だったわね。確かに慣れないうちは失敗するかもしれない。でもいくら不器用でも、どうして腕のあちこちに針を刺すの？　いくら素人でも静脈の場所ぐらい分かるはずよ。当てずっぽうに注射針を突き刺しても意味はないんだから』

「そういえば、そうだな。じゃあ――」

その時になって、ようやく俺は聡美が何を言いたいのかを理解した。

『そうよ。羽鳥先生が綿貫さんに免疫グロブリン製剤を注射したのよ。そう考えればすべて説明がつく』

俺は何も言えなかった。意外と言えば意外のような気もするし、当然と言えば当然のような気もした。

『もしもし？ 聞いてる？』

「――ああ、聞いてる。じゃあ、愛は端《はな》から羽鳥圭一に注射させるために免疫グロブリン製剤を輸入していたってことか？」

『多分、そうだと思う。綿貫さんにアルツハイマーを恐れる動機はないわ。むしろ彼女は、羽鳥先生の過剰なまでのアルツハイマーへの恐れを疎ましく思っていたはずだから。皆が期待をかけた免疫グロブリン製剤によるアルツハイマーの治療も、綿貫さんにとっては知ったことじゃなかったんでしょう』

「じゃあ、どうして彼女は――」

『思うんだけど、綿貫さんは羽鳥先生のことが好きだったんじゃないかな。父親としてではなく、男として』

「そうだな――俺もそれは考えた」

二人の間には血の繫がりがないのだ。顔立ちも良い。それは似ている顔立ちの秋葉と不倫関係を続けていたことからも窺える。有り体に言うと、好きなタイプだったのだろう。

『でも、羽鳥先生は実の娘の瞳さんにつきっきりだった。香苗さんもその羽鳥先生のやり方を承諾した上で結婚した所もあるから、別に文句は言わなかったんでしょう。だけど綿貫さんは違った』

「もしかしたら――その羽鳥圭一の態度も、愛が彼に憧れる一つの原因だったのかもしれないな。親が厳しかったり、過干渉だったりすると、疎ましいばかりで憧れるなんて思いもしないだろう。でも多分、羽鳥圭一は愛には無関心だったんだろう。何となくそんな気がする。父親とは名ばかりで、愛は他人の子供に過ぎなかった。だからこそ、愛は羽鳥圭一を大人の男として恋い焦がれ、瞳に嫉妬した」

『そうね――だから非行に走り、瞳さんを攫った。もしかしたら羽鳥先生から瞳さんを救い出すというよりも、憎い妹を恋する相手から引き離す、という思いの方が強かったのかもしれない。でもそれは失敗した。目的も計画もなかったから失敗するのが当然だったかもしれない。その結果、綿貫さんは瞳さんの脾臓を奪い、羽鳥先生の逆鱗《げきりん》に触れ、家を飛び出した。そして――再会した羽鳥先生はアルツハイマーになっていた。だから、彼女は羽鳥先生の病気と立ち向かおうとした』

「アルツハイマーと立ち向かう？　でも、どうやって――」

『いい？　私は綿貫さんの注射の痕には気付かなかった。そんな、いくらなんでも腕のあちこちに注射針の痕があったとしたら、私だって気付くわ』

「でも、気付かなかった――」

『そう。明らかに羽鳥先生は上達していたのよ』

俺はミカのことを思い出した。二回会っただけだが、一度目はゲームセンターで彼女は『RANK A』を叩き出し、二度目は『RANK A＋』だ。ミカは足しげくゲームセンターに通い、少しずつ上達していったのだろう。もちろん、それがアルツハイマーの改善の兆し、とまでは言えないかもしれないが、希望の光であることは確かかもしれない。

「じゃあ――愛は、羽鳥圭一のリハビリのために、自らの身体を犠牲にしたってことか？」

『ええ。羽鳥先生が現役時代に行っていた治療を再現させれば、もしかしたらアルツハイマーが改善すると考えたのかもしれない』

羽鳥圭一は、若い女性を皆、自分の娘の瞳と認識している。それが愛には悔しくてならなかった。アルツハイマーに蝕まれてもなお、彼は瞳のことは忘れずに覚えているのだ。自分の存在はこれっぽっちも認識していないにもかかわらず。だから瞳に成り代わろうとした。自分の脾臓の傷がなくても、免疫グロブリンの静脈注射をさせれば、自分を瞳だと思ってくれるのではないか。そして愛してくれるのではないか——。結果的に脾臓摘出に至ってしまった時、恐らく愛は歓喜しただろう。これで正真正銘、羽鳥圭一の世界において自分は瞳になれるのだから。

もしかしたら——これは完全な俺の推測だ。羽鳥圭一と瞳の間には、本当に性的虐待のようなものがあったのではないか。羨望と嫌悪とは表裏一体だ。その現場を目撃したからこそ、愛は瞳を攫ったのではないか。本当に事故だったかも疑わしい。もしかしたら彼女は瞳と一緒に死ぬつもりで、車を走らせていたのではないか。

愛は瞳の立場に自分が成り代わりたかった。そうでなければならないと信じた。何故なら瞳は羽鳥圭一と血の繋がりがあるからだ。羽鳥圭一に抱かれる資格はない。でも自分は違う。羽鳥圭一と瞳との異常な行為は、瞳の立場に自分が入れ替わることによって正常になる。だからこそ自分が瞳にならなければならないのだ——愛はそう考えたのかもしれない。

「だが、そんなことがあるのか？　医者時代の行為を繰り返させれば、認知症が改善されるなんて——」

『さあ、どうでしょうね。でも少なくとも、静脈注射の腕前は元に戻った』

「しかし——良く愛はそんな気になったな。苦労してわざわざ高価な免疫グロブリン製剤を輸入してまで、そんなことをするなんて——治療するにせよ、瞳の立場に成り代わるにせよ、もっと他に上手い方法がありそうなものだが」

『そりゃ、最初は普通に羽鳥先生のお見舞いに行くだけだったんでしょう。でも会う度に羽鳥先生の心の中には瞳さんしかいないという事実を思い知らされる。羽鳥先生に愛されるためには自分が瞳さんの立場に成り代わるしかない。でも羽鳥先生は脾臓摘出の傷跡がある女性しか自分の娘とは認めない。だからせめて――瞳さんと同じ治療を受けることにしたんだと思う。いい？　瞳さんには何の症状も出ていなかったのよ？　にもかかわらず羽鳥先生は彼女に免疫グロブリン製剤を投与し続けた。それで瞳さんに副作用が出たということもない。危険性はないと判断したんだと思う。もちろん投与は目分量だから、それで溶血になってしまったんだけど――』

雪玉が転がるように、愛の瞳ごっこはエスカレートし、免疫グロブリン製剤の購入、果ては脾臓摘出まで突き進んだ。もし今も尚、愛が生きていたら――羽鳥圭一と肉体関係を持つまでに至ったのではないか。黄疸で黄色くなった愛の顔を思い出す。あそこまでなっても尚、彼女は羽鳥圭一による『治療』を受け続けた。本来は必要のないはずの脾臓摘出まで行った。すべては羽鳥圭一を愛するがゆえに。その先に何が待っているのかは、自明だ――。

いや、違う。

俺は聡美のペースに乗せられて、どんどん事実を週刊誌のゴシップ記事として取り上げやすいように歪曲して考えている。確かに愛の妹と実の父親の間に肉体関係があったなどという記事を掲載したら少なからず話題になるだろう。つまり商売の発想だ。

だがそういう考えは一先ず置いて冷静に考えなければ、真実を見誤る恐れがある。愛は、母親の香苗を問い詰めて居場所を聞き出したのだろうか、聖蹟桜ヶ丘に住む妹の瞳を見つけ出した。そして自らも妹の住む街に越し、洋と出会い、そして結婚し、綿貫姓になった。

そもそも何故、愛は瞳と再会しようとしたのだろうか？　羽鳥圭一との関係に嫉妬し、憎んでいたとしたら、会おうなどという発想は最初から出なかったのではないか。復讐？　いや、それは考え難い。瞳を攫ったのは、彼等が一つ屋根の下で暮らしていたからこそだ。ほとんど一家離散のような状態になってしまった今、瞳に危害を加える動機は愛にはないのだ。

羽鳥圭一に、瞳を会わせたかったのだ――そうに違いない。

単純なことなのだ。羽鳥圭一は瞳に会いたがっていた。それに嫉妬するような気持は、もう愛には残っていなかっただろう。ただあるのは、羽鳥圭一に対する哀れみと、グレて散々迷惑をかけた後ろめたさだ。もちろん香苗にも迷惑をかけただろうが、羽鳥圭一の場合、アルツハイマーになってしまったのだから、哀れむ気持は比べものにならないだろう。だから羽鳥圭一が望む人間に会わせたかったのだ。ただそれだけなのだ。

しかし聖蹟桜ヶ丘で再会した瞳も、アルツハイマーになってしまっていた。もしかしたら愛は、きちんと保護者の信子の許可を得てから妹と父親との再会を果たそうとしていたのかもしれない。もちろんそんなことを信子が許すはずもない。父親に会わせるなんて、何のために匿《かくま》っているのか分からなくなる。

だから愛は、自分が妹を演じることを選択したのだ。ただ父親を喜ばせたいがために。それから先は聡美の推論通りなのだろう。姉が父親を騙すために妹に成り済まし、過去に行っていた妹への治療を受ける。確かにそれだけ取り出してみれば異常なことのように思える。だがまるで男を取り合うように愛と瞳で父親を奪い合うなどという週刊誌の読者が喜びそうなゴシップに堕してしまうよりよほど良い。羽鳥圭一と瞳はアルツハイマー。そして愛は死んでしまった。彼等の秘密を暴き、鞭《むち》打つような真実を導き出す必要はない。彼等があまりにも哀れだ。

いや。

本音を言うと、彼等などどうでも良かった——問題は俺と聡美のことだ。彼等の異常性を浮き彫りにすればするほど、逆に聡美は医療ミスの濡れ衣を着せられつつも毅《き》然《ぜん》とした態度を失わなかった医師としての評価と賞賛を得るのだ。要するにそれが——面白くなかったのだ。

「なあ、聞いて良いか？」

と俺は聡美に言った。

『なあに？』

「どうして、今更、それを話すんだ？　君は復職に成功した。君にとって愛はもう過去の患者だ」

『あなたの記事、話題になっているみたいじゃないの。記事の続きを書いてくれってせっつかれているんじゃないの？』

「まあな」

と俺はお茶を濁した。

『その時にあなたが不正確な記事を書かないようにと思って』

そう聡美は事務的に言った。まるでもう他人のような口ぶりだった。

事実そうなのだ。俺と聡美とはすでに他人だ。第二弾の記事を書くとしても、その時は俺がもう自分を擁護する記事を書くという保証はどこにもない。だから前もって自分の手の内をさらして、自分にとって不都合な記事を書かないように牽制《けんせい》しているのだろう。

――こんなことを考えてしまう自分に嫌気がさした。聡美はただ単に、気付いたことを俺に知らせてくれているだけじゃないか。聡美は他の男と結婚する。それだけだ。本当にそれだけのことなのだ。

『あと――もう一つだけあなたに言っておきたいことがあって』

「何だ？」

『香苗さんの自殺よ。あんなことになって残念だけど、あれはあなたのせいじゃないと思う』

「何故そう言える？」

『当初は、香苗さんは羽鳥先生を、あの伊勢原の家で介護していたんでしょう。でも今は湘南の病院にいる。それは一体何故？』

「多分、介護に疲れたんだろう。だから入院させた」

『そう簡単に言うけれど、入院の費用は馬鹿にならないわ。それにアルツハイマーのような病気は治療が難しいから、容態が改善しないケースも多い。羽鳥先生の場合は正にそれよ。知っていると思うけど、患者さんを治療すると病院には健康保険から診療報酬が支払われ病院の利益になる。でも入院が長引けば診療報酬はどんどん少なくなっていくわ。要するに治る見込みのない患者さんは病院の負担になるってこと。そういう状況が良いとは決して言えない。でもそれが現実なのよ』

「――分かるよ」

『それなのに、どうして香苗さんは、羽鳥先生を入院させたんでしょうね。いずれ病院をたらい回しにされて、最終的にはまた自宅で看護することになるのは分かっていたでしょうに。もしかしたら香苗さんは、自分が羽鳥先生より先に死ぬことを覚悟していたんじゃないかしら』

「だから病院に押し付けたってことか」

無責任な、と非難することは簡単だ。だが少なくとも、あの家に羽鳥圭一を一人残したまま自殺するのは忍びなかったのだろう。最悪、心中するようなことにでもなりかねない。そんな結果になるよりは良かったと思うべきなのかもしれない。

『押し付けたっていう表現はどうかと思うけど、そういう目的があるからこそ香苗さんは羽鳥先生を入院させたのよ。多分、必死で頼み込んだんでしょうね』

「でも、だからって死んでどうするんだ。誰が羽鳥圭一の入院費を払うんだ？」

『羽鳥先生が認知症であることは大野先生が証明してくれると思うから、多分、特別養護老人ホームで保護されることになるでしょうね。少なくとも香苗さんがそこまで考えていたのは間違いないと思う。あなたが香苗さんに取材をしたのと彼女の自殺との間に、まったく因果関係がないとは言わない。でも前々から自殺を考えていたとしたら、あなたには責任はないわ』

「何故自殺を考えていたと？　その動機は？」

『——愛さんの後を追うつもりだったんじゃないかしら。羽鳥先生と結婚するまでは、母一人子一人で育てて来たんだもの。羽鳥先生と結婚して娘の父親を手に入れたつもりでも、結局その家庭は破綻してしまった。だから娘の後を追って——』

確かにその推理は、間違ってはいないだろう。しかし、それだけではない。あろうことか愛の夫の洋が、村沢太郎に唆されて聡美を提訴してしまった。香苗は心底怯《おび》えただろう。マスコミが騒ぎ立て、聖蹟桜ヶ丘に住むミカの正体を暴いてしまうかもしれない。だから死ぬしかないと考えた。羽鳥圭一はアルツハイマーだ。愛も死んだ。ならば自分も死ねば、ミカと自分たちを繋ぐ線は永久に消滅する。そんな折り、俺が彼女のもとを訪れた。天啓だと考えたのかもしれない。だから彼女は自殺したのだ。お膳立ては整っていたからといっても、直接背中を押したのは、やはり俺だ。

『だからね——私が綿貫さんが免疫グロブリン製剤を静注していたことに気付いていたら、綿貫さんも、香苗さんも死なずに済んだと思うのよ——』

聡美の声が震えていた。泣いているようだった。彼女は彼女で、愛の死に責任を抱いていたのだ。電話して来たのは、これが本題だったのだろう。

「泣くんじゃないよ」

と俺は言った。

「俺と君の二人で、羽鳥香苗を殺したんだ。それでいいじゃないか」

『そうね――』

罪を二人で分け合えば、たとえこれでもう二度と会うことも話すこともないとしても、どこかで繋がっていられるような気がした。

聡美はその言葉を最後に沈黙した。もう話すことは何もないと感じた俺は、別れの言葉を告げた。聡美も力なく、

「さよなら」

と言った。俺は電話を切った。今のさよならが、永遠のさよならだという予感を嚙み締めながら。


五月の連休も、どこにも行く予定のなかった俺は、自分の部屋でのんべんだらりとして過ごした。見知らぬ番号から携帯に電話がかかって来たのは、そんな気怠い気持を引きずったままの、連休明けのことだった。誰だろうと一瞬訝しんだが、中田か誰かに俺を紹介された新規のクライアントからの仕事の依頼だろう、と軽い気持で電話に出た。

「はい？」

『もしもし？　これは桑原さんの番号ですか？』

「そうです」

『桑原、銀次郎さん？』

電話の向こうの何者かは、俺に何度も念を押すように訊いてきた。まるで知らない声だった。にもかかわらず、その声からは若干の馴《な》れ馴れしさも感じられる。

「どちら様ですか？」

俺は訝しみを込めながら訊いた。マスコミ関係者の中にはこういう口の利き方をする人間もままいるが、そういう人間に対しても丁寧に応対する気力は今の俺にはなかった。連休ボケが続いているのか、それとも未だに聡美のことが響いているのかもしれない。

『綿貫愛さんの溶血の記事を書いた、桑原さん？』

「はい、そうです。申し訳ないですが、あなたは――」

『申し遅れました。私は、岸健《きしたけし》と申します。綿貫愛さんの父親です』

「父親――？」

何を言っているのだろう、と思った。愛の父親は羽鳥圭一だ。もちろん、あの記事に書かれていた誰それは実は私なんです、と突然名乗り出てくる連中は少なくない。動機は金目当てであったり、単に目立ちたいというものであったりする。しかし俺の携帯に直接電話して来たのは彼が初めてだった。

「すいません。この番号をどこでお知りになったんですか？」

　すると岸健は、

『馬場育子さんに教えてもらいました』

　平然と答えた。確かに彼女には、卒業アルバムの件で連絡を取り合いたいから、俺の番号を教えた。しかし、馬場育子は、どうしてそれをこの男に――。

『愛さんが亡くなったことは、大分前に知りました。マスコミ等で騒がれていましたから。私は田上《たがみ》さんに連絡して、どうかお線香を一本上げさせてもらえないかと頼みました。でも彼女はそれはできないの一点張りです。悲しかった――でもそれは良いんです。身から出た錆ですから。しかし、それからすぐに田上さんが自殺するなんて、どう考えてもおかしい。納得できません』

「田上さん？　誰ですか？」

『ご存知ない？　香苗さんの旧姓です』

「ああ――そうなんですか。でも納得できないって、あなた――」

　俺は困惑していた。俺はこの岸健がどのような人物なのか知らない。にもかかわらず彼は早口で捲し立てるのだ。

『私は、伊勢原の田上さんの住まいに向かいました。住所は分かっていましたから。それから近所をあちこち訊き込んで回りました。あの記事を書いた記者に心当たりはないかと。皆、あなたのことを知っていましたよ。田上さんの死体が発見された時は、パトカーが何台もやって来て大騒ぎだったそうじゃないですか。あなたも容疑者として取り調べられたとか』

「事情聴取をされただけです。容疑者じゃあない。すいません。何が仰りたいんですか？　まさか僕が香苗さんを殺したと？　私はただのライターです。そんなことをするメリットは一つもない」

俺がそう反論すると、岸健は一瞬黙った。しかし、本当に一瞬だけだった。

『あなたの連絡先を知っている馬場さんを探し出すのは、そう難しくはありませんでした。雑誌の取材に協力したと、あちこち言いふらしていましたから』

思わず舌打ちしそうになった。馬場育子は俺の取材に協力的だった。元々噂話が好きなタイプなのだろう。もちろんそれは取材する側にとっては好都合なのだが、俺は彼女が俺の個人情報をもあちこち言いふらす可能性を想定しておくべきだったのかもしれない。

戸惑いの気持ちしかなかった。俺は今まで、電車やタクシーを乗り継いで、あちこちの人々を尋ねて回った。必要があれば労を惜しむことなく事件の関係者を捜した。しかし自分が捜される側に回るなんて、夢にも思っていなかった。

「あなたが私を突き止めた経緯は良く分かりました。それでご用件は何ですか？」

『桑原さんは、本当に愛さんが自業自得で溶血になったとお思いで？　どうしても納得ができない。愛さんが小山田総合病院を受診して死んだのは事実なんです。それなのに何故、あの病院は一切の責任を問われないんですか？』

「記事の通りです。愛さんは血液製剤を輸入して自ら静脈注射したせいで溶血になったんです。医療ミスは存在しませんでした」

『確かに溶血になったのは愛さん自身のせいなんでしょう。でもそれとこれとは無関係だ。別の病院の治療を受けていたら、もしかしたら助かっていたかもしれない。違いますか？』

「だからそれは――」

愛が聡美に免疫グロブリン製剤を静脈注射していたことを告げなかったから、ちゃんとした治療の方針が立てられなかったのだ、と言おうとしたが、これ以上続けても不毛な言い争いになると思って口をつぐんだ。

その代わりに、本質的な質問をした。

「そもそも、あなたは誰なんです？」

『だから愛さんの父親と言っているでしょう！』

少し激高したように、岸健は言った。

「綿貫愛さんの父親は、湘南の病院に入院しています。電話をかけられる状態じゃない」

『それは田上さんの結婚相手のことでしょう？　私は愛さんの実の父親です』

その瞬間、俺は漸く理解した。羽鳥香苗、旧姓田上香苗は婚外子の愛を連れて羽鳥圭一と結婚したのだ。ならば愛の生物学上の父親が存在するはずだ。それがこの――。

「あなたが本当に綿貫愛さんの実の父親であるという証拠は――」

恐らく、本物なのだろう。馬場育子から俺の連絡先を聞いたなど、作り話にしては出来過ぎている。そこまでの労力を費やして俺を探し出すなど、やはり身内以外にはいないのではないか。

『証拠？　そんなものはありません』

「分かりました。信じます。改めてお伺いします。ご用件は？」

少しの沈黙の後、岸健は言った。

『田上さんは、あなたと会った直後に自殺したんですよね？』

「はい」

正確には、電話をした直後だが。

『どうして自殺したか分かりませんか？』

「愛さんの後を追ったのではないでしょうか」

と俺は当たり障りのない答えを返した。瞳のことは聡美にも黙っていた。それを今初めてその存在を知った岸健に言う義理はない。

『遺書は？』

「そういった類いのことは警察の領域なので私には分かりませんが、遺書が残されていたという話は聞いていません」

岸健は再び黙り込んだ。その沈黙は先ほどよりも遥かに長かった。

『そうか、そうですよね』

やがて彼は一人納得するように言った。

『未練がましい男だと笑ってやってください。自殺するんだったら、私に伝言の一つでも残しておいてくれたのかと思ったんです。でも、そんなものはなかったんですね。どうやら私は田上さんの人生において、それだけの男だったようです。桑原さん？』

「はい？」

『一度お目にかかることはできませんか？　あなたの記事を読んだ時、私は正直憤りました。愛さんの病気を愛さん自身の責任にしていたからです。もちろん伊勢原に向かったのは居ても立ってもいられなかったからです。でも同時に、この記事を書いた人間に直接抗議してやろうという気持もなかった訳ではないんですよ。だからあなたを捜し出しました』

「週刊標榜の編集部に電話をして僕のことを尋ねようとはしなかったんですか？」

『電話しましたよ。でも誰も出なくて』

連休中で誰もいなかったのだろう。だが仮に誰かが電話を取ったとしても、ライターの個人情報を部外者に明かすような編集部員はいないはずだ。

『桑原さん。一度会ってお話しさせてもらえませんか。別に会ってどうなるものでもないとは分かっているんです。でも私はどうしてもこの記事を書いたあなたから、愛さんや田上さんの話を聞きたいんです。それだけでいいんです。それさえできれば満足なんです』

彼の気持は何となく分かった。どんな事情があるのかは知らないが、彼は香苗や愛を想い続けていた。しかしその想いは叶わずに二人は相次いで死んでしまった。だからせめて二人が生きていたという痕跡を辿ろうというのだろう。そのために伊勢原に向かった。そして俺に辿り着いた。俺が生前の愛を知っている人々を尋ねて回ったのと、発想は同じだ。

岸健と直接会ってみたいという気持は俺にも会った。だが取材はすべて終わっている。岸健と会って、それでもし新事実等が見つかっても一円の得にもならない。もちろんニュース性があるなら売り込みもできるが、しかしもうすでに訴えが取り下げられ終結した医療訴訟裁判の続報など、どこも買ってはくれないだろう。

それに岸健は俺を恨んでいるはずだ。愛を非難する記事を書いたのは確かだし、俺が香苗を殺したとまで思い詰めていないとも限らない。迂闊《うかつ》に会うのは得策ではないかもしれない。

返事を渋っている俺に、岸健は泣き落としをかけてきた。

『私が孫の顔を見るのをどれだけ待っていたことか。でも、愛さんが亡くなって、それももう叶いません。だからどうかお願いします。詳しい話を聞きたいんです。記事には書けなかったことも多々あるでしょうから』

愛が死んでいなかったとしても、孫の顔は当分見られなかっただろう。愛は夫の洋と、ほとんど家庭内別居のような状態だったのだから。

「あなたは愛さんと頻繁に会っていたんですか？」

もし愛と生き別れのような状態にあったら、孫より先に娘に会いたいと思うのではないだろうか。

『頻繁ではありません。一度、成人した愛さんと会っただけです。向こうから会いたいと連絡をくれたんです。愛さんと会っていた数時間は、本当に夢のようだった。でもそれっきり愛さんは私に連絡をくれなくなった。死んでしまったのだと知ったのは、大分後のことです』

「愛さんの方から、あなたに会いたいと言って来たのですか？」

『そうですよ』

「それはいつのことですか？」

『ええと――今から一年前のことでしょうか』

溶血が始まる前のことか。

はっとした。綿貫孝次は、愛の死後彼女の部屋から興信所の領収書が出て来たと言っていた。結局愛が何を調べていたのかは分からずじまいだったが、やっとその謎が解けた。彼女は興信所を使って実の父親を捜していたのだ。しかし何故だ？

「愛さんは生前、興信所に仕事を依頼したそうです。いったい何を調べたのか謎でしたが、やっと分かりました。あなたを探していたんですね」

と俺は言った。しかし岸健からは予想外の答えが返って来た。

『興信所？　いや、それは違う』

「え？」

『愛さんは田上さんから私のことを聞いたと言っていました。向こうは私のことなんて忘れたがっていたらしいけど、無理矢理訊き出したと。田上さんと別れてからも養育費の支払い等で、やりとりはあったんだ。興信所に依頼するほどじゃない』

そう言えば、愛が興信所に調査を依頼したのは、彼女が健康診断でレッドカードが出る直前だった。その時、すでに愛はこの岸健と再会していた。時期が合わない。

興信所のことなど、正直言って忘れていた。もちろん頭の片隅にはあったが、次から次に明らかになる真実に目を奪われ、些細なこととしか認識できなかったのだ。だが興信所などそう簡単には利用しないだろう。愛はいったい何を調べていたのだろう？　瞳の行方――ではない。彼女が聖蹟桜ヶ丘にいることは、やはり母親の香苗に教えられたはずなのだから。

では、いったい――。

後日、俺は新宿の焼き肉屋で岸健と会った。断ることもできたが、結局そうしなかったのは、未だあの事件の取材が俺の中で尾を引いていたからだ。愛の実の父親の登場はあまりに予想外だった。すでに洋は訴えを取り下げたから、たとえどんな真実が出たところでニュース性は薄い。中田も恐らく買ってはくれないだろう。強いて言うならば、損得勘定と好奇心を秤にかけたら、後者の方に傾いたというところか。

興信所の一件を思い出した時は、まるでパズルのピースが嵌《はま》ったような感動を覚えた。愛が実の父親を捜すために興信所を利用したならば、それですべての手がかりは収まるところに収まるのだ。しかしそうではなかった。

興信所の仕事は多種多様だが、やはり一番大きいのは個人の調査、追跡だろう。一般人が興信所を利用するなどよほどのことだ。今回の事件に関係していないとは思えなかった。もちろん、愛の溶血は彼女自身が購入した免疫グロブリン製剤が原因だという事実は揺るがないのだが――。

入場料は取られるが、ほとんどの肉が一人前数百円という安さが売りの焼き肉屋だった。自分の方から誘ったのだから、ここの代金は持つと岸健が言うので、遠慮なく甘えることにした。

電話口では態度が大きいと感じたが、娘の記事を書いたライターを発見して興奮していたのだろう。すっかり白くなった髪だけは短く切り揃えられ清潔な印象だが、それ以外は荒んでいるように思えた。

薄汚れたグレイのスーツ。無精髭《ひげ》。そして顔がどことなく黄色い。黄疸を起こしているのではないか。娘の愛と同じ症状だが、しかし原因は恐らく違う。きっと酒が原因で肝臓が悪いのだ。俺のこの手の推理は外れた例《ため》しはない。

人生に失望した男は、共通した雰囲気を醸し出している。取材で彼等のような男たちと会う度、何の保証もないライターという仕事を続けている自分の未来を見ているような気がして薄ら寒い気持になる。

飲み物はノンアルコールのビールで良いとのことだったので、俺も彼に合わせて同じものを頼んだ。酒で身体を壊しているという俺の推理は正解のようだ。

岸健はタン塩をつまみながら身の上を語った。

「今はこんなですけど、これでも昔は私も羽振りが良かったんですよ。不動産屋で、まあ俗に言う土地転がしという奴です。実は死んだ親父が認知症で病院に入院していまして、まあ晩年は回復の見込みがないので自宅で引き取って介護したんですが、その病院で看護婦として――今は看護師ですか、働いている田上さんと出会ったんです。いや、当時の田上さんは本当に奇麗でしてね。私は完全に参ってしまったんです。笑ってください。当時、私には妻も娘もいたんですが、その他にも複数の女を囲っていました。愛人という奴です。奇麗な女性を集めて、その数で男を誇っているようなところがあったんです。アナクロでしょう？」

「それであなたは、愛さんの母親も、そのコレクションに加えた訳だ」

少しうんざりしながらそう言った。訊き込みをして記事を書いたライターを突き止めるなど、並の人間にできることではない。彼にもフリーライターの素質があるのではないか。しかし愛人を囲っていたなどとは。もちろん俺にはそんな経験はないが、同族嫌悪のような気持悪さを感じ、正直居心地は良くなかった。

「酷い男であることは分かっています。でも金は理性を狂わせます。特にバブルの時は日本中狂っていました。宝石やらネックレスやら田上さんにプレゼントして、それが彼女を愛している証だと思っていました。とんでもない勘違いですわ。結婚するのが本当の愛の証明なのに」

「結婚する気はおありだったんですか？」

「田上さんからは何度か切り出されましたが、私はその度、その内、その内にな、と言葉を濁しました。今だから言えますが、やはり結婚する気はなかったんだと思います。妻と離婚し、娘と別れて暮らす勇気は私にはありませんでした。だから私は田上さんが妊娠した時、頭を下げて堕《お》ろしてくれと頼みました。しかし田上さんは頑として頷きませんでした。それで私は手切れ金と月々の子供の養育費を渡すことを条件に、田上さんと別れました。それからも私は後先考えず、何億もの金を右から左に動かし、新しい女性と付き合ったりして悦に入っていました。その時、いや、田上さんと出会う前にでも、もう少し将来のことを考えていれば私の人生も今とは違っていたんでしょうけど――」

岸健はひょうひょうと語った。端から聞いてる分には、愚かな男のろくでもない身の上話だ。女を次々に抱いて傷つける彼の生き方を糾弾したい気持もある。だが俺だって、もちろんここまで酷くはないが、似たようなものだ。何も知らない年寄りに次々に株を売りつけ、それでトップの成績だと悦に入っていたのだから。きっと思い上がっている部分もあったのだろう。だから仕事も、聡美との関係も破滅した。俺だって彼並みに金を稼いでいたら、もしかしたら彼のように愛人を作っていたのかもしれない。

「やがてバブルが弾けて、不動産の価格が軒並み下がりました。もちろん土地転がしどころじゃありません。結局事業は破綻しました。私は土地の転売を繰り返して利鞘を稼ぐなんてゲームみたいなことしかやって来なかったから、普通の仕事のやり方が分からない。収入は激減し、結局妻は娘を連れて家を出て行きました。あれだけ愛人を作って妻にばれないはずはありません。それでも私が金を稼いでいるから大目に見てくれていたんでしょう。仕事を失った今、もう妻にそんな義理はありません。もちろん女性たちも一人残らず私のもとを去りました。気付いた時、私は独りぼっちになっていた──」

ただの自業自得だが、しかし俺は彼を哀れに思った。老いた彼の姿に自分を投影しているからだろう。もちろん彼よりもスケールは小さい。だけども、俺も何れ彼のようになるかもしれない、と──。

「羽鳥香苗さん──いえ、田上香苗さんとは、その後──」

「ええ。藁をも掴む気持で田上さんと会いました。一緒になってくれとは言わない。だがせめて、成長した娘に会わせてくれと。もしかしたらこんな男を哀れんで一緒になってくれるかもしれない、なんて甘い期待があったんでしょうか。でも、私の望みは聞き入れられませんでした。愛と会わせる訳にはいかない。あの子にはもう父親がいるからの一点張りです。女というのは一度見切りをつけた男には決して振り向かないものなんですね。私はその夜、布団の中で声を上げて泣きました。あんなに泣いたのは子供の頃、ガキ大将と喧嘩して泣かされた以来です」

身につまされた。子供さえいれば聡美との離婚はなかったかもしれないと考えたが、そんな単純なものでもないのかもしれない。

「じゃあ、一年前に再会するまで、まったくと言って良いほど愛さんとは会っていなかったんですか？」

「そうです。向こうから急に会いたいと連絡して来て――いやあ、嬉しかったなあ。高い店に行く金はありませんから、安い焼き肉で我慢してもらいました。つまりここです」

「ああ、そうなんですか。それでどんな話をされたんですか？」

「いや、とにかく久しぶりの再会が嬉しくて嬉しくて。私が一方的に喋っているだけでしたが、もうすでに結婚していると言っていたので、早く孫の顔が見たいなあなんてことを話した記憶があります。とにかく愛さんは普通の女性です。そんな外国から薬を輸入して自分で打ったなんて怪しいことをする人間ではないです」

「あなたは父親だからそう思いたいのも分かります。でも愛さんは血液製剤を輸入していたんですよ？　もちろん状況証拠と言われればその通りですが、しかしどう考えても愛さんの病気の原因は愛さん自身にあるとしか思えない」

「それは愛さんが溶血になったのは、愛さん自身の責任でしょう。でも死因は血栓症でしょう。血栓症は愛さんの責任じゃない」

「いや、それは——」

言いかけて俺は黙った。溶血の治療のために脾臓を摘出し、その結果血栓症になってしまったのだから、やはり原因は愛にある。だがそれを今更くどくどと説明しても詮ないことだ。岸健は娘を信じたいのだろう。他誌が死んだ愛を可哀想な被害者として報じているにもかかわらず、俺だけが愛のプライベートを暴いて彼女の信用を貶めたのが面白くないのだ。

俺はその矛先を変えることにした。

「一つ質問しても良いでしょうか。愛さんとの話の中に、お金の話は出ませんでしたか？」

「金？　ああ、そんな話もあったな。父親や妹が認知症に苦しんでいるから、最近家計が厳しいと。確かに同情はしましたが、私はこの通り人生に挫折した老いぼれですから。自分の食い扶持《ぶち》を確保するだけで精一杯です。焼き肉屋だって私にとっては大変な贅沢だ。とても向こうの家族の生活まで面倒を見る余裕はありません」

「焼き肉の代金は割り勘にしましょうか？」

「あ！　いえ、そんなつもりで言った訳じゃないんです。気にしないでください」

間違いない。洋と結婚し、秋葉輝彦と不倫したのと同じ動機だ。愛は金を欲していたのだ。父親と会ったのはただそれだけの理由。母親を愛人にしていたのだから、よほどの金持ちだと考えたのだろう。可愛い実の娘のために援助してくれるかもしれないし、また将来死んだ時の遺産相続も狙っていたのかもしれない。

妹の話もしたということは、愛は瞳も引き取ろうと思っていたのではないか？　アルツハイマーの予防に失敗した瞳を隠そうなんて気持は、愛にはさらさらなかったのだろう。自分が中心となって、自分が壊した家族を再び取り戻そうとしたとは考えられないだろうか。興信所を利用したのは、そのことに関連しているのではないか。しかし分からない。実の父親を捜すために興信所を利用した、それで話は奇麗にまとまるのだ。しかし、そうではない。

ではいったい——。妹の瞳に関連したことではないのは確かだし——。

妹——。

その時、ある考えに俺は思い当たった。愛と瞳は確かに姉妹だ。だが姉妹ならもう一人いるのではないか。それは岸健の正妻の娘だ。つまりその二人は腹違いの姉妹ということになる。

「失礼ですが、奥さんと娘さんとは——」

「あ、ああ。もちろん会いたいという気持はあります。だけど、今どこでどうしているのかまるで分かりません。愛さんとは今までほとんど会っていなかったから、どんな父親なんだろうという好奇心で会いに来てくれたんでしょう。でもあっちの妻と娘は当然ですがずっと同じ屋根の下で暮らして来たから、そんなものがあるはずないんです。単に彼女らにとって私はろくでもない父親に過ぎません。どこで暮らしているにせよ、もう二度と会ってはくれないでしょう」

「愛さんと娘さんが会っていたということは考えられませんか？」

俺は訊いた。岸健は目を丸くした。

「愛さんと会った時、娘さんの話をしたんじゃないですか？　それで愛さんは興味を持って興信所に娘さんの捜索を依頼したのかもしれない」

「いや、確かに話はしたが――どうしてそんなことをするんです？　愛さんに私の娘と会いたがる理由はないと思いますが」

金の無心としか思えなかった。綿貫愛は金に強欲な女というイメージがある。たとえそれが父親と妹の介護費を稼ぐためだといっても、金に固執していることには変わらない。もしかしたら、何か弱みを握って恐喝するつもりだったのかもしれない。

「会って確かめればはっきりするんですけどね」

「え？　会うって？」

「だから岸さんの娘さんとです」

岸健は信じられないといった顔つきで俺を見つめた。

「本職の興信所に比べれば捜査能力は劣るかもしれませんが、あちこち調べ回るのは得意ですから」

すると突然、岸健は俺の方へ向き直った。そして深々と頭を下げながら、

「お願いします！　どうか娘を捜してください！　別に父親として受け入れて欲しいとは思わない！　でも一言謝りたいんです！　ただそれだけなんです！」

と大きな声で言った。店内の客たちが、ぎょっとした顔でこちらを見やった。一方、俺は、あちこちに子供を作っている男は謝る相手が多くて大変だな、とどこか冷めた目で岸健を見つめていた。彼にしてみれば娘は二人いるのだから、一人死んでももう一人いるということだ。正妻の娘に会えるかもしれないという可能性が浮上して来た時点で、愛への関心や哀れみなど奇麗さっぱり消え去ったのだろう。現金なものだ。

「岸さん、頭を上げてください」

と俺は彼をなだめるように言った。言う通りに顔を上げた岸に、俺は更に告げた。

「申し訳ありませんが、それはできません」

「え——でも、あなた、今」

「仕事なら出版社から取材費が出ます。だから取材ができるんです。でも今日は、私は岸さんとプライベートでお会いしています。ですから娘さんを捜すことはできません。残念です

が――」

　だが岸健は諦めなかった。

「取材費なら私が出します。だからお願いします」

「どうして私に頼むんですか？　自分で捜そうと思わないんですか？」

　彼は俺を捜し出したのだ。調査能力がないとは思えない。

　しかし彼は、沈んだ声で、

「今まで散々捜したんだ。でも見つからなかった」

　と呟いた。

「見つかるまで捜せば良いじゃないですか。灯台下暗しではないけれど、意外な所にいるかもしれませんよ」

　岸健が金を出すと言っているのだから、捜してみれば良いじゃないか、と思っている自分がいた。だが彼はこの焼き肉屋で食事するのが精一杯の経済状態だ。ちゃんと取材費を払えるか疑わしい。第一、実の父親の岸健が捜しても見つからなかったのだ。俺が捜し出せる保証はないではないか。

　いや――それらは些末な理由だ。仮に岸健の娘を捜し出せたところでどうなるのだろう、という気持が拭い切れなかった。そりゃ岸健は娘に会いたいだろう。しかし俺にとっては、彼女がこの事件にどうかかわっているのか、という興味しかない。愛が恐らく金の無心のために岸健の娘と会った。事実はこれだけだ。そこから何も発展しない。これが殺人事件なら恐喝目的で近づいて来た愛人の娘を正妻の娘が殺害という筋書きも想定できるが、生憎《あいにく》、愛の死は殺人によるものではないのだ。

だが岸健は、俺の腕を取り、再び深く頭を下げて、娘の捜索を依頼した。

「お願いします。あんな記事を書けるような人だ。きっと仕事ができる方なんでしょう」

香苗も同じようなことを言っていた。ずっと別れていたとしても、やはり心の何処かで繋がっているのかもしれない、と考えた。しかし、もう俺には関係ないことだ。確かに今回の仕事は忘れ難いものとして、深く俺の心に残るだろう。でもそれは聡美という俺の前妻が事件の関係者だったからだ。それだけのことなのだ。

「あなたと会うこと自体、かなり思い切ったことだったんです。それ以上は勘弁してください」

「お願いです。どうか――」

その後に岸健が言った言葉に、俺の意識は吸い寄せられた。店内のざわめきも、焼き肉の匂いも、俺はまるで知覚できなくなった。

目の前に存在する、岸健のことさえも。

しかし、何とか意識を彼に向けて、俺は聞き返した。

「何ですって？」

岸健は、俺の態度が急変したことに、驚いたような顔つきになった。自分がどれだけ重大なことを言ったのか、まるで理解していない様子だった。

「今、何と仰いました？」

「え？　だから娘を捜してくださいと――」

「それは分かっています。今、あなたは誰を捜してくださいと言ったんですか？」

その俺の質問に、岸健は即答した。今回の取材では、各地に足を運び、様々な人々に話を聞く度に、多くの新発見を得た。特に秋葉輝彦に愛が免疫グロブリンの静脈注射をしていたことを知らされた時は、これが仕事であることを忘れるほどのカタルシスを得た。しかしその岸健の回答に比べれば、どれも大したカタルシスではなかった。この仕事を始めてから、いや生まれてから今まで、これほどまでの衝撃を覚えたことは、かつてない。

別れ際、岸健に何を言ったのか、良く覚えていなかった。彼が何を言ったのかも。ただペコペコと俺に頭を下げていたから、ひたすら彼の娘を捜し出すことを俺に頼み込んでいるのは間違いないようだった。

次の仕事を見つけるまでの繋ぎのつもりだった。しかし実直に仕事をこなし、業界に顔見知りもでき、段々とこれが俺の天職ではないかと考えるようになった。そして自分の本を出版するとか、ジャーナリストだとか悦に入っていたのだ。とんでもない思い上がりだ。俺にとってライターは、所詮、金を稼ぐだけの一時しのぎの仕事に過ぎなかった。他人の生活に土足で踏み入り、人の過去をあれこれ書き立てる覚悟は、俺にはなかったのだ。そのことを、今漸く思い知らされた。

しかし、最後の後始末はしなければならない。

もう書いてしまった記事をなかったことにはできない。だから俺は自分の過《あやま》ちに落とし前をつけなければならないのだ。

中野に戻り、俺は取材の準備を始めた。もうキャリアのためでも金のためでもなかった。自分の過ちを償うための、これは最後の仕事になるはずだった。

愛の溶血の謎を探っていく取材において、俺は聖蹟桜ヶ丘、伊勢原、湘南に足を運び、様々な人間と会った。良い記事を書くためには、そして溶血の謎を解き明かすためには労力を惜しまなかった。しかし、俺にはある一つの視点が完全に抜け落ちていた。恐らく協力はしてくれないだろうな、と端から諦めていたこともあるが、それでも俺はそちらの方面でも力を尽くすべきだったのだ。

俺が取材をしていなかった唯一の場所。それは愛が勤めていた総合商社だった。

7

その日は雨が降っていた。

俺は目黒に出向いた。この街に最後に足を踏み入れたのはいつだっただろう。俺は覚えていなかった。ずいぶん久方ぶりのような気がする。きっとここは聡美との思い出の街だから、無意識の内に避けてしまっていたのだと思う。坂を下り、聡美と通った二本立ての名画座を通り過ぎる。美容室、ライブハウス、ドラッグストア。街並みはあの時と同じで、俺は聡美と共に過ごした日々を容易に思い出すことができた。目黒川沿いに見える、近代的なガラスのビルが目的地だった。目黒では有名な施設だった。観光名所と言っても良い。俺もあそこで聡美と人生の記念日を刻んだ。だが失敗した。すべては俺の甲斐性がなかったせいで。しかし、そのことについてはもう自分を責めまい。今日ですべて帳消しになるのだから。もう俺に迷いはなかった。今日で何もかもが終わってしまうとしても、俺はやらなければならないのだ。

ビルの敷地内に足を踏み入れ、真っ先に目についた建物の中に入ると、どうやらそこはホテルのようだった。フロントに披露宴会場の場所を尋ねると、庭園に出て回廊を進んだ先にあると教えてくれた。俺は小さく礼を言って、教えられた方に向かった。

「あの、お客様——」

背後からフロントのスタッフが俺を呼び止める声がした。礼服を着ている訳でもないから訝しんだのだろう。だが俺は立ち止まらずにホテルを出た。自分の結婚式の光景が脳裏を過ったが、そんな感傷は過去と共に振り払って俺は歩いた。庭園には滝が流れ、池には高級そうな鯉が無数に泳いでいる。池の上に張り巡らされた回廊を進み、披露宴会場がある棟へと向かう。

棟の中に入ると典型的な和洋折衷の煌《きら》びやかな内装が俺を出迎えてくれた。手近にいるスタッフに、高橋家と霧島家の披露宴会場はどこですか、と訊くと、やはり訝しげな顔で、二階のフロアになりますが——と答えた。

「ありがとう」

と俺は言って、エレベーターに向かった。だがやはりここでも背後からスタッフの声が降りかかって来る。

「あの、すみません。どういったご用件でしょうか？」

エレベーターを待っているとスタッフに捕まると思ったので、階段で二階に上がった。披露宴会場は階段を上ってすぐの所にあった。扉はすべて開け放たれ、中からは人々の楽しそうな談笑が聞こえて来る。

　俺は迷わず会場の中に入った。

　それほど大きな会場ではなかったが、しかし多くの人々が聡美と、顔も知らない高橋某の結婚を祝っていた。入ってすぐに聡美の姿を見られると思っていたが、恐らく今は『暫しご歓談を』の時間なのだろう。多くの人々が立ち上がり、この場の主役たる新郎新婦の前に集まり、携帯やデジカメを取り出して将来の幸せを期待された夫婦の写真を撮っている。俺は聡美の姿を確認しようと、ゆっくりとそちらに近づいて行った。

　俺が一歩新郎新婦に近づく度に周囲のざわめきが大きくなってゆく。おい！　何しに来たんだ！　と俺を罵倒する者もいる。ざわめきが最高潮に達した時に、新郎新婦の前に群がっている人々が、さっとこちらを振り返った。そうして初めて、俺は聡美とその再婚相手の顔を見ることができた。

　お色直しはまだしていないのだろうか、聡美は純白のウェディングドレス姿だった。他の招待客たちは呆然としたふうに俺の顔を見つめているが、ただ聡美一人だけが、まるで今日俺がここに来るのを待ち構えていたふうに、じっと俺を見つめていた。

　その強い意志を宿した瞳は、ぞっとするほど、美しかった。

その時、ようやく俺は聡美の隣で、やはり呆然としている新郎の姿を見ることができた。どこかで見た顔だと思ったが、すぐに気付いた。二度目に聡美のマンションを訪れた際に見かけた、スポーツカータイプのベンツを運転していた茶髪の男だ。ホストだと思っていたが、聡美の同僚とは夢にも思わなかった。あの日は、急に俺が来ることになったから慌てて追い出したのだろう。なるほど大病院の医師の結婚相手には、やはりフリーライターなんてヤクザな仕事をしている人間よりも、同業者の方が相応しい。

「あんた、どういうつもりだ？」

肩に手を置かれ、無理矢理振り向かされた。聡美の母方の伯父だった。証券会社でトップの成績を上げている俺をずいぶんと買ってくれていたが、聡美と離婚してからは一度も会っていない。

「聡美は新しい人生を始めるんだ。邪魔をしないでくれ。頼むから帰ってくれ。な？」

その時、

「止めて、伯父さん！」

と聡美が叫んだ。会場中の全員の目が聡美に集中した。

聡美はゆっくりと立ち上がって、そして言った。

「彼は私の結婚を祝いに来てくれたのよ。ねえ、そうでしょう？」

そうだ、と俺は答えた。

「そんな格好でか？」

と聡美の伯父が嫌みを言った。俺は彼に言った。

「聡美さんに伝えたいことがあるんです。良いですか？」

伯父は聡美と俺とを交互に見返し、

「そりゃまあ、聡美が良いって言うなら――」

聡美は頷いた。

「いいわ」

新郎の高橋も、不安そうに俺と聡美を交互に見ている。しかし何かあったら、俺に殴り掛かることも辞さない、という意志も感じられる。

俺はゆっくりと新郎新婦がいる場所から一番近い出入り口付近に置かれたマイクスタンドを見やった。近くには司会進行を務めるスタッフらしき人間がいたが、困ったような顔で会場を見渡した後、ゆっくりと後ずさってその場を俺に譲った。

俺はそちらに移動し、マイクに向かって聡美に語りかけた。増幅された俺の声が、会場中に響き渡った。

『こういう場所に前の旦那が来るなんて非常識とは十分承知している。しかし君は一切、俺との連絡を絶った。だからここに来るしかなかったんだ。それは分かってくれ』

聡美は立ち上がったまま、俺から視線を逸らさない。

綿貫愛が勤めていた商社で、俺は自分の推理が正しいことを確かめた。そしてそれを聡美に告げようとした。だが不思議なことに、聡美とは一切連絡が取れなくなっていた。その理由は何となくだが推測できる。聡美は俺に電話をかけてきて、愛がいったい何を考えて免疫グロブリン製剤を自分に静脈注射していたのか、自分の考えを俺に述べた。俺に第二弾の記事を書くように仕向けるために。

週刊クレールが俺の書いた記事にケチをつけてきたから、聡美はあの記事の内容が覆されるかもしれないと恐れたのだ。だからこそ俺が、記事の内容を補塡《ほてん》する第二、あるいは第三の記事を書くことを狙ったのだ。

しかし聡美の意に反して、俺は一向に第二弾の記事を書かなかった。すでにニュース性がなくなったということもあるが、聡美は俺が今回の事件から完全に手を引いたと判断したのだろう。だから俺との連絡を絶ったのだ。

『今日、ここで君が式を挙げることを、あちこち訊き回って調べさせてもらったが、悪く思わないでくれ。それが俺の仕事みたいなものだから』

「噂好きの看護師にでも訊いたの？」

と聡美が言った。

『まあ、そんな所だ。そもそも今回の事件のきっかけは、愛が会社の健康診断で要精密検査の結果が出たからだな？　君と愛とのかかわり合いはそこから始まった。だが、そう考えるとおかしなことが一つ出てくるんだ。何だか分かるか？』

聡美は答えなかった。新郎も他の招待客も、困惑以外の何ものでもない表情を浮かべている。だが聡美は違った。聡美の眼差しは冷たく、そしてどこまでも強かった。

『普通、会社の健康診断でレッドカードが出た場合、社員は健康保険組合の提携病院に行くもんだろう？　だから俺は愛が加入している保険組合の提携病院を調べるために、彼女の勤め先に連絡したんだ。死んだ社員を悪者にした記者の取材など受けたくないの一点張りだったが、何とか頼み込んで教えてもらったよ――その病院は、小山田総合病院じゃなかった』

「だから何なの？」

立ち上がったままの聡美は、間髪を容れずに言った。

「どの病院を選ぶのかは患者さんの自由よ。新宿は行き慣れた街だから、私が勤めている病院を選んだだけなんでしょう？」

俺は聡美を見つめ、

『それは嘘だ』

と言った。

『愛は君を選んだんだ。君に自分の病気を託したんだ。君を信頼していたから——君が自分の、腹違いの姉だから』

衝撃がさざ波のように会場中を走るのを感じた。新郎も、聡美の伯父までも。

しかしそれでも聡美の冷たい眼差しは変わらなかった。

『愛は自分の身体に起きた異変の原因に気付いていたはずだ。確かに彼女には医学的な知識はない。だがその直前に免疫グロブリン製剤を個人で輸入し、目分量で羽鳥圭一に静脈注射させていたんだから、顔が黄色くなった原因がその行為にあることは火を見るよりも明らかだ。愛は真っ先に免疫グロブリン製剤の静脈注射を止めることを考えただろう。しかしできることなら続けたかった。羽鳥圭一のためにも、瞳のふりをし続けることが重要だったからだ。だが、そんな異常なことを、見ず知らずの医者に相談するのはためらわれたんだろう。腹違いの姉なら、まったくの他人の医師よりも親身になって相談に乗ってくれると思ったに違いない。君は最初から知っていたんだ。愛の溶血の原因を。知ってて知らないふりをして俺をこの事件に巻き込んだんだ。君は週刊標榜から取材の依頼が来た時、俺を指名した。いったい何故だ？』

聡美は黙っていた。美しく凜とした態度を保ったまま、その場に立ち尽くしていた。

『それは俺に、愛が免疫グロブリンを静脈注射したせいで溶血になった、という結論を導かせたかったからだ。あくまでも俺が自分の力でその結論に辿り着くことが重要だったんだ。そうすれば俺は自分の有能さに思い上がり、君を守るため、愛が死んだ原因は彼女自身にあるというセンセーショナルな記事を書くと踏んだ。そしてそれはその通りになった』

思えば、聡美が俺と羽鳥圭一の面会のお膳立てをしてくれた時に奇妙に思うべきだったのだ。初めて聡美が暮らすマンションを訪れた時、聡美は世間の人たちが自分を糾弾しているような気がしてあまり外には出ない、と言っていた。にもかかわらず、どうして湘南の病院に自ら積極的に向かったのだろう。他人の目が気になるのなら、病院など真っ先に避けるべきではないか。現に大野医師は聡美が医療訴訟で訴えられていることを知っていたのだから。

理由は一つしかない。俺が最初から羽鳥圭一に面会するのを諦めていたからだ。羽鳥圭一がアルツハイマーであるという前提なくして、愛の溶血の謎は解けない。だからどうしても聡美は俺を羽鳥圭一に会わせたかったのだ。そして聡美は羽鳥圭一に謝罪までした。すべて偽りだった。医療ミスの汚名を着せられた哀れな女医を演じ、俺を含めた周囲の人々の同情を買う戦略に過ぎなかったのだ。

『愛が君の外来を受診した際、彼女は君にどこまで話した？　免疫グロブリン製剤の購入と静脈注射、それに将来的には羽鳥圭一と妹の瞳の面倒を見なければならないから金銭的に余裕がない、という話もしたんじゃないか？』

　聡美は答えなかった。俺はそれを肯定の印と受け取った。

『愛は藁をも摑む気持だっただろう。父親と妹のアルツハイマー。自身の溶血。妹のふりをして父親の治療に付き合う異常性も十分理解していたはずだ。だから君に相談しに来た。しかし君にとっては知ったことじゃなかった。ただ君は愛を、金をせびりに来た厄介な妹という認識でしか捉えなかった。ましてや父親の愛人の娘だ。唾棄すべき存在以外の何者でもなかっただろう。しかも君は結婚も控えている。大事な時期だ。邪魔される訳にはいかない。だから──』

　俺は言葉を切った。だから、の後の続きがどうしても言えなかったのだ。覚悟はしていた。分かってもいた。聡美がどんな女なのかは。でもそれを一度口にしてしまうと真実になってしまうような気がした。

　でも、言わない訳にはいかなかった。

『君に責任がないとされたのは、あくまでも愛が君に黙って溶血の原因たる免疫グロブリン製剤を静脈注射していたからだ。だが君がその事実を知っていたとしたら、当然事情は変わってくる。ましてや愛の死因は溶血じゃない。あくまでも血栓症だ。俺はそのことをもっと真剣に考えるべきだった。溶血を改善するためには脾臓を摘出しなければならない。脾臓を摘出すると、今度は血小板が増加して血栓ができやすくなる。だからそれを防ぐために抗血小板剤を処方しなければならない——君は愛に、意図的に抗血小板剤を少なめに処方したんだ。血栓ができることを狙って』

「私がそんなことをしたって言うの？　あまりにも確実性が薄いわ。抗血小板剤を処方しなくても血栓ができない場合はあるし、血栓ができても必ずそれで死ぬとは限らない」

『そんなことは問題じゃない。問題なのは君が愛の存在を疎ましく思っていたということだ。だが直接的に殺す訳にはいかない。だから君は、可能性にかけることにした。確かに血栓では死なないかもしれない。だが、死ぬかもしれない。それだけのことだ。君は愛が死ぬのを狙った。未必の故意だ。俺はずっと勘違いしていた。愛が血栓症で死亡したのは、あくまでも医療ミスか否かの問題だと。でも違った。根本的に間違っていたんだ。恐らく君は、脾臓を摘出したのだから、もう免疫グロブリン製剤を注射しても溶血になる心配はないと暗に愛に言ったんだろう。酷い嘘だ。免疫グロブリン製剤は血小板を増やす作用がある。ましてや彼女は脾臓を摘出したんだ。血栓症の恐れは否定できない。だが愛は君を信じて免疫グロブリン製剤を静脈注射し続けた。だから血栓症で死んだんだ。これは——殺人事件だ』

俺はそこで言葉を切って、聡美が口を開くのを待った。しかし聡美は何も言わなかった。表情すら変えず、じっと俺のことを見つめていた。

美しかった。

中田が教えてくれたマルキ・ド・サドの『悪徳の栄え』を思い出した。俺はずっと愛がジュリエットだと思っていた。だが違った。不良になった過去があり、金目当てに綿貫洋と秋葉輝彦の間を揺れ動いたものの、しかし彼女はバラバラになった家族を再び再生させようと尽力していた。そのために聡美に助けを求めたのだ。しかし聡美は愛を裏切った。そればかりか、二度と付きまとわないように命まで奪った。

『君こそが、ジュリエットだった。君は愛を殺すことによって、彼女との間に流れる岸健の血を——溶かしたんだ。岸健に繋がる人物すべてと縁を切るために』

聡美の誤算は、岸健が俺に接触してきたことだ。彼の存在がなければ、俺は今でも聡美の計画に気付かなかっただろう。

その時、会場のスタッフが、

「あの、すいません——今は披露宴の途中なので、そういった込み入った話は後ほどなさって頂けますか?」

と俺に言った。そのマニュアル的な対応が、とても牧歌的なもののように思えてならなかった。この会場には当然、新郎新婦の仕事上、医療関係者が多いだろう。先日まで聡美が訴えられていたことを知らない者は一人もいないはずだ。毅然と立ち尽くしている花嫁とは正反対に、新郎の高橋は先ほどからずっと俯いて、こちらを見ようともしない。

　俺はスタッフを無視して、話を続けた。

『医療ミスで訴えられるのは覚悟の上だ。愛自身の責任で彼女が溶血になった事実を俺が証明できれば、血栓症という死因はうやむやになると君は踏んだ。それはその通りになった。世間も一度疑いが晴れた君を二度と疑わない。むしろ、悲劇のヒロインとして賞賛してくれる。すべては君の計画通りになった』

「あなたに何が分かるって言うの？」

　と聡美は言った。

「私が、わざと少量の抗血小板剤を処方したって言うの？　処方箋の記録は残っているわ。後で調べようと思えばいくらでも調べられる」

『小山田総合病院にせよ、一度疑いが晴れた医師を、もう一度調べようとは思わないだろう。それに君は愛が免疫グロブリン製剤を静脈注射していたという事実に気付かないふりをしていた。だったら脾臓摘出の分だけの抗血小板剤を処方すれば証拠は残らない』

「私がどうやって綿貫愛を血栓症にさせたと？　ＡＤＰは？　ｃＡＭＰ濃度は？　Ca^{2+}濃度は？　具体的な数値を言ってみて」

　俺は黙っていた。

「ほら、言えないんでしょう？　医療の知識もないのに、偉そうに医者を疑うんじゃないよ！」

その聡美の態度に、高橋はギョッとしたふうに彼女を見上げた。会場もざわつき始めた。そのざわめきは、俺がこの会場に来た時よりも大きいものだった。

俺も気付かなかった。結婚していたのに、聡美の本性を。

『君は愛の腹違いの姉だ。それを隠していた時点で、君に何かやましいことがあるのは明らかだ。君と愛の間に、医者と患者という以外の関係性があるのなら、すべての前提を疑わなければならない』

「偉そうに――」

憎々しげに聡美は言った。

「あなたがちゃんとお金を稼いでいれば、こんなことにはならなかった。仕事ができる人間だと思ったから結婚したのに、まさか会社をクビになるなんて」

『確かに俺は君との結婚に失敗した男だ。だからそこの彼と一緒になって今度こそ幸せな家庭を築いて欲しい。そう心から望む。だがそれと愛を血栓症で死に至らしめた事実とは、まったく無関係だ』

「お母さんが、あのろくでもない父親にどれだけ泣かされて来たか、あなた知ってる？　外で山ほど女を作って、私たちを虐《しいた》げて。あいつの仕事が駄目になって私たちは貧乏になったけど、嬉しくてたまらなかったわ。だってあいつから逃れる口実ができたんだもの。あいつと別れてから母さんは身を粉にして働いたわ。だから私も母さんを楽にさせてやりたいと思って、一生懸命勉強して医師になった。あの男のことは忘れたかったから、あなたにも、皆にも、父は死んだと説明した。もう奇麗さっぱり縁を切るつもりだったから、母と相談してそうしたの。伯父さんも協力してくれた。そうよ。あの男は私たちの中でもう死んでいたの！　それで何の問題もなかった。それなのにあの男の血を引く女が妹だと言って現れた。それがどんなに疎ましかったか、あなたには分かるの⁉」

『だからって、殺すことはなかった』

聡美は数秒の沈黙の後、言った。

「証拠はどこにもないわ。私とあの女が血縁関係にあったからといって、私はちゃんとあの女を治療した。望み通り脾臓も摘出してやった。抗血小板剤も処方した。私は必要最低限のことをやったわ」

『そう、確かに君は医師としての務めを果たした。君の罪は、どうか死んで欲しいと思いながら愛を治療したことだ。それが法律で裁けるかどうかは難しいだろう。君と愛との間に血縁関係があるから犯人だというのも状況証拠みたいなものだ。ただ俺は、君が俺を利用したことに、俺はちゃんと気付いていると伝えたかっただけだ』

　言いたいことはすべて言った。だがそれでも言い足りなかった。もう二度と自分の思いを告げられない愛の代わりに、最後に彼女に告げなければならないと思った。

『どうして愛が興信所に頼んでまで、君を捜し出したと思う？　単純なことだ。岸健がもう一人の娘にも会いたいと愛に零したからだ。彼にしてみれば、ささやかな愚痴のようなもので本気ではなかったのだろう。片方の娘と再会できただけで幸運なのだから。しかし愛はそうは考えなかった、彼の愚痴を本気にしたんだ。確かに岸健に近づいたのは金目当てなんだろう。しかしようやく見つけ出した父親はすっかり落ちぶれてしまっていた。愛はそんな父親に失望するより同情したんだ。彼女にせよ、自分の腹違いの姉がどういう人間なのか好奇心もあったんだろう。そうして見つけ出した腹違いの姉——君が偶然にも医師であったことから今回の事件は始まった』

　偶然はそれだけではなかった。聡美に溶血を治療された結果、彼女は脾臓を摘出することになった。何か運命の導きのようなものを感じたに違いない。だからこそ聡美がどんな人間なのか見抜くことができなかったのだ。

『君は愛に、自分のことはどうか父親には言わないでくれと頼んだはずだ。酷い目に遭って、もう父親とは縁を切りたいのだと。愛はその君の頼みをも聞いた。彼女はそういう女だ。狡《こう》猾《かつ》な所もあるが、私利私欲ではなく、すべては家族のためだった。だが彼女は、姉にとっては自分も岸健と同じように邪魔な存在でしかないことに気付かなかった。君の真意も知らず、すべてを打ち明け、相談したんだ——君が救ってくれると信じて。でも君は——』

それ以上言葉が続かなかった。聡美の瞳から、一筋の涙が溢れるのが見えたからだ。しかし涙に濡れても、聡美はその強い、冷たい表情を崩すことはなかった。

もう、十分だと感じた。

これで、もう終わりだ。

会場を見回して、俺は言った。

『突然、乱入して申し訳ありませんでした。私はもう消えますので、ご歓談をお続けください』

だが会場は、もうすでに葬式会場のように静まり返っていた。この会場に足を踏み入れた時は、俺を蔑《さげす》むように見つめていた招待客たちも、今は同じ視線を聡美の方に向けていた。

俺はゆっくりと聡美に背を向けた。その瞬間、視界の片隅で、立ち上がった聡美が静かに席につくのが見えた。今、聡美はどんな表情をしているのだろう、と考えたが、もうどうでも良いことだった。俺と聡美とは終わった。今度こそ、本当に、終わったのだ。

会場から外に出ようとすると、聡美の伯父が俺の前に立ちふさがった。

「あんたは満足か？　聡美の結婚をぶち壊して」

「俺が満足するかどうかは、関係ありません」

その俺の回答は彼の納得するものではなかったらしい。殴られるのを覚悟したが、結局彼は何もせず、立ち尽くし、無言で俺を睨みつけているだけだった。

列席者の中に、席につき、微動だにせず、目を閉じている、初老の女性の姿が見えた。久方ぶりに再会する聡美の母親だった。彼女は今、何に耐えているのだろう。離婚したろくでもない夫の影響が、ここまで尾を引いていることへの苦しみか。それとも自分の娘をあんなふうに育ててしまった自分に対する自責の念か。俺はあれこれ彼女の心境を慮ったが、意味のないことだと思い、彼女と、そして伯父に一礼し、そして会場を後にした。最初ここを訪れた時に聞こえた楽しそうな歓談が嘘のようだった。まるで世界が終わったかのような静寂が披露宴会場に満ちていた。

来た時と同じルートを辿って、結婚式場の敷地から外に出た。来た時も一人だったし、帰る時も一人だ。だからここを訪れる前と後で、世界が少しも変わっていないかのように俺は錯覚した。目黒川沿いを歩いた。このままどこまでも歩いて行こうかとも考えた。きっと中目黒の聡美のマンションまで行き着くだろう。あのマンションに出向いた時からすべてが始まった。そしてこの結婚式場ですべてが終わった。恋人時代、俺はこの川を聡美と共に歩いた。その過去の思い出が今回の事件の始まりと終わりを繋いでいたのだ。

何故、聡美は俺が記事を書く前に、自分が結婚すると俺に打ち明けてしまったのだろう。もちろん何れ分かってしまうのだ。しかしそれは、俺が記事を書き上げた後でなければならないはずだ。復縁の期待を裏切られた俺が、記事を書くのを放棄してしまうかもしれない。だが聡美はあえて打ち明けた。愛のパソコンから、彼女が免疫グロブリン製剤を輸入している決定的な証拠を掴んで歓喜している俺の声を聞いて、一抹の罪悪感が疼いたに違いない。きっと――。

利用されていたことが分かっても尚、俺は聡美を許したかった。ほんの少しでも良い。聡美は俺に対して後ろめたさを感じているはずだ。それを証明したかったから、俺は今日、ここに来たのかもしれない。

結局、何も証明できはしなかったけれど。

立ち止まり、空を見上げ、俺は途方にくれた。どこに行けば良いのだろう。誰と会えば良いのだろう。今回の事件から本当の意味で解放された俺は、どこまでも自由だった。だからこそ何をしていいのか分からない。人は何かに束縛されなければ生きていけない。何れ中田から次の仕事の依頼が来るだろう。そして俺は、その仕事にがむしゃらになって励むだろう。働いて、働いて、働き続けて、この失敗を忘れられるようになるまで、俺はこの茫漠《ぼうばく》たる想いを嚙み締めなければならない。それがきっと、聡美の意のままに操られた罰なのだろう。

――いや。

まだだ。まだ終わっていない。

俺には、たった一つだけ、やり残したことがある。

8

目黒から新宿に向かい、そこから京王線に乗り換えた。そして聖蹟桜ヶ丘の地に降り立った俺は、あのゲームセンターに向かった。携帯の番号は知っているが、彼女は認知症だ。できるなら直接対面したい。彼女がいる保証はなかったが、いつまででも待つつもりだった。

だが、彼女はそこにいた。軽快で、少し下世話な電子音にあわせて、豊かなダンスを踊っていた。それは非凡で、無限のイメージを持ち、俗世間のすべてから解き放された、美しいダンスだった。様々な人間の思惑が絡み合った今回の事件の中心にあっても、彼女は無垢《むく》を保ち続けた。何者にも汚されず、この街に居続けた。彼女のダンスは、その事実を証明するもののように思えた。

『MIKA ／ SCORE 121000 ／ RANK A+ ／ NEW HIGH SCORE !』

ディスプレイに表示された自分のそのスコアを、彼女はいったいどんな気持で見つめているのだろう。どんな表情で見ているのだろう。それを知りたいという思いと共に、俺は彼女に話しかけた。

「おめでとう。またランクA+だな。しかもハイスコアだ」

新山ミカはゆっくりと俺の方を振り向いた。そして言った。

「あなた、だあれ？」

予想していた反応だった。俺は彼女に近づき、そして言った。

「ライターをしている桑原銀次郎という者です。よろしく」

「銀次郎？」

何？　どういうつもり？　時代劇？　あはははははは！――という反応を返して来るだろう、と俺は思った。だがしかし、その予想は外れた。

ミカは、俺をじっと見つめ、そして言った。

「前に、どこかで会ったことある？」

俺は信じられない思いで彼女を見つめた。彼女も俺から視線を外さなかった。俺は少しずつ彼女に近づいて行った。そしておそるおそるミカの背中に手を回した。彼女は——。

そのまま俺に身体を預けて来た。俺はそっと彼女を抱き締めた。

「ひょっとして、銀ちゃん？」

と彼女は言った。

「ああ——ああ、そうだよ」

俺はいっそう強く彼女を抱き締めた。

「あなたが迎えに来てくれるのを待っていたような気がする。この街から連れ出してくれるのを」

とミカは吐息混じりに言った。君のお姉さんはそれをしようとしたんだ、と言いかけたが、しかし俺は何も言えなかった。ただミカの言葉を噛み締めたまま、俺は彼女を抱き締め続けた。

暫くそうしていると、急に彼女はぱっと顔を上げて、言った。

「ねえ、ドライブしようよ。私、海に行きたい！」

子供のように無邪気な、いつものミカの笑顔がそこにあった。一緒にホテルに入った時も、そんなことを言っていたな、と思った。この街から連れ出されるのを期待してそんなことを言っているのか、俺には分からなかった。だが拒む理由はなかった。

「海水浴にはまだ早いぞ。それでもいいか？」

車はないが、レンタカー屋ぐらい探せばどこかにあるだろう。俺の脳裏に、横浜のみなとみらいの光景が浮かんだ。あの恋人たちの街を取材しながら俺はミカと二人でこの街を歩いたら楽しいだろうな、と夢想した。だから俺は、横浜に行くか？　と訊こうとしたが、寸前で思い止まった。

俺は何故ここに来たのか？　そう自問する。女の肌を求めたからか。それともただ寂しさを埋めるためか。どちらも正解だろう。だがそれだけではないはずだ——。

俺はあんな記事を書き、愛の名誉を陥れた。だからその贖罪をするべきなのだ。できれば記事を撤回したい。だが、もうあの記事が載った号の週刊標榜は世の中に大量に出回っている。回収は不可能だ。週刊標榜上に謝罪記事を掲載するしかないが、現時点の状況で、中田がそんなことを許すはずもない。

では俺にできる贖罪とは何だ？——それは愛の遺志を継ぐことだ。

愛は羽鳥圭一とミカ——つまり瞳とを会わせたかった。だがそれができなかったから、溶血になるのも厭《いと》わず羽鳥圭一の前で瞳を演じたのだ。羽鳥圭一と瞳が再会できていたら、今回の事件は起きなかった。だから俺は今度こそ父と娘を再会させるべきなのだ。俺にはきっと、その義務がある。

羽鳥香苗は自ら命を絶ってまで瞳の存在を隠そうとした。だからこうして俺が瞳と会い、あまつさえ父親の羽鳥圭一に会わせるなど、彼女の望む所ではないのだろう。でも俺がいてもいなくても、遅かれ早かれ彼女は自ら命を絶っていた。責任逃れをしたいという気持がまったくないと言ったら嘘になる。しかし俺の責任は香苗を自殺に追い込んだかもしれない、という漠然としたものではなく、聡美の思惑通りに、愛を不当に陥れる記事を書いたことだ。その責任は誰の目にも明らかなのだから。

ミカは今でも愛が自分を迎えに来てくれると信じているのだろう。愛が死んだことも知らずに。今日それを説明しても、明日になれば忘れるだろう。だから俺が愛の代わりにミカを救わなければならない。それが俺にできる唯一の贖罪だ。

「湘南に——行くか？」

と俺は言った。ミカは、俺を見つめ、

「うんっ！」

と子供のように頷いた。俺もすべてを振り切るように、力の限り頷き返した。俺たちは寄り添い歩きながらゲームセンターの外に出た。父と娘が再会する世界へ。再び家族が共に暮らせる世界へ。そしてこんなにも失敗を繰り返しても、それでも俺が生きることを許される、その世界へ。彼女と共に、最初の一歩を踏み出した。

この作品は書き下ろしです。原稿枚数524枚（400字詰め）。

彼女《かのじょ》の血《ち》が溶《と》けてゆく

浦《うら》賀《が》和《かず》宏《ひろ》

平成25年3月15日　初版発行

発行人――石原正康
編集人――永島賞二
発行所――株式会社幻冬舎
〒151-0051東京都渋谷区千駄ヶ谷4-9-7
電話　03(5411)6222(営業)
03(5411)6211(編集)
振替00120-8-767643

印刷・製本―図書印刷株式会社
装丁者――高橋雅之

幻冬舎文庫

ISBN978-4-344-41992-6　C0193　う-5-4

幻冬舎ホームページアドレス　http://www.gentosha.co.jp/
この本に関するご意見・ご感想をメールでお寄せいただく場合は、
comment@gentosha.co.jpまで。